소설이 머문 풍경

소설이 머문 풍경

초판 1쇄 인쇄 2018년 3월 26일
초판 1쇄 발행 2018년 4월 6일

지 은 이   이시목 박성우 박한나 박홍만 배성심 신지영
           여미현 유영미 이정교 이재훈 이지선 정영선
기   획   이시목
펴 낸 이   최종숙
펴 낸 곳   글누림출판사

책임편집 이태곤
편   집   권분옥 홍혜정 박윤정 문선희 추다영
디 자 인 안혜진 홍성권
마 케 팅 박태훈 안현진 이승혜

주   소   서울시 서초구 동광로 46길 6-6
         (반포4동 577-25) 문창빌딩 2층
         (06589)
전   화   02-3409-2055
팩   스   02-3409-2059
전자메일   nurim3888@hanmail.net
홈페이지   www.geulnurim.co.kr
블 로 그   http://blog.naver.com/geulnurim
북트레블러 http://post.naver.com/geulnurim
등록번호   제303-2005-000038호(2005. 10. 5)

정가는 뒤표지에 있습니다.

ISBN 978-89-6327-502-4 03810

소설이 머문 풍경

글 · 사진 이시목 외 11인

글누림

Prologue

해가 들어서는 아침. 쉼을 가진 이에겐 새로운 하루의 첫 시간이겠지만, 누군가에게는 끝나지 않는 일상의 시작일 뿐이다. 쉼 없는 누군가는 그저 터벅터벅 걸어 다시 하루의 출발점으로 향한다. 필요한 건 여유. 계절과 계절 사이에 있는 간절기처럼 시간과 시간 사이에도 틈이 있다.

시간 사이의 틈, 즉 간극을 찾는 가장 좋은 방법이 여행이다. 낯선 곳에서의 한걸음은 일상에서의 걸음과 차이가 있다. 사람들에게 뒤처지지 않게 빠르게만 내디뎠던 걸음이 여행지에서는 멈출 수도, 뒷걸음질을 칠 수도 있으니 말이다.

여행이 틈을 가져다준다면 문학은 그 틈의 간극을 무한대로 넓힌다. 시나 소설에 나오는 한 문장만으로도 희로애락의 감정을 느낄 수 있다. 그런 까닭에 많은 여행자의 배낭엔 책이 함께한다.

이 책은 문학과 함께 시간의 틈을 찾아 나선 여행을 담고 있다. 문학과 여행의 교집합을 찾아 떠난 여정을 기록하고 나누었다. 문학과 여행을 함께 찾는 독자에게 하나의 좌표가 될 것이다.

소설에 등장하는 장소와 작가를 잉태하게 한 공간을 써내려갔다. 따라서 책의 목차를 구성하며 공간과의 밀접도를 먼저 떠올렸다. 작가의 문학적 유산이 남아 있는 곳과 작품 속에 드러난 공간을 작품의 시선으로 말하고 싶었다. 그 때문에 눈으로 볼 수 있는 흔적이 많은 곳, 작가와 작품에 영향을 많이 준 장소와 공간을 위주로 목차를 선별하고 구성하기 위해 노력했다.

작가와 작품을 나눠 구성한 건, 작가의 생애나 문학적 가치관에 영향을 미친 공간과 작품에 주요 소재로 등장해 스토리가 풍성해진 공간이 달라서다. 작가 파트에선 작가의 삶과 작품이 공간과 맺은 관계를 들여다보는 데 주안점을 두었고, 작품 파트에서는 작가와는 별개로 작품 속에 드러난 공간 자체나 공간에 배인 작품을 이야기하는 데 초점을 맞췄다.

독자들에게 들려주고 싶은 정보는 따로 다뤘다. 문학기행을 떠나는 데 필요한 공간 정보는 '문학을 거닐다'란 팁으로 정리했다. 같은 장소에서 나고 자란 작가나, 같은 곳을 말하고 있는 작품에 대한 정보는 문학의 시선으로 공간을 이해하는 데 도움이 되도록 '다른 작가를 엿보다', '다른 작품을 엿보다'란 팁으로 구성했다.

문학이 스며든 여행지에서 사진을 찍고 정보를 기록하는 중에도 한 시간 정도는 빈 의자에 앉곤 했다. 초침이 60번의 원을 만드는 동안 달이 노랗게 비추는 성북동을 만났으며, 원주에선 저 세상에 계신 외할머니를 떠올렸다. 일상에서는 아무리 시간이 많아도 쉽게 할 수 없는 일이었다. 어찌 보면 이 책은 그 한 시간 한 시간이 모인 이야기이기도 하다.

첫 원고를 쓰던 날, 노트북 옆에는 따뜻한 라떼가 있었다. 다음 원고 때는 차가운 아메리카노가 함께 했다. 지금 이 글을 쓰며 다시 드립커피에 뜨거운 물을 붓는다. 계절이 돌고 도는 짧지 않은 기간 동안 애써주신 글누림 출판사 관계자들께 감사드린다.

공저자 11인을 대신해 박성우 씀

차례

소설이 머문 풍경

Part 1 작가가 내게 말을 걸 때

인왕산 골짜기 아래

말뚝으로 남은 그대

|

#박완서 #서울특별시 #종로구 #무악동(현저동)

작가소개

박완서는 1931년 경기도 개풍에서 태어나, 2011년 81세에 담낭암으로 별세
했다. 그녀는 '글을 쓰는 데 있어서 가장 큰 밑천은 습작한 노트가 아니라 어
떻게 인생을 살았느냐'라고 생각한다며 체험을 중시했다. 사람살이에 대한 뛰
어난 통찰력을 바탕으로 소시민의 위선과 여성에 대한 억압, 전쟁과 분단으로
인한 문제 등을 예리하게 그려냈다. 특히 '6·25전쟁을 겪지 않았다면 소설가
가 되지 않았을 것'이라고 말했을 정도로 전쟁이 남긴 상처를 담아낸 작품이
많다.

작품소개

1970년 《여성동아》 여류장편소설 공모에 《나목》이 당선돼 등단했다. 이후
40여 년 동안 쉼 없이 글을 썼다. 장편소설인 《그 남자네 집》을 비롯해 소설집
《부끄러움을 가르칩니다》, 산문집 《호미》, 동화집 《자전거 도둑》 등 100여 편
이 넘는 작품을 남겼다. 자전적 소설인 《그 많던 싱아는 누가 다 먹었을까?》,
〈엄마의 말뚝〉, 《그 산이 정말 거기 있었을까?》 등에 유년시절과 6·25전쟁
때 피난지로서의 현저동 생활이 생생하게 담겨 있다.

인왕산 골짜기 아래

말뚝으로 남은 그대

글·사진 배성심

싱그러운 햇살이 나뭇잎에 부딪혀 물비늘처럼 빛났다. 말랑말랑한 스무 살의 꽃봉오리가 막 피어나려던 참이었다. 6월 하늘엔 대학 신입생이 꿀 수 있는 온갖 꿈이 뭉게뭉게 피어올랐다. 그녀는 자유에의 예감으로 온몸을 떨었다. 하필이면 그때, 1950년에……. 도무지 희망이라곤 없었다. 찬란한 젊음이 속절없이 스러져 갔고, 감미로웠던 청춘의 유혹도 막을 내렸다. 서울 와서 처음으로 말뚝을 박았던 현저동 산비탈 마을에서 오빠까지 억울하게 죽었다. 그 날 인왕산에서 꺼져버린 박완서의 태양은 다시는 같은 모양으로 떠오르지 않았다.

삶이란 늘 생각만큼 자유롭지 않다. 스스로 박은 말뚝에 묶여 허우적거리기도 하고, 타인이 혹은 시대가 박은 말뚝에 상처 입기도 한다. 박완서의 가슴엔 박힌 말뚝이 유난히 많았다. 쉬이 빠지지 않던 그 응어리들이 그녀를 작가로 키웠고, 그 응어리를 털어내느라 40년간 끊임없이 글을 썼다. 급기야는 죽어서까지 말뚝(묘비)과 함께 한 애달픈 삶이다. 현저동은 박완서가 유년시절 7년을 살았던 동네다. 애증이 교차하는 곳이며, 봉합되지 않은 그녀의 상처들이 아직도 신음하고 있는 곳이다.

아직도 현저동 옛 모습을 간직하고 있는 집

문 밖 그 여자네 집

'전차가 닿지 않는 서울도 서울인가?' 막 서울역에 도착한 여덟 살짜리 꼬맹이는 입을 삐죽거렸다. 서울에 가면 이마에 더듬이를 단 전차를 타보리라 얼마나 고대했던가. 그런데 그녀가 살 현저동엔 전차가 다니지 않는다고 했다. 당시 전차는 사대문 안으로만 다니던 서울의 주요 교통수단이었다. 그만큼 사대문 안과 밖의 차이는 극명했다. 누구라도 사대문 안에 살기 위해 애를 썼을 게 당연했다.

박완서의 어머니도 마찬가지였다. 온 마음을 다해 사대문 안을 열망했다. 하지만 개풍에서 막 상경한 과부에게 사대문 안은 언감생심 꿈도 못 꿀 곳이었다. 돈에 맞춰 겨우겨우 마련한 게 사대문 밖, 현저동의 산꼭대기 집이었다. 그래도 "기어코 서울에도 말뚝을 박았구나. 비록 문 밖이긴 하지만."이라며 감격에 겨워했다. 땅이 좁아 마당마저 삼각형인 그 집을 '우리 괴불 마당집'이란 애칭으로 부르며 매일 소중히 쓸고 닦은 이가 〈엄마의 말뚝〉이 그려낸 어머니였다.

그이에게 '서울살이'가 이토록 간절했던 이유는 무엇이었을까. 서울에서 아들이 성공하기를, 딸이 신여성으로 성장하길 바라는 마음 하나였다. '사는 건 문 밖에 살아도 학교는 문 안에 있는 좋은 학교에 가야 한다.'며 딸을 굳이 문 안의 학교에 입학시킨 것에도 이런 간절함이 닿아 있다. 그래서 박완서는 6년 내내 인왕산의 허물어진 성터를 넘어 매동초등학교로 통학해야 했다.《그 많던 싱아는 누가 다 먹었을까?》에 원치 않은 통학 길에 올랐던 작가의 심정이 잘 드러나 있다. 「나는 숨넘어가는 늙은이처럼 헐벗고 정기 없는 산을 혼자서 매일 넘는 메마른 고독을 위로하기 위해 추억을 만들고, 서울 아이들을 경멸할 구실을 찾았다.」고 술회했다. 책가방을 메고 풀썩거리며 달려가는 조그만 여자아이의 모습이 그려져 마음이 애잔해진다.

　허물어졌던 인왕산 성곽은 1980년대야 복원됐다. 박완서가 자신이 살던 현저동과 인왕산 성곽을 다시 찾은 것도 그즈음이었다. 그녀 나이 50여 살 무렵이었다. 하지만 '어머니의 괴불마당 집' 자리엔 연립주택이 병풍처럼 들어서 있었다. 그토록 기뻐하며 박았던 '엄마의 말뚝'은 허망하게 뽑혀 사라졌다. 그녀는 그때 가슴에 소슬바람이 부는 것 같은 감상에 젖어 그 근처를 하염없이 돌고 돌았다고 고백했다.

　언젠가 복원된 성곽길을 다시 걸으며 성벽에 암문이 나 있는 것을 보고 그녀는 허탈해 했다. 어머니는 실재하지도 않던 문에 그토록 연연했던 거다. 요즘도 수많은 사람이 암문을 통해 문 밖과 문 안 동네를 드나든다. 이제는 누구도 문 안 동네로 들어가 살려고 애쓰지 않는다. 작가의 사연이야 어찌 되었든, 밤마다 인왕산 성벽엔 아름다운 불이 켜진다. 보는 이들은 그 황홀한 풍경에 넋을 잃을 뿐이다.

불이 켜진 인왕산 성벽

독립문초교 주변 기와집 골목

가슴에 박힌 말뚝

6·25전쟁은 박완서의 인생을 송두리째 헝클어 버렸다. 〈엄마의 말뚝〉과 《그 산이 정말 거기 있었을까?》에 전쟁 중에 겪은 오빠와 숙부 내외의 억울한 죽음이 고스란히 드러난다. 그녀의 가족은 오빠가 공산주의 사상에 잠깐 발을 담갔단 이유로 한강을 건널 수 있는 시민증을 받지 못했다. 피난 가지 못하고 옴짝달싹 못 하는 막다른 곤경에 처했을 때, 그녀의 어머니가 떠올린 건 현저동이었다. 그러나 믿고 찾아든 현저동에서 오빠가 죽고 말았다. 인민군의 총에 맞은 후유증으로 산송장 같은 목숨을 겨우 부지하고 있던 오빠였다. 숙부 내외마저 반동으로 몰려 처형당했다. 집안은 풍비박산 났고, 아들을 보란 듯 성공시키겠던 어머니의 꿈도 부서져 내렸다. 이때 하늘에 맺힌 원한으로 박완서 모녀의 가슴엔 평생 빠지지 않을 대못이 말뚝처럼 박혔다. 노년의 박완서는 '그때의 고통이 되살아나 지금도 자다가 일어나 울 적이 있다.'고 괴로운 심정을 밝힌 바 있다. 「'우리가 그렇게 살았다우.'」(《그 산이 정말 거기 있었을까?》 서문 중에서)라는 그녀의 증언은 그래서 '제발 잊지 말아 달라.'는 세상을 향한 간곡한 당부처럼 들린다.

박완서의 소설이 오래도록 전쟁의 아픔에만 집착한 건 아니었다. 〈지렁이 울음소리〉, 《휘청거리는 오후》등의 작품에서는 일상생활에서 벌어지는 욕망과 위선의 이중성을 날카롭게 후벼 팠다. 《그대 아직도 꿈꾸고 있는가?》, 《서 있는 여자》등에서는 가부장제 사회에서 불평등한 남녀관계에 억눌려 있던 여성들이 당당하게 이

혼을 선언하고 인간 본연의 자존감을 되찾아가는 과정을 그리고 있다. 사람다움을 짓밟는 힘에 글로 맞서며 신산한 삶을 살아낸 작가 박완서, 그녀의 이름도 하나의 말뚝(묘비)이 되어 경기도 용인시 천주교 공원묘지에 박혀 있다.

서대문형무소 역시관

숨쉬기와 같던 '씀'

　박완서는 타고난 이야기꾼이었다. 세상의 모든 것이 쓸 거리였고, 기록할 이유가 충분한 것이었다. 심지어는 노년기에 당한 남편과 아들의 죽음까지도 글로 쓰며 고통을 이겨 냈다. 그녀에게 글쓰기는 숨쉬기와도 같았고, 글을 읽는 것은 밥을 먹는 것과도 같았다. 호흡과도 같던 글쓰기가 그녀의 운명과 고통을 이겨내게 했다. 평소 그녀는 "쓰면서 내가 재미있지 않으면 못 쓴다."는 말을 자주 했다고 한다. 그만큼 이야기의 재미를 중요하게 생각했고, 결국 이

햇살 좋던 어느 날 사직동 풍경

야기로 한 생을 살았다. 덕분인지 그녀의 소설은 되짚어볼 필요 없
이 단숨에 읽힌다. 재미있다 해서 무게가 가볍진 않았다. 무엇보다
도 일상생활에서의 체험을 중요하게 여겼던 거짓 없는 삶이 담겨
있는 진실한 이야기들이기에, 독자는 글 속에 빠져 함께 울고 웃는
다. 책장을 덮고 나서도 쉽게 빠져나오지 못하고, 글이 주는 여운에
잔잔히 젖어 들게 된다.

> 칠십 년의 세월은 끔찍하게 긴 세월이다. (중략) 눈물이
> 날 것 같은 허망감을 시냇물 소리가 다독거려 준다. 그
> 물소리는 마치 '모든 건 다 지나간다. 모든 건 다 지나가
> 게 돼 있다.' 라고 속삭이는 것처럼 들린다.
>
> 산문집 《호미》 중에서

1 | 2

1 매동초교 앞 인도 찻집
2 사직동 풍경

노년의 그녀가 보여주는 담담함이 어떤 종교의 경전보다 깊은 위안과 평화를 주는 건, 그녀가 지나온 이토록 지난한 삶 때문이리라.

살면서 함정에 빠진 것 같을 때, 삶이 무시무시하게 느껴질 때, 그녀가 눈 똑바로 뜨고 고통에 맞짱 떴던 현저동으로 가보자. 흔들리는 바람결에 '모든 건 다 지나간다.'고 위로해주는 작가의 목소리가 들릴지 모른다. 거창한 이유가 없더라도 좋다. 그저 성곽에 켜지는 황홀한 불빛을 보러 어스름에 인왕산에 올라 보자. 달빛 어린 성곽길이 그 자체로 그림이다.

현저동은 '인왕산과 안산(무악)이 이어지는 무악현 아래에 자리한 동네'라는 뜻이다. 박완서의 집터가 있던 46번지에는 무악동 현대아파트가 들어섰고, 법정동도 무악동으로 바뀌었다. 좁은 골목과 비탈길은 여전하며 현재 서대문형무소 역사관 맞은편에 있는 옥바라지 골목이 헐리고 재개발될 상황이다. 일제강점기 때 애국지사들의 옥바라지를 위해 가족들이 머물던 여관이 밀집돼 있던 골목이다. 또 하나의 역사의 현장이 무너져 내리려 한다. 박완서가 통학하느라 매일 넘어다녔던 인왕산의 무너진 성터 길은 화려하게 복원되었다. 3호선 독립문역에서 내려 현저동을 더듬어 오르면 인왕산으로 이어진다. 경복궁역에서 내려 매동초등학교와 사직공원을 거쳐 인왕산을 오른 다음 현저동으로 내려가는 방법도 있다. 쌓인 돌 마디마디 묻힌 사람들 사연을 쓰다듬으며 성곽 꼭대기에 오르면 남산이 바라다보이고 경복궁이 훤히 내려다보인다. 시원한 바람에 맺힌 땀을 쓱 훔쳐내고 세상 걱정 날려 보내기에 '딱'이다.

옥바라지 골목에 붙어있던 포스터

소설가 김용성도 현저동에서 6·25전쟁을 겪었다. 그 경험을 바탕으로 엇갈려 버린 삼 형제의 운명을 그린 소설 《도둑 일기》를 썼다. 전쟁 중에 부모를 잃은 큰형은 동생들을 돌보기 위해 도둑질도 서슴지 않는다. 형은 공부 잘하는 동생에게 자신이 도둑질하다 잡혀 들어가면 '빽'이 돼줄 수 있는 법관이 되라고 부탁한다. 동생은 거절한다. 「"나는 나에 대한 모든 굴욕을 한 편의 소설에 담을 수 있는 소설가가 되겠어. 나는 내 울분을 세상에 털어놓겠다고. 법관이 되리라고는 기대하지 마, 형"」(《도둑 일기》 중에서) 인왕산 성벽 돌 틈 사이엔 한때는 푸르렀을 청춘의 꿈들이 조각난 채 걸려 있다.

매동초등학교 앞길을 따라 내려가면 건너편 '세종마을 음식문화 거리'로 자연스레 이어진다. 이 골목 안에 수십 곳의 음식점이 자리 잡고 있어 취향대로 골라 먹는 재미가 쏠쏠하다. 함흥냉면전문인 이가면옥(02-3210-3337)에서 쫀쫀한 냉면에 왕만두를 곁들여 먹거나, 토속촌 삼계탕집(02-737-7444)에서 진하고 고소한 국물에 담긴 부드러운 고기 맛에 빠져 보는 것도 좋다. 체부동의 빠네파스타(02-777-6556)에선 맛있는 파스타를 먹으며 짬짬이 눈을 돌려 예쁜 실내 장식을 구경하는 즐거움이 있다.

기억을 지탱하던 그 골목

아득하게 머물 별똥별 되어

|

#김소진 #서울특별시 #강북구 #미아리(미아동)

작가소개

김소진은 1963년 강원도 철원에서 태어나 1997년 33살의 나이에 위암으로 세상을 떠났다. 대학 시절에는 사회 현실에 관심을 두고 집회와 시위에 참여했고, 대학 졸업 후 1990년 《한겨레》 신문사에 취직해 기자 생활을 시작했다. 습작 시절에는 황석영, 이문구, 박완서 등의 작품을 탐독했고, 본인만의 우리말 사전 노트를 만들어 간결하고 아름다운 문장을 작품 안에 녹여내기 위해 노력했다. 결핍 많았던 어린 시절의 기억은 미아리를 배경으로 한 소설에 자양분이 되었다.

작품소개

1991년 《경향신문》 신춘문예에 단편소설 〈쥐잡기〉가 당선된 후 소설집 《열린 사회와 그 적들》, 《눈사람 속의 검은 항아리》, 《고아떤 뺑덕어멈》, 《자전거 도둑》, 장편소설 《장석조네 사람들》, 《양파》 등을 펴냈다. 1980년대의 무겁고 어두운 현실을 가족과 주변 이웃들과의 소소한 얘기로 풀어내, 그만의 따뜻함과 부드러움을 잘 표현했다는 평을 받는다. 〈쥐잡기〉, 〈쐬주〉, 《장석조네 사람들》 등이 대표작이다.

기억을 지탱하던 그 골목

아득하게 머물 별똥별 되어

글·사진 여미현

이쯤이었을까. 하지만 보이지 않는다. 김소진의 〈쥐잡기〉에 등
장했던 쥐도, 아버지의 영정 사진이 걸려있던 셋집도, 한 지붕 아래
아홉 가구가 모여 있어 '기찻집'으로 불렸던《장석조네 사람들》에
나온 집들도 더는 찾을 수 없다. 이곳이 내가 나고 자란 곳이라고
손으로 가리켜 줄 한 사람, 김소진 역시 없다. 그러나 골목 어딘가
에는 작가가 중풍으로 쓰러진 아버지를 모시고 간 의원이, 연탄집
게를 들고 쫓아온 그를 비웃듯 쥐가 도망친 좁은 계단이 있었을 것
이다. 간결한 문장만큼이나 짧은 생을 살다간 김소진, 그를 기억하
기 위해 미아리를 찾았다.

김소진은 근면한 작가였다. 사회 모습과 현실을 작품 속에 충실히 반영한 작가이니 말이다. 그의 소설 속에 등장한 미아리는 가난한 동네였고, 하루하루 살아가는 노동자들의 마지막 안식처였다. 재개발의 광풍을 견디지 못한 투기의 장소이기도 했다. 작가가 이곳으로 왔을 때, 그의 집안 형편은 미아리 풍경만큼이나 암담했다. 직업 없이 생활했던 나약한 아버지와 생계를 책임졌던 악착같은 어머니, 한 잔 술에 고단한 몸을 의지했던 이웃 사람들까지. 그는 미아리 산동네에서 보낸 시절을 어떻게 기억하고 있을까. 작가는 마지막 소설 《눈사람 속의 검은 항아리》에서 미아리 산동네는 "여태껏 나를 지탱해왔던 기억, 그 기억을 지탱해 온 육체"라고 고백했다. 김소진이 미아리였고, 미아리는 '떼려고 해도 뗄 수 없는' 그, 자신이었던 셈이다.

1

2

3

1, 2, 3 서울 강북구 미아동 곳곳의 골목

바람에 쓸려

1960~70년대 쥐잡기가 한창일 때 동네 벽면은 쥐잡기 포스터로 몸살을 앓았다. 집집이 쥐덫이나 쥐약을 놓고 쥐를 잡는 것이 일상이던 그때, 그의 집에서도 쥐잡기가 한창이었다.

> 아버지는 쥐를 그냥 죽이지 않았고, 달군 연탄집게로 지지면서 서서히 죽였다. 아버지는 돌아가시고 이제 쥐잡기는 민홍의 몫인데, 민홍은 쥐가 도망친 골목의 어둠을 바라보며 망부석처럼 서서 아버지를 떠올리고 왠지 모를 느꺼운 감정을 느낀다.
>
> <쥐잡기> 중에서

민홍이 잡고 싶었던 쥐들은 어디로 사라졌을까. 민홍이 손에 꼭 잡았던 연탄집게는 그의 손을 떠나 박물관에서나 볼 수 있을 법하고, 빵이나 과자에 뿌렸던 쥐약은 휘발되어 날아갔다. 쥐꼬리를 잡고 흔들어대던 아이들도 훌쩍 커서 그 골목을 떠났다. 민홍으로부터 3만 원을 받아 보일러를 고치고 겨울을 지낸 셋집 사람도, 재개발이 임박하면서 미아리를 떠났다. 《장석조네 사람들》 속 아홉 가구 세입자들도 생활공간이 철거되는 난리통을 견디지 못하고 미아리를 떠나고 말았다. 김소진이 중·고교 시절을 보냈던 옛집 역시 사라진 지 오래다. 그 모든 것이 떠나고 사라진 자리엔 무엇이 남았을까.

로봇 다리처럼 생긴 고층 아파트가 성가시다. 손으로 휘이휘이 저어본다. 사라진 것들은 늘 아쉽고 그립다. 사라지는 것이 유형이 아닌 무형일 때 가슴은 더 아리고 시린 법이다.

은근한 온돌처럼 따뜻한 일상의 울림

김소진은 미아리를 배경으로 쓴 소설을 소설이라고 생각하지 않았다. "아버지가 살아온 삶의 한 단면, 그 맞은편에 있는 어머니 삶의 한 단면, 그 둘이 부딪히면서 나오는 소리나 울림 같은 것을 붙잡아두고 싶은 마음, 어떤 형식이건 간에, 그런 마음"이 커서 소설을 쓴다고 했다. 김소진의 소설은 작가 자신의 이야기였다.

두꺼운 대학노트에 국어대사전 속 단어를 빼곡하게 적어가며 작품을 쓸 정도로, 작가는 일상의 울림을 사실적으로 담기 위해 정성을 쏟았다. 덕분에 그가 작품 속에 풀어낸 미아리는 은근한 온돌처럼 따뜻했다. 그런 따뜻함에도 소설 속 아버지 모습에 때때로 서글픔을 넘어 나약하고 구차한 면이 깃들었고, 그 모습은 작가가 닮고 싶어 하지 않던 것이었다.

가도 가도 끝이 없는 이 생활에 그만 지쳐 가는 모양입
니다. 정말이지 저도 누군가를 절실하게 닮고 싶습니다.
무능했던 우리 아버지는 빼고요.

〈혁명기념일〉 중에서

〈두 장의 사진으로 남은 아버지〉에서는 주위의 비웃음과 사퇴
종용에도 끝까지 물러나지 않는 긍정적인 형상의 아버지를 그렸
다. 가족 간에 어찌 서운한 감정만 남을까. 그는 끝까지 아버지를
부정하지 못했고, 아버지와 어머니 삶에 대한 공감과 연민은 《장
석조네 사람들》을 통해 이웃의 삶에 대한 관심으로까지 확장됐다.
그러나 안타깝게도, 작가가 미아리에서의 기억과 결핍을 오롯이
소설 속에 토해냈는지는 알 수 없다. 생의 마지막 작품이었던 《눈
사람 속의 검은 항아리》속에서도 그가 그려내고 있던 것은 여전히
미아리였으니.

소진되어 버린 그의 장소

"별은 똥이다." 내는 항상 똥만 쳐다보고 사니껜. 그게
내 일이니깐. 그걸 퍼주는 대가로 돈을 받아 쌀도 팔아
묵고 술도 사묵지. 그리고 남들처럼 똥을 눠버려. "별똥
이닷!"

〈별을 세는 남자들〉 중에서

누구나 마음 한켠에 자리한 소중한 별 하나쯤 품고 살 것이다.
매일 똥을 푸는 게 일상인 〈별을 세는 남자들〉에겐 똥이 별이었고,
《눈사람 속의 검은 항아리》에서 똥을 싼 민홍에겐 미아리에 대한
기억이 별이었다. 김소진에게 별은 어쩌면 미아리 자체였을까. 울
고 웃던 가족과 이웃들의 흔적, 작품의 바탕을 이룬 미아리 골목에
새겨진 기억, 마지막 순간까지 놓지 못했던 그곳의 그 무엇까지 말
이다.

김소진은 미아리라는 별을 남겨두고 우리 곁을 일찍 떠났다. 평
범한 사람들이 살 마주 대고 살았던 그 골목이 점점 사라지는 것처
럼 누구보다 그곳을 아꼈던 김소진의 이야기도 스러져갈까 봐 마
음이 쓰인다. 별똥별이 화려한 불빛을 남긴 채 기다란 꼬리를 그리
며 사라지듯이, 작가의 이야기가 머문 그 골목이 밝고 긴 곡선을
그리며 우리 곁에 길게 머물길 바란다.

문학을 거닐다

서울시 강북구 미아동의 옛 이름 미아리. 언덕에서 쉬어가는 마을이라는 뜻을 가진 이곳에 김소진이 가족과 옮겨온 게 그의 나이 다섯 살, 그는 이 산동네에서 대학교 2학년 때까지 살았다. 그의 가족은 이곳에서만 두 번 이사했는데, 마지막에 살았던 주소는 '1269-222번지'로, 현재 대림아파트 4단지 쪽으로 가늠된다. 작가가 살던 집을 찾아가기 위해서는 《눈사람 속의 검은 항아리》를 따라가면 되고, 좀 더 높은 곳에서 미아동을 살펴보고 싶다면 북악산길(북악스카이웨이)을 따라가면 된다. 북악산길은 북악산 능선을 따라 미아리 고개를 넘어 정릉으로 가는 드라이브코스다. 사라진 추억은 아쉬움을 남긴다. 고층 아파트촌으로 바뀐 미아동을 바라보는 마음이 못내 쓸쓸한 건 깊은 아쉬움을 지닌 추억 때문이다.

신경림은 1970년대까지 미아리 산동네와 길음동에서 살았다. 자주 들렀던 식당 딸이 결혼하게 됐는데, 사랑하는 남자는 노동운동을 하던 수배자였다. 시인은 이들을 안타까워하며 〈가난한 사랑 노래〉를 지어 청춘남녀의 사랑을 축복했다. 30년 넘게 미아리 좁은 골목을 걸어 다닌 어머니를 그리며 〈정릉동 동방주택에서 길음시장까지〉라는 시를 짓기도 했다. 신경림을 오래 지켜본 이문구는 《이문구의 문인기행》에서 미아리에서의 시인의 모습을 단상으로 남겼다. 「미아리 너머 길음시장의 기름집 아줌마는 젊은 아저씨라고 불렀지만 국어책에서 '가난한 사랑 노래'에 감동한 소녀들은 늙은 오빠 정도로 짐작할는지도 모른다.」(《이문구의 문인기행》 중에서). 그러기에 미아리에 남은 신경림의 노래는 슬픈 사랑이고, 늙은 어머니에 대한 아득한 그리움이다.

미아리 주변에 고층 아파트촌을 따라 자리한 유명 음식점도 많지만, 이왕이면 김소진의 작품 속 풍경과 닮아 있는 크고 작은 전통시장으로 발걸음을 옮겨보자. 출출할 때는 숭인시장에 있는 제일분식(02-985-7333)이 제격이다. 유명한 이집 옛날 떡볶이와 김밥 등은 한 끼 식사로 손색이 없다. 뜨끈한 국물이 생각날 때는 길음시장의 '길음순대마을'을 찾아가도 좋겠다. 문을 열고 들어가면 여러 국밥집이 옹기종기 모여있다. 뜨끈한 국물을 후루룩 마시면 김소진의 〈쐬주〉가 생각날지도 모른다.

고독한 모더니스트의 일상

미드데이 인 서울
Midday in Seoul

#박태원 #서울특별시 #중구 #종로구 #청계천

박태원은 1909년 경성부 다옥정 7번지(다동)에서 태어난 서울토박이다.
1926년 《조선문단》에 시 〈누님〉이 당선되면서 문단에 데뷔, 일본 유학을 갔
으나 중간에 그만두고 귀국했다. 1933년 순수예술을 지향하는 '구인회(九人
會)'에서 이상, 이태준, 김기림, 정지용과 함께 모더니즘 문학을 꾸려나갔다.
일제강점기 이상과 더불어 모던보이로 이름을 날리다 6·25전쟁 중 이태준을
만나러 북한에 갔다 남게 된 후 돌아오지 못했다. 북한에서도 꾸준히 작품 활
동을 하다 1986년 사망했는데, 실명과 병마에 시달리면서도 글쓰기를 멈추지
않았다. 영화감독 봉준호의 외할아버지이기도 하다.

작품소개

"누구든 한 개의 소설가이기 전에 한 개의 문장가여야 한다." 고 스스로 말한
박태원은 '조선 최고의 스타일리스트'였다. 1934년 《조선중앙일보》에 연재한
대표작 〈소설가 구보씨의 일일〉은 근대 식민지 도시 경성의 풍경과 지식인의
내면 풍경을 스케치하듯 묘사했다. 1936년 잡지 《조광》에 연재한 장편소설
《천변풍경》도 청계천변에서 살아가는 서민들의 현실을 생생하게 그렸는데,
모두 이전에는 없던 새로운 소설 기법이었다. 월북 후에는 역사소설 《계명산
천은 밝았느냐》와 북한문학 최고의 작품 중 하나로 평가받는 《갑오농민전쟁》
을 발표했다. 1988년 해금되어 현재 다양하게 연구되고 있다.

미드데이 인 서울
Midday in Seoul

글·사진 정영선

서울이 싫었다. 사람 많고 복잡하고 개성 없어 보이는 서울이 싫었다. 서울에서 태어났지만, 지방의 소도시에서 한가하고 차분하게 살고 싶었다. 막상 서울을 떠나 원하던 대로 살았더니 현실은 달랐다. 생각과 달리 몸은 서울을 기억하고, 자석처럼 서울에 달라붙으려 했다. 살던 곳으로서의 서울이 아닌 여행자로서 서울을 낯설게 바라보니 다르게 보였다. 서울에 포함되어 있을 땐 보이지 않던 것들이 테두리 밖에서 관찰하니 새로운 것들로 보이기 시작했다. 한 세기 전 서울을 관찰했던 구보는 소설가 박태원이 탄생시킨 소설가였다. 구보는 어떤 사람이었을까? 어떤 소설가였을까? 그가 본 서울은 어땠을까? 그가 궁금했다. 그의 서울이 알고 싶어졌다.

서울의 분위기

1930년대 경성에는 서양문물이 유입되었고, 또 소비되었으며 근대도시로의 모습을 갖추고 있었다. 현대의 서울도 그러하듯이 근대의 경성도 역동적이었다. 다만 식민지라는 특수성 덕분에 무기력한 상태. 일제는 민족말살정책을 펼쳤고, 이에 끊임없이 저항했지만, 모두가 독립운동을 할 수는 없었다. 나약한 식민지 지식인은 우울했다. 이러지도 저러지도 못하고 방황하거나 방관했다. 모든 상황이 고독하게 만들었다.

> 다방의 오후 두시, 일을 가지지 못한 사람들이 그곳 등의자에 앉아, 차를 마시고, 담배를 태우고, 이야기를 하고, 또 레코드를 들었다. 그들은 거의 다 젊은이들이었고, 그리고 그 젊은이들은 그 젊음에도 불구하고, 이미 자기네들은 인생에 피로한 것같이 느꼈다. 그들의 눈은 그 광선이 부족하고 또 불균등한 속에서 쉴 새 없이 제각각의 우울과 고달픔을 하소연한다.
>
> 〈소설가 구보씨의 일일〉 중에서

억압과 민족말살의 식민지도시에도 일상은 흘렀다. 역사가 흐르듯 일상도 흐른다. 세상을 읽을 수 없을 때 지식인으로 할 수 있는 건 거리를 관찰하는 것. 감정을 과잉표출하지 않고 객관적으로 말이다. 식민지 지식인 박태원은 〈소설가 구보씨의 일일〉에 자화

1930년대 그때나 지금이나 다르지 않은 오후 2시 다방의 모습

상을 세워 이 도시의 우울을 말하려 했고, 일상을 보여줬다. 신경쇠약에 걸린 룸펜, 소심한 지식인 박태원은 뭘 할 수 없던 시대, 경성의 주변인으로서 그 공간을 이야기했고, 쓸쓸한 일상을 고백했다. 역동에 동반하지 못했지만, 구보는 그 당시 경성이나 한 세기가 지난 현재 서울의 분위기에도 잘 어울린다. 지금 서울에 데려다 놔도 전혀 어색하지 않은 고독한 지식인. 그는 낡지 않은 진정한 모더니스트다.

구보의 서울 여행법

> 그는 종로 네거리를 바라보고 걷는다. 구보는 종로 네거리에 아무런 사무도 갖지 않는다. 처음에 그가 아무렇게나 내어놓았던 바른발이 공교롭게도 왼편으로 쏠렸기 때문에 지나지 않는다.
>
> 〈소설가 구보씨의 일일〉 중에서

처음부터 목적지가 없었다. 그냥 오른발이 왼쪽으로 옮겨져서 시작되었을 뿐이다. 집 근처를 지나가기도 하고, 같은 찻집을 두 번이나 가고, 갈 곳 모르는 사람처럼 우물쭈물하기도 한다. 그의 산책은 경제적이지 않다.

동선은 그리 중요하지 않다. 소문과 소통을 나누던 청계천의 빨

구보의 산책코스였던 조선은행, 지금은 한국은행 화폐금융박물관이 되었다

래터는 무수한 변화를 거쳐 이제는 서울 도심의 쉼터 겸 관광명소
가 되었다. 구보가 걸었던 광화문, 을지로, 명동도 마찬가지다. 어
느 곳이든 서울사람 아니 한국사람 뿐 아니라 해외 관광객 천지다.
그때보다 볼거리도 사람도 더 많고, 하루가 다르게 바뀌기도 한다.
어제의 그곳과 오늘의 그곳이 같다면 같은 데로, 다르면 다른 데로
스쳐보거나 진지하게 보는 거다.

　지팡이와 대학노트 대신 스마트 폰과 선글라스만 있어도 충분
하다. 무표정한 사람들, 웃는 사람들을 슬쩍 관찰해 보는 거다. 그
들이 그 표정을 짓는 이유를 상상해보고, 또 나라면 어떤 상황에서
그런 표정을 지을지 생각해보자. 그리고 군중 속에 철저하게 숨어
고독해지자. 슬그머니 구보가 곁에 나타날지도 모른다.

당신의 안부를 묻다

　앞머리를 일직선으로 자른 오갑빠, 동그란 대모테 안경, 지팡이를 짚고 경성을 활보하던 박태원은 멋쟁이였다. 당시 모던보이의 본보기였다. 하지만, 작가의 장남 일영 씨의 회상에 의하면 '보기와는 달리 튀는 걸 싫어하는 내성적인 성격'이었다고 한다. 소설 속 구보와 다를 바 없었다. 신여성 김정애와 결혼했는데, 벗이었던 이상은 자신을 만나주지 않을 것을 염려했다. 그만큼 가족에 대한 사랑도 남달랐던 박태원은 6·25전쟁과 분단이라는 소용돌이에 휘말려 가족과 생이별을 겪고, 많은 것을 잃었다.

　스스로 팔보라 부르며 아버지를 회고, 《소설가 구보씨의 일생》을 쓴 장남 일영 씨는 "아버지의 인생은 행복하셨다."고 말한다. 북한에서도 몇 개월의 집필 금지기간을 제외하곤 제재 없이 창작활동을 할 수 있었기 때문이다. 실명과 병마와의 싸움에도 굴하지 않고 책을 읽고 글을 쓰는 걸 멈추지 않았다. 출판평론가 장은수의 표현처럼 박태원은 '문학 속에서 살아가고 마침내 문학 속으로 사라짐으로써 문학자체로 변했다.'

　시대를 앞선 생각, 위트와 유머 있는 구보 박태원 씨, 하늘 저편에서도 여전히 문학하신지…….

평일 한낮에도 사람들로 가득한 명동 거리

'그러나 오히려 고독은 그 곳에 있었다.'
구보는 빽빽한 군중 속에서도 고독을 느꼈다.

문학을 거닐다

구보 박태원이 태어난 경성부 다옥정 7번지는 현재 다동 한국관광공사빌딩과 대우조선해양빌딩 근처이다. 광교 즈음이고 청계천이 가까이에 있다. 나고 자란 곳을 작품 속에 고스란히 드러냈다. 〈소설가 구보씨의 일일〉에 나오는 구보의 산책코스는 꽤 유명하다. 그 코스를 살펴보면 광교, 종로2가 종로타워, 동대문, 한국은행 화폐금융박물관, 소공동, 서울시청, 광화문, 신세계백화점 본점, 남대문, 서울역까지 이어져 있는데, 변한 듯 변하지 않은 서울 도심을 온전하게 만끽할 수 있다. 구보가 전차를 탄 구간을 1호선 전철로 이동해도 좋지만 청계천변을 따라 걸어도 좋다. 구보의 발자취대로 따라 걸어도 좋고 나름대로 발길 닿는 대로 걸어도 좋을 듯. 구보의 산책코스는 여러 차례 다양한 방법으로 알려지고 있으며 서울 중구청은 〈소설가 구보씨 중구를 거닐다〉라는 관광 스토리텔링북을 만들어 걷기에 이야기도 입혀 놨다. 박태원의 장남 일영 씨는 다옥정 7번지, 그러니까 생가가 있던 다동에 '구보 생가'라고 적힌 동판이 세워졌으면 하는 바람이 있다고 한다. 이 바람이 꼭 이루어졌으면 한다.

세월에 많은 이야기를 담고 유유히 흐르는 청계천

다른 작가를 엿보다

구보 박태원은 죽었지만, 그가 만든 소설 속 구보는 종종 불려나와 여전히 함께 하고 있다. 여러 작가의 오마주로 또는 패러디 되었는데 젊은 작가 윤고은은 소설집 《늙은 차와 히치하이커》에 수록된 단편 〈다옥정 7번지〉에서 경성에 살던 구보를 21세기로 소환했다.

2010년 서울에 나타난 진짜 박태원이 가짜 박태원이 되어 소설 속 배경인 서울을 안내한다는 줄거리다. 자신의 문장과 박태원의 문장을 교묘하게 뒤섞어 특유의 상상력으로 현대에서도 전혀 낯설지 않은 구보를 보여준다.

여행을 맛보다

1930년대 경성에서 다방은 모던 보이, 모던 걸의 사교장소이면서 예술인들의 사랑방이었다. 그 시대 다방을 그대로 옮겨놓은 듯한 '커피 한약방'은 을지로 빌딩 숲 전혀 예상치 못한 후미진 골목에 있다. 빈티지 소품으로 둘러싸인 공간에 앉아있으니 맞은편에 구보가 앉아서 노트에 뭔가를 끼적이고 있을 것만 같다. 구보 박태원이 참새방앗간처럼 하루에도 두 번 들렀을 공간이다. 사람 손으로 정성껏 내린 필터커피가 대표 메뉴. (070-4148-4242)

마음에 어둠이 자박하게 내리면

절름발이의 밀실

|

#이상 #서울특별시 #종로구 #통인동

이상은 1910년 종로에서 태어나 세 살부터 성인이 될 때까지 통인동 큰아버지의 집에서 살았다. 궁내부 관리직으로 일하던 큰아버지 댁에서의 성장은 그가 건축을 전공하는 데 영향을 주어, 그는 총독부 건축과에서 4년간 일하게 된다. 사직 후 요양을 위해 들른 배천 온천에서 그의 작품 세계에 큰 영향을 준 기생 금홍을 만난다. 그녀와 동거하며 종로에 다방 '제비'를 개업했으나 경영난으로 폐업하고, 금홍과도 이별했다. 27세에 사상 불온혐의로 일본 경찰에 유치돼 고초를 겪다가 건강 악화로 출감됐으나, 약 한 달 후인 1937년 4월 17일 도쿄의 병원에서 죽음을 맞았다.

장편소설 《12월 12일》을 연재하며 소설가로 등단 후 〈날개〉, 〈봉별기〉, 〈공포의 기록〉, 〈종생기〉 등 자신의 내면을 녹여 낸 독창적인 작품 세계를 선보였다. 그는 〈건축무한육면각체〉, 〈꽃나무〉, 〈이런 시〉, 〈거울〉, 〈오감도〉 등을 발표하며 시문학계에도 독보적 영역을 구축했는데, 그중 신문에 연재되었던 〈오감도〉는 구독자의 극심한 항의와 반발로 계획했던 30편 중 절반밖에 발표하지 못했을 만큼 난해한 개성을 지니고 있다. 교과서에서 단골로 다루어지는 〈날개〉에서는 다소 파괴적이기까지 한 금홍과의 사랑을 엿볼 수 있다.

마음에 어둠이 자박하게 내리면

절름발이의 밀실

글·사진 박한나

하얀 얼굴에 텁수룩한 수염, 헝클어진 머리카락, 보헤미안 넥타이에 겨울에도 흰 구두를 신던 사내. 천재로 낙인찍힌 작가 '이상'에 대한 기록이다. 청춘과 추억이 함께 하는 서울의 한 골목에서 그의 집을 찾았다. '비밀이 없다는 것은 재산이 없는 것처럼 가난할 뿐만 아니라 더 불쌍하다.'고 여기던 그의 집은 비밀스럽다. 그 때문에 '이상의 집'에 들어서는 이에게는 내밀한 어둠을 견뎌낼 각오가 필요하다. 그 집이 홍성거리는 서촌의 한가운데 있더라도 말이다.

그는 자리에 앉으면 제 손으로 부러 머리를 헝클어댔다. 딴엔 멋 좀 내고 싶던 어린 청년의 손버릇이었을까. 늘 머리에 손을 대곤 했다. 흠이라면, 그 모습이 다른 사람들 눈에는 엉켜버린 수세미처럼 보였다는 것. 그러나 타인의 시선쯤 상관하지 않던 사람이었다.

오빠만큼 몸단장에 무관심한 사람도 좀 드물 것입니다.
겨울에 흰 구두를 신고 멋으로 생각할 사람은 없습니다.
그저 있는 대로 여름에 한 켤레 신었던 흰 구두를 겨울
에, 다시 여름에 그렇게 신었을 것입니다.

김옥희, 〈오빠 이상〉 중에서

통인동 154번지에 있는 '이상의 집'은 그런 그를 닮았다. 그저 그런 세상사에 허덕이는, 어쩌면 우리와 꼭 같은……

1 이상의 집 전경
2 엽서
3 책 읽는 여자

박제가 되어버린 절름발이를 아시오

　애써 꾸미고 가꾼 것은 아니나 말쑥한 얼굴이었다. 당당한 풍채는 아니었으나 매력적인 사람이었다. 그러나 그는 스스로 '절름발이'로 묘사하곤 했다. 이상의 눈에는 자신은 물론 부모도, 연인도 어쩔 수 없는 절름발이요 얼금뱅이였다.

> 　우리 부부는 숙명적으로 발이 맞지 않는 절름발이인 것
> 이다. 사실은 사실대로 오해는 오해대로 그저 끝없이 발
> 을 절뚝거리면서 세상을 걸어 나가면 되는 것이다.
> 〈날개〉 중에서

　유산을 받아 부유한 큰아버지의 집에서 양자 대우를 받으며 자란 이상은, 가난한 부모와는 아장아장하던 세 살부터 떨어져 외로운 유년을 견뎌야 했다. 이상에 대한 큰아버지의 애착과 기대는 큰어머니의 질시와 냉대를 불러왔다. 화가를 꿈꾸던 어린 날, 자꾸만 그림을 그려대던 그에게 상스러운 일이라며 매질을 할 만큼 큰어머니는 매서웠다. 달라도 너무 다른 두 명의 아버지, 두 명의 어머니 사이에서 억지로라도 균형을 잡자면 누구라도 절뚝거릴 수밖에 없는 노릇이다.

이상의 집 안에서 바라본 하늘

퍽 변했습디다. 그 전에 사생(寫生)하던 다리 아치가 모
색(暮色) 속에 여전하고 시냇물도 그 밑을 조용히 흐르
고 있었습니다. (중략) 게서 시냇물을 따라 좀 올라가면
졸업 기념으로 사진을 찍던 목교(木橋)가 있습니다. 그
시절 동무들은 다 뿔뿔이 헤어져서 지금은 안부조차 모
릅니다.

수필 〈슬픈 이야기 : 어떤 두 주일 동안〉 중에서

지금의 통인동 골목에서 그의 어린 날을 되짚기는 쉽지 않다.
부수고 무너뜨리며 몸부림치듯 얼굴을 바꾼 그곳은 옛 모습을 몽
땅 비워낸 듯 새롭다. 예부터 쓰이던 지명인 '통인동'보다 별칭인
'서촌'이 익숙한 그곳에서 유년의 그가 심장을 팔딱이며 뛰놀던 흔

적은 찾을 수 없지만, 다행히 한 곳에서 그의 온기를 더듬어 볼 수 있다. '이상의 집'이다.

> 나는 내 좀 축축한 이불 속에서 참 여러 가지 발명도 하
> 였고 논문도 많이 썼다. 시도 많이 지었다. 그러나 그것
> 들은 내가 잠이 드는 것과 동시에 내 방에 담겨서 철철
> 넘치는 그 흐늑흐늑한 공기에다 비누처럼 풀어져서 온
> 데간데없고 (후략)
>
> 〈날개〉 중에서

여동생 '김옥희'는 '집에 오면 으레 이불을 둘러쓰고 엎드려서 무엇인가를 끄적거리기 일쑤'인 오빠로 그를 기억했다. 어느 쪽에도 온전히 속하지 못한 어린 날을 보내서인지, 그는 자신만의 컴컴한 방에 틀어박히는 것을 좋아했다. 거기서 만들어진 그의 문학이니, 쉽게 접근하기 어려운 그의 작품들은 그의 은밀한 숨구멍이었을 터. 마치 그의 문학 세계를 반영하듯이 '이상의 집' 안쪽 다락 같은 방은 좁고, 그득한 어둠에 먹먹하다.

그늘진 심정에 불을 질러라

먹고 사는 일은 치사스럽도록 삶을 쥐고 흔들었다. 속내야 어떻든 이상은 일본인들과의 마찰을 견디며 19세 어린 나이부터 건축사 일을 해 집안의 장남 노릇을 해냈다. 하지만 가장 노릇이 오래가진 않았다. 건강이 악화되던 23세에 결국 일을 그만두었다. 각혈할 정도로 병색이 짙어지자 온천으로 요양을 떠나기에 이르는 데, 그곳에서 만난 이가 '금홍'으로 잘 알려진 '연심'이다.

> 지어가지고 온 약은 집어치우고 나는 전혀 금홍이를 사
> 랑하는 데만 골몰했다. 못난 소린 듯하나 사랑의 힘으로
> 각혈이 다 멈췄으니까.
>
> 〈봉별기〉 중에서

무려 집문서를 담보로 금홍과 다방을 차렸던 것은 그의 연정에 뿌리를 둔 행보로 짐작된다. 그렇다면 금홍의 매춘을 견뎠던 이유는 무엇인지. 〈날개〉에 그려진 이상은 아내의 매춘 행위에 불쾌감은커녕 관심조차 보이지 않아 읽는 이를 도덕적 혼란에 빠트린다. 아끼는 이의 모든 것을 감내해야만 모름지기 진정한 사랑이니라 하는 식의 괴팍한 신념이라도 가졌던 걸까.

섣부른 망상을 지우고 나면, 그녀의 매춘을 견디며 그가 겪었을 신산한 번민이 그의 문학 곳곳에 가시처럼 박힌 것을 볼 수 있다. 「아내의 내객이 많은 날은 (중략) 의식적으로 우울하였다.」고 괴로

위하는가 하면, 「금홍이는 나를 내 나태한 생활에서 깨우치게 하기 위하여 우정 간음하였다.」며 자위하기도 한다. 「금홍의 사업에 편의를 돕기 위하여 내 방까지도 개방하여 주었다.」는 고백은 그런 스스로에 대한 조소가 아닐는지. 무력과 자학으로 점철된 〈날개〉의 나날, 그에게 어둠에 젖은 방은 갸륵한 휴식이었다.

> 방 안의 기온은 내 체온을 위하여 쾌적하였고, 방 안의 침침한 정도가 또한 내 안력眼力을 위하여 쾌적하였다. (중략) 나는 또 이런 방을 위하여 이 세상에 태어난 것만 같아서 즐거웠다.
>
> 〈날개〉 중에서

그는 말했다. '간음한 계집을 용서하지도 버리지도 않는' 것은 '잔인한 악덕'이라고. 자책과 번뇌의 길에서 절뚝대던 사랑은 영원한 안녕을 맞았다. 누구나의 사랑이 그러하듯 이별과 재회, 다시 이별을 거듭하며…….

> 밤은 이미 깊었고 우리 이야기는 이게 이 생에서의 영이별이라는 결론으로 밀려갔다. 금홍이는 은수저로 소반전을 딱딱 치면서 내가 한 번도 들은 일이 없는 구슬픈 창가를 한다. "속아도 꿈결 속여도 꿈결 굽이굽이 뜨내기 세상 그늘진 심정에 불을 질러 버려라."
>
> 〈봉별기〉 중에서

태양은 흔적을 남기고

이별은 사랑의 다른 이름이던가. 다가오는 죽음을 견디는 동안 써내려간 그의 작품에는 금홍의 흔적이 마구 번져 있다. 역사처럼 낡은 지붕 밑에서 한 가닥 어둠에 의지해 그는, 생을 관통하는 절망을 담아냈다.

> "내가 그다지 사랑하던 그대여, 내 한 평생에 차마 그대를 잊
> 을 수 없소이다. 내 차례에 못 올 사랑인 줄은 알면서도 나
> 혼자는 꾸준히 생각하리다. 자, 그러면 내내 어여쁘소서."
> 어떤 돌이 내 얼굴을 물끄러미 치어다보는 것만 같아서 이
> 런 시는 그만 찢어버리고 싶더라.
>
> 〈이런 시〉 중에서

원래는 150평이었다더라, 300평이었다더라, 대궐 같았다더라 하는 식의 말만 무성한 그의 집터는 이제 자그마한 흔적뿐이지만, 오늘도 '이상의 집'이라는 이름으로 모두를 맞는다.

그의 집에 들르는 날에는 먼저 햇살을 즐겨볼 일이다. 다방 '제비'가 그랬던 것처럼 한쪽 벽을 통유리로 장식한 자리에서 따스한 햇살을 맞으며 책 속에 빠져드는 건 왠지 낯설고 새롭다.

한 번쯤, 그를 닮은 방에서 혼자임을 즐겨보자. 묵직한 철문을 열고 들어가면 침침한 어둠이 일렁이는 '이상의 방'이 있다. 예전 그의 방이 지금 같은 모양새였을 리 없지만, 하늘로만 문을 낸 이상의 밀실에서 비상은, 꾸지 못할 꿈은 아니다.

문학을 거닐다

'이상의 집'은 서울 통인동 154번지, 서촌의 한가운데에 자리 잡고 있다. 그 일대는 젊은이들이 즐겨 찾는 서울의 명소로, '이상의 집' 외의 곳에서 이상의 흔적을 찾기는 어렵지만 문화와 역사의 흔적이 넉넉한 골목길을 즐길 수 있다. 서울시에서는 서촌을 돌아볼 수 있도록 경복궁서측 걷기 지도를 제공하고 있다. 예술 산책길, 옛 추억길, 골목 여행길, 하늘 풍경길 총 네 개의 코스로 나누어 안내하고 있으니 마음이 끌리는 길을 선택하면 된다. TV에서 자주 보던 명소가 궁금하다면 대오서점을, 시민들의 서촌 사랑을 확인하고 싶다면 옥인오락실을 놓치지 말자. 훨씬 더 옛날의 서촌이 궁금한 이를 위해서는 종로구청과 연계하여 진행하는 세종마을 답사 프로그램이 준비돼 있다. 이상의 놀이터이던 서촌 골목을 자유롭게 누비는 동안 옛날과 오늘을 이어줄 연결고리를 발견할지 모른다.

다른 작가를 엿보다

'이상의 집'에서 조금만 걷다 보면 윤동주의 하숙집을 만날 수 있다. 놀라움과 반가움은 잠시, 일반인이 사는 집이라 안을 둘러볼 수 없음에 아쉬움이 밀려온다면, 조금만 더 걸음을 옮겨보자. 멀지 않은 부암동에 윤동주문학관이 있다. 종로문화재단에서 윤동주문학관을 더욱 의미 있게 경험할 수 있도록 문학 행사를 주최하고 있으니, 시기에 맞추어 방문하는 것도 좋겠다. 통의동 보안여관 또한 문학의 향기가 가득한 공간이다. 80년 이상 된 여관 건물인데 옛 모습을 그대로 간직한 채 현재는 갤러리로 운영 중이다. 서정주가 머물며 김동리, 김달진 등과 함께 문예지 《시인부락》을 만들었던 곳이기도 하며, 특히 서정주와 김동리는 이 여관에 장기 투숙하며 다수의 작품을 작업했다고 한다.

여행을 맛보다

서촌에서 시장 먹거리만큼은 놓치지 말고 즐겨보자. 서촌의 명물인 통인시장에서는 실제로 물건을 살 수 있는 엽전을 팔고 있다. 단돈 5천 원이면 10개짜리 엽전 한 꾸러미를 살 수 있는데, 그 정도면 유명한 기름떡볶이는 물론 맛깔 나는 반찬만 골라 담아 한 끼 도시락을 먹고도 식혜에 과일 디저트까지 맛볼 수 있다. 준수방 키친(02-725-0691)의 담백한 수제 두부 피자도 지나칠 수 없는 별미다. 고추로제 파스타는 깔끔한 면 요리를 좋아하는 사람에게 제격이다.

시린 안개 피는 가을에도

여전히 '봄'

|

#김유정 #강원도 #춘천시 #신동면 #실레마을

김유정

Gimyujeong | 金裕貞

강촌 남춘천

Gangchon | 江村　　Namchuncheon | 南春川

작가소개

김유정은 1908년 춘천 실레마을에서 태어나, 1937년 3월 29일 29세의 나이에 요절했다. 천석꾼의 막내아들로 태어났지만 조실부모해, 아홉 살부터 이집 저 집을 떠돌며 살았다. 지독히 가난했던 데다 폐결핵과 결핵성 치루로 유품마저 불태워져, 세상엔 그의 유품 하나 남지 않았다. 김유정 문학의 축은 크게 두 가지로 나뉜다. '해학'과 '들병이'다. 그의 해학성은 토속적이고 질퍽한 어휘로 더욱 도드라지고, 들병이는 '위태롭도록 불우했으나 악착스런 데가 있었던' 그의 생과 궤를 같이한다. 그는 사랑에도 열정적이었다. 명창 박녹주와 시인 박봉자를 비롯해, 젖먹이가 딸린 들병이에게까지 구애했다 실연당했다. 혹자는 그의 이토록 불우하고 고단한 생이 문학적 축복이었다 말하기도 한다.

작품소개

그의 문학적 이력은 비교적 짧다. 1933년에 발표한 단편소설 〈산골 나그네〉를 시작으로, 4년 남짓 동안 총 32편의 작품을 남겼다. 하지만 짙은 향토색과 탁월한 언어 감각으로 30년대 한국문학의 독특한 영역을 개척한 것으로 평가받고 있다. 〈동백꽃〉, 〈봄봄〉, 〈만무방〉 등 무려 12여 편에 달하는 작품이 고향 실레마을을 배경으로 하고 있다.

시린 안개 피는 가을에도

여전히 '봄'

글·사진 이시목

뜻밖의 계절에 떠난 춘천행(行)이었다. 여행에 계절이 무슨 상관이랴 만은 춘천은 어쩐지 봄이어야 했다. 관념 속에서도 춘천은 청춘이었기 때문이다. 문득, 시인 유안진이 지은 노랫말이 떠올랐다. '춘천은 가을도 봄이지.' 그랬다. 기차는 가을에도 우리의 봄 속을 유영했다.

단선 철로의 기억 위를 꿈틀거리며 안개 속의 가을을 철컥철컥 지났다. 생각해보니, 봄날의 안개는 김유정의 우울한 사랑을 닮았다. 홀로 끝 간 데 없이 깊어지기만 하는……. 춘천에서는 가을 안개도 봄날의 그것처럼 그렇게 깊었다.

안개 속을 유영하는 날은 괜스레 기분이 설렌다. 적당한 감춤과 드러냄이 감성을 묘하게 자극하는 탓이다. 그해 봄에도 그랬다. 폭설처럼 하얗게 밀려들던 안개로 춘천 가는 길은 때 아닌 계절을 지나는 듯했다. 봄과 겨울 사이 혹은 피안과 현세의 경계를 지나는 듯. 그래서일까, 간간이 덜컹거릴 뿐 기차는 좀처럼 속도를 내지 못했다. 아니, 안개 속에서 풍경은 그 어느 때보다 느리고 달콤하게 흘렀다. 느슨한 일상처럼 풍경이 게으르게 지나는 걸 바라보는 일은 그래서 좋았다. 때로 풍경은 그렇게 덜 드러나 더 설렌다. 덜 여물어 더 찬란한 청춘처럼 말이다. 이후 춘천의 봄은 늘 풋내 나는 봄날의 푸른 안개를 타고 왔다. 감춰진 듯 드러나고, 뜨거운 듯 차가운 청춘의 한때처럼.

시린 안개 피는 춘천의 가을

그의 계절은 언제나 '봄'

가을, 다시 춘천행 기차를 탔다. 뜬금없이 가을에. 다른 시공간에서도 춘천은 봄날의 아련한 풋내를 품었다. 그것이 청춘의 힘이고 짧지만 진한 봄의 여운이었다. 사실 춘천을 봄으로 기억하는 데는 소설가 김유정의 영향이 컸다.

그해 봄이었다. 안개가 자욱했던 춘천에서는 생강나무가 노란 꽃을 틔웠었다. 안개가 바람을 탈 때마다 연하게 번지던 꽃-내. 그 꽃-내 속에선 애쓸 필요도 없이 소설 〈동백꽃〉 생각이 났다.

철길 끝에 남은 그리움

"닭 죽은 건 염려 마라. 내 안 이를 테니." 그리고 뭣에 떠다 밀렸는지 나의 어깨를 짚은 채 그대로 픽 쓰러진다. 그 바람에 나의 몸둥이도 겹쳐서 쓰러지며 한창 피어 퍼드러진 노란 동백꽃 속으로 폭 파묻혀 버렸다. 알싸한 그리고 향긋한 그 내음새에 나는 땅이 꺼지듯이 왼 정신이 고만 아찔하였다.

〈동백꽃〉 중에서

그때부터였다. 춘천은 긴 시간을 오롯이 봄이었다.

되짚어보면 스물아홉, 참 푸른 청춘이었다. 가난하고 병든 날을 문학으로 치유했던 천재 작가 김유정. 그는 유난히 봄을 좋아했다고 한다. 그래서 〈봄봄〉, 〈봄과 따라지〉, 〈동백꽃〉 같은 봄을 소재로 한 작품을 많이 썼다. 언젠가는 '봄이 오면 소설가 이상처럼 일본에 건너가 소설을 쓰고 사랑하는 여인과 초가삼간에서 단 사흘만 살아보고 싶다.'고 했다고도 한다. 그것을 마지막 소망으로 3월 29일, 그는 폐결핵과 결핵성 치루로 세상과 이별했다. 그때도 생강나무 꽃은 노랗고 푸지게 폈을 테다.

좋아하는 봄이 오고서야 봄과 이별할 수 있었던 김유정. 이 가을, 그의 계절은 여전히 봄이다.

젊은 그의 사랑

　안개 걷히고서야 비로소 푸른 가을 하늘이 드러났다. 풋내 나는 계절의 달콤함은 어디 가고, 그 자리엔 원숙함이 깃들었다. 그 봄, 노란 꽃을 무성하게 피웠던 생강나무도 어느새 노란 잎을 한껏 달았다. 안개가 감췄던 풍경 전체가 봄과 가을 사이를 순간 이동한 듯, 가을로 반짝거리는 풍경이라니. 역시 안개는 풍경을 가두고 여는 신통방통한 놈이다.

　기차(경춘천 전철)는 김유정역에서 멈췄다. 봄의 기억이 끝난 것처럼, 청춘의 시간이 지난 것처럼. 하지만 지나간 시간에 응답이라도 하듯, 길은 자연스럽게 기억 속으로 이어졌다. 이름 그대로 소설가 김유정의 이름을 딴 국내 최초의 명사역인 '김유정역'은 그의 고향인 실레마을로 가는 입구다. 역 마당과 주변은 물론이고 역에서 문학촌으로 가는 길 곳곳이 생강나무(동백꽃) 단풍으로 노랗게 빛났고, 들판은 이미 초록색과 황금색 사이 어디쯤에서 빛나고 있었다.

노란 꽃이 무성하게 핀 생강나무

나의 고향은 저 강원도 산골이다. 춘천읍에서 한 20리가량 산을 끼고 꼬불꼬불 돌아 들어가면 내닫는 조그마한 마을이다. 앞뒤 좌우에 굵찍굵찍한 산들이 빽 둘러섰고, 그 속에 묻힌 아득한 마을이다. 그 산에 묻힌 모양이 마치 움푹한 떡시루 같다 하야 동명(洞名)을 실레라 부른다. (중략) 산천의 풍경으로 따지면 하나 흠잡을 데 없는 귀여운 전원(田園)이다.

수필 〈오월의 산골짜기〉 중에서

소설 〈봄봄〉의 한 장면을 재현한 조형물

김유정의 표현대로 실레마을은 흠잡을 데 없는 귀여운 전원이었다. 소박하게 펼쳐진 논밭이 그랬고, 마을을 병풍처럼 감싸 안은 금병산이 또 그랬다.

　　김유정의 생가부터 찾았다. 마을의 중심에서 벗어난 동쪽 언덕 아래에 있는 'ㅁ' 자형의 초가집이 그의 생가다. '똬리집' 혹은 '뙤쇄집'이라고도 하는 이 집은 안마당이 좁아 집 한가운데 하늘이 빠끔히 뚫려 보이는 형태다. 펄펄 눈 내려 'ㅁ'자로 하얗게 쌓이고, 타닥타닥 비 내려 또 'ㅁ' 자로 마당이 젖는 그런 집이다.

　　그 집 볕이 잘 드는 마루 어디쯤에 앉았다. 문득, 부자로 태어났으나 궁핍한 채로 죽은 그와, 열렬했으나 홀로 깊었던 그의 사랑이 떠올랐다. 아마도 이 마루 어디쯤 객처럼 걸터앉아 박록주를 떠올리지는 않았을지. 기생이자 명창이었고 다른 사람의 아내이기도 했던

홀로 사랑에 목말랐을 유정

박록주. 그녀에 대한 김유정의 열병 같은 짝사랑은 꽤나 유명했다.

> 어디 사람이 동이 났다구 한번 흘낏 스쳐본 그나마 잘
> 낫으면 이어니와, 쭈그렁 밤송이 같은 기생에게 팔린 나
> 도 나렷다. 그것도 서로 눈이 맞아 달떴다면이야 누가
> 뭐래랴 마는 저쪽에선 나의 존재를 그리 대단히 녀겨주
> 지 않으려는데 나만 몸이 달아서 답장 못받는 엽서를 석
> 달동안이나 썼다.
>
> 〈두꺼비〉 중에서

이것이 젊은 김유정의 사랑법이었다. 봄 안개처럼 깊었으나 가
닿지 못한 열정. 그의 사랑은 그토록 우울했다.

'똬리집' 혹은 '돼쇄집'이라고도 하는 집 안마당

하지만 그의 소설에서 만난 사랑은 현실과는 많이 달랐다. 기막히게 능청스러웠고, 그 표현법은 놀랍도록 해학적이었다. 〈봄봄〉의 점순이와 〈동백꽃〉의 점순이 그리고 소설 속 화자의 관계가 특히 그랬다. 현실 속 그녀와 달리 점순이는 지극히 능동적으로 다가왔다.

그렇다고 내처 사랑 놀음에만 눈이 멀었다면 오늘날의 김유정은 없었을 것이다. 그는 일제강점기 소작농의 현실 또한 외면하지 않았다. 〈만무방〉과 〈총각과 맹꽁이〉가 대표적이다. 당시 유정이 만난 고향 마을의 현실은 궁핍한 농촌 만무방(염치없이 막돼먹은 사람)들의 삶이었고, 들병이(술병을 들고 다니며 술과 몸을 파는 여인)들의 삶이었다. 아픈 몸으로 금병의숙을 세워 농촌계몽운동을 펼쳤으며, 만무방이나 들병이의 아릿한 삶을 소설에 적나라하게 드러냈다. 질펀한 욕 속에 녹아 있는 유정 소설의 해학은 그래서 웃고 난 뒤, 마지막에 코끝이 찡한 '슬픈 해학'이고 '아픈 해학'이다.

실레마을엔 그 '슬픈 해학'의 공간이 가득하다. 김유정의 소설 32편 중 12편이 실레마을을 담고 있으니, 마을 전체가 문학 속 무대이고 작품이라 할 만하다. 특히 〈봄봄〉의 실제 모델인 김봉필(장인)의 집과 〈동백꽃〉의 주무대인 금병산 기슭이 인상적이다. 〈산골 나그네〉 속의 주막과 물레방아 터, 〈만무방〉의 노름 터 등도 눈에 띄긴 마찬가지. 걷다 보면 어디선가 〈동백꽃〉의 점순이가 입을 삐죽거리며 나타나 닭싸움을 시킬 것만 같고, 〈봄봄〉의 '나'가 장인 '봉필영감'에게 말대꾸를 하고 호되게 혼날 것만 같다. 현실과 소설 속을 바람처럼 넘나드는 '기분 좋은 혼동', 실레마을엔 그런 즐거움이 있었다.

"김유정의 친필 원고와 유품이 전혀 없다는 건 큰 약점이에요. 하지만 그의 소설 무대가 고스란히 남아 있는 이 마을 자체가 매우 소중하죠. 금병산 김유정 등산로나 실레마을 이야기길에도 김유정의 작품 속 이야기가 가득합니다." 소설가 전상국 씨(김유정기념사업회 이사장)의 말처럼, 실레마을엔 원래의 무대에서 파생된 이야깃거리도 많다. 그 옛날 금병산에 흐드러졌을 노란 생강나무 꽃(동백꽃) 대신에 자리 잡은 실레마을의 차세대 보물들이다. 아니, 이듬해 봄이 오면 또다시 생강나무 꽃이 노랗게 필 테다. 안개 돌고 생강나무 꽃 피는 그때가 오면 다시 찾아볼 곳들이다. 그때는 '실레이야기길'을 따라 '점순이가 나를 꼬시던 동백숲길'이며 '장인 입에서 할아버지 소리 나오던 데릴사위길', '춘호 처가 맨발로 더덕 캐던 비탈길'과 '김유정이 코다리찌개 먹던 주막길'을, 너무 젊어 애틋한 스물아홉의 그와 함께 천천히 걸어볼 참이다.

〈봄봄〉의 점순이와 〈총각과 맹꽁이〉의 들병이를 만나려면, 지금 바로 '김유정역에 내려라.'

문학을 거닐다

실레마을엔 김유정의 흔적을 마주할 수 있는 곳이 많다. 김유정의 생가가 복원돼 있고, 그 옆으로 전시관(033-261-4650, http://www.kimyoujeong.org, 매주 월요일 휴관, 관람료(생가+전시관+이야기집 통합 관람) 성인 2,000원)이 조성돼 있다. 최근엔 문학마을이 들어서, '김유정 이야기집(김유정 사료관)'을 비롯한 공연장과 한복체험방, 천연염색방, 도예공방 같은 체험공간도 마련됐다. 폐쇄됐던 옛 김유정역 일대를 공원으로 꾸며 개방한 것도 눈에 띄는 점이다. 북카페로 탈바꿈한 무궁화호 열차와 함께 아기자기한 테마공원, 야외결혼식장이 마련됐다.

실레마을을 아늑하게 둘러싸고 있는 금병산을 찾는 여행객도 꾸준하다. 김유정 소설의 무대답게 금병산 자락엔 '춘천 봄내길' 1코스인 '실레마을 이야기길'이 조성돼 있다. 실레마을 이야기길은 김유정의 소설 배경지를 따라 걷는 2시간 코스의 길이다. 총 5.2km 거리의 산책로로, 김유정문학촌~실레마을길(문학촌 윗마을)~산신각~저수지~금병의숙 터~마을안길~김유정문학촌 순으로 둘러보면 된다.

시간이 넉넉하다면 인근에 있는 북스테이션(Book Station)에도 들러볼 일이다. 강원도 출신 작가들의 책이 큰 모형으로 전시된 그곳에서 경강역으로 가는 레일바이크를 탈 수 있다.

다른 작가를 엿보다

소설가 전상국은 자칭 '김유정에 미친 사람'이다. 현재 김유정기념사업회 이사장으로, 실레마을에 살며 작품 활동을 하고 있다. 등단작인 〈동행〉을 비롯한 〈아베의 가족〉과 〈길〉로 이어지는 분단을 소재로 한 작품들과 함께, 〈우상의 눈물〉과 같은 교육문제를 다룬 소설도 썼다. 하지만 그의 글 다수는 김유정에 관한 것. 그가 생각하는 김유정 문학의 핵심은 '빼어난 문장'과 '가난에 굴하지 않았던 작가 정신'이다.

여행을 맛보다

춘천을 대표하는 먹거리는 단연 닭갈비다. 실레마을에서도 마찬가지다. 철판닭갈비로는 '김유정 닭갈비집'(김유정역 인근, 033-264-2041)이, 숯불닭갈비로는 '한가족숯불닭갈비'(김유정 생가 인근, 033-263-8300)집이 인기다.

커피 두 스푼, 설탕 두 스푼, 프림 두 스푼의 마법
그리움을 오물거리는 감성변태

#이기호 #강원도 #원주시 #단구동

작가소개

이기호는 1972년 강원도 원주시 단구동에서 태어났다. 1970년대 이후 태어난 작가 중 유독 고향 이야기를 많이 쓰는 이유에 대해 "원주라면 자신 있어요. 누구보다도 원주에 대해서는 잘 쓸 자신이 있으니까 쓰는 거예요."라며 무심한 듯 말한다. 하지만 속내를 들여다보면 할머니에 대한 그리움이 있다. 어린 시절 원주에서 할머니의 입을 통해 세상을 내다본 기억이 그의 문학에 큰 자산으로 남았다. 그에게 할머니와 원주는 마르지 않는 창작의 샘물과 같다.

작품소개

1999년 《현대문학》 신인추천공모에 단편소설 〈버니〉가 당선돼 등단했다. 소설집 《김 박사는 누구인가?》, 《갈팡질팡하다가 내 이럴 줄 알았지》, 《최순덕 성령충만기》, 장편소설 《차남들의 세계사》 등을 발표했다. 다수의 작품에서 작가 특유의 엉뚱하고도 따뜻한 세상을 바라보는 시각과 태도를 엿볼 수 있다. 평론가들은 그의 시선을 두고 가장 '개념 있는 유쾌함' 중의 하나라 평했다.

커피 두 스푼, 설탕 두 스푼, 프림 두 스푼의 마법

그리움을 오물거리는 감성변태

글·사진 박성우

시간과 시간 사이엔 그녀의 손이 자리했다. 야위고 까칠한 모습으로. 손은 조금이라도 힘줘 잡으면 부러질 만큼 가늘었고, 땅에 떨어진 나뭇가지처럼 거칠었다. 그 손은 늘 그랬다. 그런데 약한 손이 유독 힘을 내는 순간이 있었다. 손주들의 배를 어루만질 때였다. 밤새 낑낑대는 아이가 편해질 때까지 쉬지 않고 움직였다. 할머니의 사랑을 그린 작가가 있다. "나는 책이 아닌 할머니에게서 처음 이야기를 배운 사람"이라고 말한 이기호다. 그는 고향인 원주를 배경으로 할머니 이야기를 많이 했다. 할머니가 손으로 아픈 배를 만져주었듯, 이기호는 글로 세상을 따듯하게 어른다.

　때론 입에서 나오는 말보다 하나의 행동이 기억에 남는다. 너무 힘든 날, 말없이 바라보던 친구의 몸짓이 그랬다. 친구의 손이 등을 두드려 줄 때 들렸던 '툭툭' 소리는 어떤 위로보다 큰 울림을 주었다. 할머니에게서도 그런 소리가 났다. 배를 만져 주시면 방금 말린 홑이불을 덮은 것 같은 안락함을 느꼈다. '사각사각' 하는 소리에 취해 아픈 것도 잊고 깊은 잠에 빠졌다. 원주는 그런 할머니가 생각나는 동네다. 이기호가 박경리에게 헌사한 소설 〈원주통신〉의 영향이기도 했지만, 단구동을 산책하는 내내 들렸던 낙엽의 바스락거림 때문이었다. 그 소리는 어릴 적 할머니의 따뜻했던 손처럼 '사각사각' 거리며 귓가에 내려앉았다. 단구동은 화려한 말보다 조용한 몸짓을 지닌 마을이다.

기억의 창고를 활짝 연 문지기

누구나 머릿속엔 지난날을 저장하는 창고가 있다. 그 안에서 추억을 꺼내 다친 마음을 달래기도 하고, 아쉬움이 남은 건 바람에 실어 보낸다. 그러나 꺼내지 못하는 기억도 있다. 슬픈 그리움이다. 머리가 아닌 가슴 깊은 곳에 숨어있어 빼낼 수 없다. 억지로 끄집어내면 상처가 생겨 아물지 않는다. 이기호의 소설은 감춰진 아픔에서 시작한다.

자전적 소설 〈할머니, 이젠 걱정 마세요〉가 대표적이다. 소설의 주인공, 그는 유년시절 할머니로부터 세상을 배웠다. 화로와 요강만 있던 작은 방에서 오직 할머니의 목소리만으로.

> 세월은 흘러흘러 할머니는 어느덧 여든을 훌쩍 넘겨버리셨다. 여든을 넘긴 할머니는, 이제 나에게 한 가지 이야기만 반복해서 들려준다. "아가, 할미가 육이오 동란 때 말이다……."
>
> 〈할머니, 이젠 걱정 마세요〉 중에서

치매로 더 이상 많은 이야기를 하지 못하는 할머니에게 이젠 손자가 세상을 들려준다. 자신의 기억창고에 차곡차곡 쌓아놨던 추억을 활짝 열었다. 예전 할머니처럼 손과 음성만으로.

〈할머니, 이젠 걱정 마세요〉는 아련한 이야기를 담고 있지만 슬픔이 덜하다. 오히려 유쾌함으로 마무리된다. 이것이 이기호 작품의 매력이다. 문학평론가 신수정이 "그는 입담의 작가, 신세대 건달의 대변자로 알려졌다. 보편적인 인간사의 잔잔한 세목들에 눈을 돌리며 삶의 증언자로 우뚝 서는 장면에 동참할 수 있어 뿌듯하다."고 말했듯이 순간순간 보이는 재치와 따뜻함이 작품의 큰 줄기를 이룬다. 소설이 흐릿한 기억으로 시작하지만, 잔잔한 웃음으로 마무리되는 이유이기도 하다.

〈원주통신〉은 작가의 또 다른 그리움인 고향을 그렸다. 택지개발로 변해가는 단구동에 박경리가 이사 와서 벌어지는 에피소드를 풀어나갔다. 단층집을 허문 자리엔 아파트가 올라가고, 박경리 집 옆에는 그녀의 작품명을 딴 '룸살롱 토지'가 생긴다. 주인공은 원주의 자랑이었던 박경리의 소설이 술집 간판으로 바뀌는 모습을 보며 진한 아이러니를 느낀다.

이기호는 박경리에게서 할머니의 모습을 떠올리며, 단구동은 추억이 담긴 공간이라고 이야기한다. 술집 '토지'가 거슬리는 건 그 동네와 어울리지 않아서이다.

〈원주통신〉에 정작 박경리와 관련한 이야기는 거의 없다. 그러면서도 그녀는 소설의 중심에 존재한다. 소설가 김원일은 "이기호는 이야기를 풀어나가는 재주가 대단하다. 탁월한 이야기꾼이다. 고급독자를 끌어들일 수 있는 역량 있는 작가다."라고 평가했다. 스토리를 만들어가는 재주가 그만큼 뛰어나다는 뜻이다. 또한, 사건과 사건, 인물과 인물이 치밀한 인과관계 안에서 만들어졌다는 이야기이기도 하다.

우연, 인과관계의 시작점

나는 그 논리가 버거워, 종종 우연으로 소설을 끝내버리
곤 했다. 며칠 밤을 지새우며 내적 필연성으로 주인공을
몰고 가기 위해 용을 쓰다가 그만, 제풀에 지쳐 에라이,
뿡! 이쯤에서 주인공 자살(혹은 즉사)! 뭐 이런 식이 되
었던 것이다.

《갈팡질팡하다가 내 이럴 줄 알았지》 중에서

할머니를 기다리는 고양이

이기호는 소설 《갈팡질팡하다가 내 이럴 줄 알았지》에서 근대소설은 너무 필연을 강조한다고 썼다. 세상엔 논리적으로 설명할 수 없는 일이 많은데 '꼭 그래야 한다'라는 어떤 강박관념에 갇혀 있다는 뜻이다. 한 인터뷰에서 "그 글은 일종의 엄살 같은 거예요. 근대소설의 법칙과 좀 다른 걸 하면 안 될까요? (중략) 인과관계에서 벗어나려는 소설들도 있는데 그런 소설은 잘 모르겠어요. 내가 하고 싶은 것은 인과관계 안에 있되, '다른 원인'과 '다른 결과'를 쓰고 싶어요."라고 말했다. 필연보다 문장과 문장 사이의 인과관계를 중요시하는 그의 의지가 보인다. '도착증자와 편집증자의 사랑'을 그린 《최순덕 성령충만기》, 쓰리 도어 프라이드로 이야기를 시작하는 〈밀수록 가까워지는〉 등이 그렇다.

근대 소설의 형식을 탈피하려는 그에게 혹자는 '즐거운 변태'라는 별명을 지어줬다. 이기호는 소설 〈나쁜 소설〉에 나오는 인물처럼 "와, 이 오빠 진짜 센 변태네."라는 말을 들을 자격이 충분하다.

그의 문장 위에는 무엇보다 세상을 바라보는 따듯한 시선이 담겼다. 할머니에게서 배웠던 사랑을 간직하고 있어서다. 글이 아닌 목소리와 손으로 배워서이기도 하다. 아메리카노보다 다방커피가 맛있다는 그는 지금도 어디에선가 커피 두 스푼, 설탕 두 스푼, 프림 두 스푼이 담긴 커피를 마시고 있을 것이다. 손으로 써 내려 갈 그리움을 오물거리며.

원주는 강원도 지방의 중심지다. 십여 년 전만 해도 지역 특성상 군사색이 강했지만, 미군철수 후 빛깔을 달리하고 있다. 특히 문학과 관광도시로 자리를 잡아가는 걸 박경리 생가를 둘러보면 알 수 있다. 택지 개발로 단구동은 아파트단지로 변했지만, 그곳은 예전 모습 그대로다. 옅은 베이지색 2층짜리 주택이 꽤나 멋스럽다. 창으로 비치는 작업실을 보노라면 그녀가 나타나 환히 웃어줄 것 같다. 의자에 앉아 할머니가 배를 만져주시던 시절로 타임머신을 타보자. 마침 그대의 손에 이기호의 책까지 있다면 금상첨화다. 환하게 웃고 계실 할머니께 〈할머니, 이젠 걱정 마세요〉의 한 구절을 읽어드리자. 생가 옆에 자리한 박경리문학공원도 같이 둘러보면 좋다. 《차남들의 세계사》의 배경 장소인 원동성당은 유신시절 민주화의 요람이었다.

박경리문학공원

다른 작가를 엿보다

이기호는 시인을 다른 종(種)이라 부른다. 소설가가 끙끙대고 벽돌처럼 한 장 한 장 이만큼 쌓아 놓으면, 시인은 말 한 방에 훅 무너뜨린다고 한다. 시인이 지닌 직관력을 이야기한 것이다. 원주에는 그가 말한 직설에 가까운 표현으로 글을 쓰던 작가가 있다. 시인 마종하다. 그는 〈안개의 개안〉이란 시에서 「적십자병원에서 개안 수술을 받았다. 눈에 늘 안개가 끼어 있는 백내장. (중략) 새로 피는 안개꽃은 안개가 아니라는 것과 안개 걷은 집, 안개 터는 나무, 그들로 인하여 나도 다시 보였다.」라고 비유했다. 시인 특유의 화법이 돋보이는 작품이다.

여행을 맛보다

강원도 하면 생각나는 음식이 몇 가지 있다. 감자옹심이가 그중 하나다. 원주에서 옹심이 본연의 맛을 느끼고 싶다면 단구동에 있는 토지 옹심이(033-761-2392)를 추천한다. 감자의 담백함을 제대로 살렸다. 직접 뽑은 면으로 유명한 향교막국수(033-764-4982)는 메밀 특유의 거친 식감을 맛볼 수 있다. 박경리문학공원 옆에 자리한 커피밀(070-4262-4222)은 사랑방처럼 아늑해 잠시 잠깐 커피 한 잔의 여유를 즐길 수 있는 곳이다.

서정이 피어날 무렵

고향 달의 숨소리가 그리웠던 사내

|

#이효석 #강원도 #평창군 #봉평면

작가소개

이효석은 1907년 강원도 봉평(평창)에서 태어나 1942년 뇌막염으로 36세 젊은 나이에 생을 마감했다. 평창공립보통학교를 졸업할 때까지 유·소년기를 봉평에서 보냈는데, 이 시기의 기억이 그의 작품 활동에 많은 영향을 끼쳤다. 한때 동반자 작가로 불리던 시절도 있었지만, 참여에서 순수로 돌아선 그는 서정적이고 심미적인 자신만의 문학세계를 구축해 나갔다. 휴양 차 갔던 함경도 주을온천에서 러시아 여인들을 본 후, 서구적인 것에서 미의 본질을 찾으려는 경향을 보여 '메주 문학'이니 '버터 문학'이니 하는 시비에 휘말리기도 했다.

작품소개

1928년 《조광》에 단편소설 〈도시와 유령〉을 발표하며 정식으로 등단했다. 초기 작품에는 《노령근해》, 〈마작철학〉 등이 있고, 이후 단편소설 〈돈(豚)〉, 〈산〉, 〈들〉 등을 발표했다. 1936년에는 서정성의 극치를 보여주는 〈메밀꽃 필 무렵〉을 발표했으며, 인간의 성(性) 본능을 탐구한 〈장미 병들다〉, 《화분》 등도 주목을 받았다.

고향 달의 숨소리가 그리웠던 사내

글·사진 이정교

강원도 봉평, 작은 시골에 이야기를 유난히 좋아하는 소년이 살았다. 읍내 평창으로 유학 온 소년은 충주집이라는 주막에 도시락을 맡겨두고 점심을 먹곤 했다. 점심보다 어른들이 모여 수군거리는 얘기가 더 맛났다. "장설 때 마다 오는 그 얼금뱅이 장돌뱅이 있지? 허생원이라던가? 그이가 성서방네 처녀와 그렇고 그런 사이라지. 어제 새벽에 둘이 물레방앗간에서 나오는 것을 봤다는구먼." 이 소년이 자라 소설가 이효석이, 그때 가장 재미있게 들었던 이야기는 〈메밀꽃 필 무렵〉이란 작품이 되었다.

메밀꽃 축제

버터만 먹었더니 메주가 그립더라

　이효석은 영서 3부작이라 불리는 〈메밀꽃 필 무렵〉을 비롯해 〈산협〉과 〈개살구〉 등 고향을 배경으로 한 많은 작품을 발표했다. 그러나 아이러니하게도 「이효석의 장녀 이나미의 주장에 의하면, 이효석의 생모는 그가 다섯 살 되던 해인 1911년경 세상을 떠났고, 이효석은 계모인 강씨와의 불화 때문에 일찍부터 집을 떠나 생활했으며, 나중에는 고향을 멀리했다고 한다.」 (이상옥,《참여에서 순수로-이효석》중에서)

　'평창하면 봉평'이고 '봉평하면 이효석'이다. '이효석하면 〈메밀꽃 필 무렵〉'이고 〈메밀꽃 필 무렵〉하면 허생원과 성서방네 처녀'가 연상된다. 그러나 정작 그에게 고향이란 향수를 불러일으킬 만큼 그립고 정겨운 곳이 아니었나 보다.

> 고향의 정경이 일상 때 마음에 떠오르는 법 없고 고향의 생각이 자별스럽게 마음을 눅여준 적도 드물었다. 그러므로 고향 없는 이방인 같은 느낌이 때때로 서글프게 뼈를 에이는 적이 있었다.
>
> 　　　　　　　　　　　　　　　　수필 〈영서의 기억〉 중에서

　평생 이어진 타향살이 때문일지도 모른다. 그는 봉평에서 태어났지만 네 살 때 아버지를 따라 서울로 이주해 살다 2년 후에 다시

낙향해 서당에 다녔다. 보통학교를 다닐 무렵에는 집에서 40km나 떨어진 평창에서 하숙하며 지냈다. 졸업 후 1920년부터는 서울에 홀로 올라와 고학을 시작했다. 고향에 대한 기억이 애틋하지 않고, 고향이 그립지 않은 것이 당연할지도 모르겠다. 이효석의 가장 절친한 친구였던 유진오도 학창시절 그가 자신을 고향으로 데려간 적이 한 번도 없어 의아해했다고 한다.

그는 자신의 고향을 초라하고 부끄럽게 여겼다. 세계주의에 눈을 돌려 부유해 보이고 세련돼 보이는 '서구'를 고향으로 삼고자 했다. 모카커피를 인이 박힐 정도로 좋아했고, 당시 집 한 채 값에 맞먹는 피아노를 들여놓고 쇼팽의 곡을 직접 연주하기도 했다. 이러한 이국적 취향은 생활면에, 몇몇 작품에서도 드러나고 있다.

그러나 그도 몸에 배인 지독한 향수를 날려 보내긴 힘들었나 보다. 두 번의 만주여행을 통해 다른 문화를 직접 체험하면서 자신의 문화적 정체성을 발견했다. 고향은 가난하고 초라해서 부끄러운 곳이 아니라, 오늘의 자신을 있게 한 곳이라고 생각을 바꾸었던 거다. 그의 고향에 대한 애착은 작품 속 사투리 흔적에서도 발견된다.

> 팔리지 못한 나무군패가 길거리에 궁싯거리고들 있으나 (중략) 춤춥스럽게 날아드는 파리떼도 장난군 각다귀들도 귀치 않다. (중략) 까스러진 목 뒤털은 주인의 머리털과도 같이 바스러지고, (중략) 아이는 앵돌아진 투로 소리를 치며 깔깔 웃었다.
>
> 〈메밀꽃 필 무렵〉 중에서

순박한 강원도 산골소년이 사투리로 양념을 쳐가며 재미있는 이야기를 들려주는 듯하다. 고향을 잊어버린 사람은 고향 사투리도 잊게 마련인데 그는 잊지 않았다. 서구 세계에 인이 박힌 듯 보이나, 마음 밑바닥에 고향에 대한 그리움이 가득했던가 보다.

메밀꽃

커피 향과 메밀꽃 향 머무는 그곳

　이효석은 서정적인 묘사에 뛰어난 작가다. 글 잘 쓰기로 유명한 유홍준 교수에게 글쓰기 스승이 있었는데, 바로 이효석이다. 유홍준 교수는 〈메밀꽃 필 무렵〉을 200번 이상 필사했다고 한다. 우리 시대 문학적 스승이 숨 쉬는 곳이 이효석문학관이다. 산자락에 자리한 문학관에 오르면 풀밭 위 책상에서 그가 커피 향을 맡으며 글을 쓰고 있다. 곁에 자리한 전축에서 금방이라도 음악이 흘러나올 것 같다. 문학관 안 전시실로 들어가면 시선을 뺏는 곳이 있다. 서구적 취향을 가졌던 이효석의 서재를 꾸며놓은 곳이다. 그럴듯

이효석문학관 - 자필원고

하게 꾸민 크리스마스 트리가 놓여 있고 책상과 피아노, 전축, 서양 여배우 사진 액자가 걸려 있다. 한 쪽 면은 〈메밀꽃 필 무렵〉 섹션으로 장식하고 있고, 곳곳에 작품 속 장면을 묘사한 모형들이 관람객의 시선을 이끈다. 메밀전시관까지 따로 마련한 것을 보면 메밀과 봉평 그리고 이효석이 삼위일체 된 느낌이다. 그가 세상을 떠난 지금도 이곳은 그를 품어주는 고향이 되어 그의 서정을 더욱 짙게 하고 있다.

메밀꽃 향에 취한 두 사내

> 밤중을 지난 무렵인지 죽은 듯이 고요한 속에서 짐승 같은 달의 숨소리가 손에 잡힐 듯이 들리며, 콩포기와 옥수수 잎새가 한층 달에 푸르게 젖었다. 산허리는 온통 메밀밭이어서 피기 시작한 꽃이 소금을 뿌린 듯이 흐뭇한 달빛에 숨이 막힐 지경이다.
>
> 〈메밀꽃 필 무렵〉 중에서

달밤이라는 시간과 메밀꽃이 피기 시작한 봉평이라는 공간에 대한 이토록 치밀하고 시적인 묘사는 고향에 대한 애착이 없고서는 불가능한 것이다. 재미있는 이야기꾼으로 성장한 소년이 고향 봉평을 그리워한 마음은 허생원을 통해서도 느껴진다.

"첫날밤이 마지막 밤이었지. 그때부터 봉평이 마음에 든 것이 반평생을 두고 다니게 되었네. 평생인들 잊을 수 있겠나"

〈메밀꽃 필 무렵〉 중에서

허생원에게 첫날밤이 마지막 밤이 됐던 봉평에서의 아련한 기억이 반평생동안 봉평장을 다니게 된 이유가 됐다. 이처럼 봉평은 허생원에게는 첫사랑의 장소고, 이효석에게는 그리움이 사무치는 곳이다.

문득 첫사랑이 생각나거나 고향이 그리워질 때가 있다. 하지만 때로는 기억 저편으로 사라진 첫사랑의 변한 모습에 실망하기도, 오랜만에 찾은 고향의 달라진 모습에 슬픔을 느끼기도 한다. 그대로 남아줬으면 하는 욕심을 가져 보지만, 가장 찬란했던 시절의 첫사랑과 아련하고 애틋한 기억은 마음속 깊게 배여 있을 뿐이다. 깊은 아쉬움이 느껴질 때 봉평을 찾아보자. 아련한 감정이 조금은 엷어질지 모른다.

1 서구적 취향을 가졌던 이효석의 서재　2 이효석의 집필 모습

효석문화마을은 국내 최초로 문학작품으로 스토리텔링한 곳이다. 소설 속 허생원과 동이가 건넜던 흥정천 근처에 차를 세워두고 가산공원부터 둘러보자. 공원 내에는 이효석 흉상과 복원된 충주집이 자리 잡고 있다. 막걸리 한 사발 먹고 싶은 생각을 접고 흥정천 다리를 건너면 메밀꽃이 흐드러지게 핀 풍경을 만난다. 메밀꽃은 아쉽게도 9월 즈음 열흘 남짓만 피니 여행일정 짤 때 참고하자. 메밀밭을 지나면 허생원과 성서방네 처녀가 인연을 맺었던 물레방앗간이 있다. 여전히 세차게 돌아가는 물레방아 옆으로 난 산길을 오르면 이효석문학관이 보인다. 문학관에는 이효석의 생애와 문학세계를 볼 수 있는 자료들이 전시돼 있고 문학관 주위도 아름답게 조성돼 있다. 이효석문학관을 뒤로 하고 내려오면 이효석문학비가 보이고, 문학비를 뒤로 하고 계속 내려오면 주차장이 있다. 주차장 오른쪽으로 올라가면 이효석생가마을이 있다. 이 마을에 이효석의 생가는 물론 평양에서 살던 푸른 집이 복원돼 있다. 근처에 이효석생가 터도 있으나 원래 있던 집을 헐고 다시 지은 집이라 옛 모습은 사라졌다. 생가 터 맞은편에 이효석문학의 숲이 있는데, 〈메밀꽃 필 무렵〉을 테마로 한 곳으로 소설 속 풍경을 찾는 재미가 쏠쏠하다.

이효석문학관 내부

시인 김남극은 봉평 출신 작가다. 2003년 시 전문 계간지 《유심》의 신인문학상
수상으로 등단했다. (사)이효석문학선양회 부위원장을 맡고 있으며 1998년부터
현재까지 이효석과 관련한 학술 행사 및 문예 사업을 담당하고 있다. 작품으로는
시집 《하룻밤 돌배나무 아래서 잤다》와 《너무 멀리 왔다》가 있다. 시에 소박함이
묻어 있고, 산골의 정취가 느껴져 마음이 따뜻해진다.

이효석생가 터 옆에 메밀꽃 필 무렵(033-335-4594)이라는 메밀음식 전문점이 있
다. 메밀국수가 맛있는 곳이지만, 감자만두도 쫄깃쫄깃한 식감에 계속 손이 간
다. 봉평장 안에 있는 현대막국수(033-335-0314)도 맛집으로 유명하다. 긴 줄에
우선 놀라겠지만 감칠맛과 비교적 저렴한 가격이 줄을 서서 기다리는 불편을 감
수하게 만든다.

사각사각 그려낸

그의 캘리그라피

|

#한수산 #강원도 #춘천시

한수산은 1946년 강원도 인제에서 태어나 춘천에서 자랐다. 강원도 시골 마을에서 책은 그에게 헤어짐 없는 벗이었다. 춘천고교 시절에는 세계문학전집을 읽으며 방황의 시기를 달랬다. 등단 이후 섬세한 감성과 유려한 문체를 기반으로 감수성 풍부한 소설을 써 큰 인기를 누렸다가, 1981년 '한수산 필화사건'에 휘말리면서 한국을 떠나기도 했다. 그는 "과거를 오늘의 문제로 되살리는 것이 중요한 문화적 기억"임을 강조하며, 최근에는 역사소설에 집중하고 있다. 오늘의 작가상, 녹원문화상, 현대문학상 등을 수상했다.

1972년 《동아일보》 신춘문예에 단편소설 〈4월의 끝〉이 당선된 후, 베스트셀러작인 장편소설 《부초》로 널리 이름을 알렸다. 주요 작품으로는 소설집 《모래 위의 집》, 《4백년의 약속》 등이 있으며, 장편소설로는 일제강점기 강제징용병들의 뼈아픈 삶을 그린 《까마귀》와, 최근 이를 개작한 《군함도》가 있다. 에세이로는 《단순하게 조금 느리게》, 《내 삶을 떨리게 하는 것들》 등이 있다.

사각사각 그려낸

그의 캘리그라피

글·사진 유영미

사각사각……. 무언가 스쳐 지나갔다. 움직임을 따라 검은 꽃이 피었다. 꽃망울은 이야기를 머금고 있었다. 그리고 또 사각사각…… 사각사각. 소리에 맞춰 발자국이 그려졌다. 깊게 팬 자국은 꼬리에 꼬리를 물고 계속됐다. 저 멀리 지나간 한 남자의 그림자가 보였다. 작가 한수산이었다. 그는 춘천에서 글을 쓰다 답답할 때면 어김없이 소복하게 눈 쌓인 공지천을 걸었을 테다. 새로운 문장은 항상 그의 발걸음으로 시작해 연필 끝으로 모였다. 노트 위 사각거리며 피어난 문장이 춘천 곳곳을 섬세하게 그려 냈다. 하얀 공지천에는 작가의 발자취가 검은 꽃가루 되어 아스라이 남아있는 듯했다.

작가 한수산이 걸었을 눈 쌓인 공지천

동그라미 아니면 세모

한수산에게도 무명의 시절이 있었다. '문학청년'이라 불리던, 가장 반짝이던 청춘이었다. 하지만 시대적인 아픔에 배움조차 쉬이 할 수 없던 시절이었다. 1971년 정부는 위수령과 함께 시내 10개 대학의 문을 닫았고, 반정부 시위에 가담했던 청년들을 가려냈다. 그가 경희대에 다니던 시절, 할 수 있는 게 아무것도 없었던 암울한 시기. 그는 '무언가'라도 하고자 학교 담을 넘었다. 물리적 투쟁은 아니었다. 그가 해볼 수 있는 건 소설 쓰기였다. 빈 강의실에는 '사각'대는 연필의 움직임 소리만이 자욱하게 뻗어 나갔다.

> 너 연애 잘 못 하지? (중략) 이런 소설을 쓰는 녀석이 연
> 애를 잘할 리가 없지. 연애를 잘 못 하니까 소설에서나
> 이렇게 쓰는 거 아니겠냐?
> 산문집 《사람을 찾아, 먼 길을 떠났다》 중에서

긴 시간이 지나고 완성된 〈대설부〉 초고를 들고 찾아간 연구실에서 황순원 선생이 웃으며 놀려댄 말이었다. 남자가 여자와 함께 동그라미와 세모를 그리며 사랑을 읽어 나가고, 산에 오르던 남자가 여자에게 옹달샘을 떠주는 장면들. 진흙탕 같은 시커먼 사회 속에서, 어쩌면 '연애를 잘 못 해서' 눈처럼 뽀얗고 순수한 사랑을 그려냈는지도 모르겠다. 때론 황순원의 농담 속에, 때론 "그런 거나 쓰려면 소주나 한 병 먹고 말아."라는 모진 가르침 속에 그의 대학

노트는 소설 습작으로 가득 채워졌다. 황순원의 빨간 펜으로 교정된 원고들이 쌓이던 어느 날, 《동아일보》 신춘문예에 〈사월의 끝〉이 당선되며 한수산은 작가의 길로 들어섰다.

원효로 4가 5번지

그는 춘천고등학교 시절 선배 대신 학교를 대표해 나간 도내 백일장 시 부문에서 고등부 장원을 얻었다. 당시 친구는 그 시를 《학원》에 투고했고, 이 작품이 박목월 선생의 평과 함께 실렸다. 박목월과의 운명은 이렇게 시작됐다. 이후 춘천교육대학에 진학 후 선배의 권유에 따라 학교 신문사 기자로 활동하며 또 다시 박목월을 만났다. 원효로 4가 5번지, 우연히 박목월의 집에 들어선 그는 시인의 책상 위 연필과 노트를 보며 작가의 길을 꿈꿨다. 그날의 짜릿함을 작가는 일기에 남겼다고 한다. 「살아가는 일이란, 꿈꾸어볼 만하고, 기다려볼 만하고, 아 애써볼 만한 일인가.」(산문집 《단순하게 조금 느리게》 중에서)

> 춘천이 나를 기르고 담금질했다면 거기 쇳물이 녹아 흐르는 가마는 석사동이었고 공지천이었다.
>
> 산문집 《춘천, 마음으로 찍은 풍경(공저)》 중에서

한수산에게 있어 박목월이 작가로서의 삶을 시작하게 된 씨앗이었다면, 춘천은 작가로서의 삶을 살게 해 준 자양분이 됐을지도 모른다. 그래서 그에게 춘천은 새벽 청춘이 피어오른 공간이었고, 문학 인생으로 천천히 스며든 출발 지점이었다. 춘천교대가 자리한 석사동에서 그의 연필은 쉴 없이 움직였을 것이다. 시를 써보겠다고 결심한 춘천교대 2학년 시절, 40여 권의 대학노트 위엔 까만 연필로 써 내려 간 꽃이 만발했다. 그해 말 작가는《강원일보》신춘문예 시 부분에 당선됐고, 그의 시는 훗날 섬세하고 화려한 문체의 밑바탕이 됐다. 연필로 쓴 장편소설《부초》는 그를 베스트셀러 작가로 만들기도 했다. 그는 20년 내내 연필로 글을 쓰고 또 고치며 작품 활동을 했다. 하얀 겨울 공지천 산책로를 걸으며 한수산이 생각나는 건 그의 문장이 소리가 되어 춘천 곳곳에 내려앉았기 때문이리라.

어제로 만드는 내일

툭-. 그의 연필이 떨어졌다. 더 이상 검은 꽃은 피어나지 않았다. 섬세하고 서정적인 문체로 독자의 관심을 받던 그가 연필을 놓게 되는 사건이 발생했다. 그는 한 인터뷰에서 "한동안 글을 못 썼다. 인간에 대한 사랑과 신뢰가 있어야 글을 쓸 수 있으니까. 그 사건을 계기로 나의 글에 사회성을 곁들이게 되었다."라고 담담하게 말했다. 소위 일컫는 '한수산 필화사건'으로 그는 한동안 작품 활동을 할 수 없었다. 작품에서 정권을 비판했다는 이유로 모진 고문을 받았고, 한국 땅에서는 당분간 살 수 없다는 판단에 결국 떠밀리듯 일본으로 떠났다. 그건 또 다른 시작이었다. 어둡고 긴 터널의 시작.

한수산은 1988년 일본에 체류하던 중 〈원폭과 조선인〉이라는 책을 접했고, 이는 하시마 탄광의 조선인 강제징용과 나가사키 피폭에 대한 작품을 쓰기로 한 계기가 됐다. 이후 군함도와 나가사키에 십여 차례 방문, 치밀한 현장 취재를 거쳐 2003년 대하소설 《까마귀》를 펴냈다. 그 후 보완의 필요성을 느껴 전작을 대폭 수정해 2017년《군함도》를 출간했다. 작가는 한 인터뷰를 통해 소설이 역사를 기억해야 할 의무에 대해 말했다. "화석처럼 굳어져 가는 그때를, 어둠 속에 묻혀 가는 그 비극을, 망각의 이끼에 뒤덮여가는 그 진실을 문화가 기억하고 파헤쳐서 살아있는 오늘로 되돌려야 합니다. 소설이 그 시대를 이야기하고 오늘 우리의 가슴을 쳐야 합니다." 27년이라는 긴 세월 동안 한수산이《군함도》에 매달렸던 이유다.

소양강의 뒷모습이 남기고 가는 말을 춘천은 안다. 견뎌내. 힘들수록 견
뎌야 해.

《군함도》 중에서

한수산은 이전에 한국을 떠나며 어쩌면 이런 마음을 다졌을지
도 모르겠다. 작가는《군함도》를 개작하며, 소설 속 한국의 무대를
그의 문학적 출발지였던 춘천으로 설정했다. 그의 상처가 계기가
되어 만들어진 작품, 그 속에 우리 역사의 뼈아픈 진실. "어제를 기
억하는 자에게만이 내일은 희망" 이라고 말하는 한수산. 그가 탄탄
히 써내려간 어제는, 이제 내일을 꾸리는 희망으로 지금의 독자에
게 다가오고 있다.

문학을 거닐다

안개 낀 춘천은 작가의 쓰라린 청춘의 회고다. 문인 29인의 산문집인 《춘천, 마음으로 찍은 풍경》에서 작가는 「청춘의 가장 반짝이던 때, 가슴 저리고 쓰라리고 하염없는 그 시절을 보낸 곳으로서의 춘천은 나에게 언제나 현재진행형일 수밖에 없다.」고 말했다. 춘천의 안개를 보기 위해서는 오전 시간에 춘천호나 의암호로 가길 권한다. 한수산의 〈안개 시정거리〉를 읽었다면, 그가 "내 젊은 날의 자화상"이라 얘기하는 작가의 청년 시절을 느낄 수 있을 것이다. 공지천은 작가의 발자취가 가장 많이 남은 공간이다. 대학노트와 연필 한 자루 들고 공지천 벤치에 앉아 시 한 편 써보는 것은 어떨까. 작가가 공지천을 표현한 문장을 찾아 사각사각 써 내려가도 좋을 거다. 시간이 남으면 작가의 문학이 피어난 춘천고교와 춘천교대 교정을 거닐어보자. 소설 《군함도》가 영화화되며 춘천을 배경으로 촬영했는데, 현재 세트장은 사라졌지만 영화 속 혹은 소설 속 '군함도'의 공간을 찾아보는 것도 좋겠다.

한수산의 청춘이 스쳐 지나간 공지천 벤치

다른 작가를 엿보다

춘천을 주 무대로 활동한 작가가 많다. 그중에서도 단연 이외수다. 이외수는 《황금비늘》, 《장외인간》, 《꿈꾸는 식물》, 《겨울나기》, 《훈장》 등 여러 작품 속에 춘천의 공간을 생생하게 그리며 왕성한 작품 활동을 펼쳤다. 이외수는 〈안개중독자〉란 시에서 「(중략)/나는/아직도 안개 중독자로/공지천을 떠돌고 있다/(중략)/결국 춘천에서는/방황만이 진실한 사랑의 고백이다」라며 공지천의 안개를 노래하기도 했다. 공지천에는 '황금비늘 테마거리'가 조성됐고, 산책로를 따라 이외수의 다양한 작품 및 핸드프린팅 등이 전시돼있다.

여행을 맛보다

닭갈비와 막국수에서 벗어나 춘천 먹거리 여행을 조금 달리 하고 싶은 이에게 춘천낭만시장을 권한다. 낭만시장이라는 이름이 붙은 춘천중앙시장은 예술적 요소를 가득 담은 하나의 골목 갤러리다. 시장을 가득 채운 알록달록한 벽화와 재미난 그림 간판을 구경하다 보면 골목 안쪽에 궁금한 이층집(070-4190-5401) 간판을 찾을 수 있다. 구수하고 담백한 일본 돈코츠 라멘이 주메뉴이며, 아기자기한 인테리어로 감성까지 함께 맛볼 수 있는 공간이다. 식사 후에는 시장 골목을 내려다보며 커피 한 잔의 여유도 즐길 수 있다.

영화처럼 살다 간 이

인생 레디 고!

#심훈 #충청남도 #당진시 #송악읍 #부곡리

심훈은 1901년 서울에서 태어나, 1936년 장티푸스로 36세의 젊은 나이에 생을 마감했다. 그는 1919년 경성고등보통학교 재학 시 3·1운동 가담으로 투옥됐다, 그해 집행유예로 풀려났다. 이후 퇴학을 당하고 중국으로 유학을 떠났다가, 귀국 후 1924년 《동아일보》 사회부 기자로 입사했지만, 1926년 민족 언론 운동 '철필구락부사건'으로 그만두게 된다. 1927년 일본에서 영화를 공부하고 돌아온 후, 이듬해 《조선일보》에 입사했다. 1931년 《조선일보》 퇴사 후, 같은 해 경성방송국 문예담당으로 취직했다가 사상문제로, 1932년 충청남도 당진으로 낙향해 소설 창작에 몰두했다.

우리나라 최초의 영화소설은 심훈의 《탈춤》(1926)이다. 1930년 일제에 대한 저항이 담긴 《동방의 애인》과 《불사조》를 《조선일보》에 연재했으나, 일제 검열로 중단됐다. 1932년 장조카 심재영의 권유로 당진으로 낙향 후 《영원의 미소》, 《직녀성》을 차례로 발표했다. 《동아일보》 발간 15주년 기념 현상공모에 당선된 《상록수》가 대표작이고, 시집으로는 《그날이 오면》이 있다.

영화처럼 살다 간 이

인생 레디 고!

글·사진 이정교

남 앞에서 우쭐대기를 좋아했다. 공부시간에 묘한 질문으로 아이들 웃기는 데만 정신을 써 선생에게 야단맞고 대들기 일쑤였다. 미워하는 일본인 수학 선생 뒤에다 주먹질하다 들켜 야단맞고, 까불지 않고 얌전히 공부하면 진급시키겠다는 제의를 거절하고 삼학년을 재수했다. 조금 알아도 많이 아는 듯 풍을 잘 떨었고 어떤 화제나 리드하려 했다. 3·1운동 가담 후 재판장의 "나중에 나가서 또 이런 짓을 하겠냐?"는 질문에 과장된 제스처로 "죽어도."라고 대답했던 일화도 있다. 재미있고 배짱 있는 사람, 외사촌 윤극영이 기억하는 심훈의 일화다.

영화는 내 인생

　민족 저항 시인, 농촌 계몽 소설가로 알려진 심훈은 잘 나가는 영화감독이기도 했다. 그가 만약 살아서 명함을 내민다면 소설가, 시인, 기자, 시나리오 작가, 영화감독, 배우 등 여러 직함에 놀랄 것 같다. 그만큼 다재다능했다. 그 많은 분야 중 그가 가장 좋아했던 것은 영화였고, 영화를 천직이라 여겼다.

　1923년 그는 중국에서 귀국 후 '극문회'라는 단체에서 최승일, 이경손, 김영팔, 안석주 등 당시 연극·영화계 주요 인물들과 교류했다. 1925년에는 영화 〈장한몽〉의 후반부에 주인공 대역을 맡기도 했다. 이수일과 심순애로 알려진 〈장한몽〉의 남자 주인공 역 주삼손이 행방불명되며 운 좋게 대역으로 캐스팅된 것이다. 미남 기자였던 심훈은 열연을 선보이며 영화인으로서의 면모를 과시했다.

　1926년에는 우리나라 최초의 영화소설《탈춤》을 발표했고, 이때부터 '훈'이라는 필명을 쓰기 시작했다. 이 작품의 주인공 강흥렬은 당시 흥행작 〈아리랑〉의 주인공 영진의 캐릭터를 염두에 두고 썼다고 한다. 이 작품의 특이점은 삽화 대신 스틸 사진을 삽입한 것인데, 이는 영화제작에 대한 그의 욕망을 반영한 것이다.《탈춤》은 일제의 검열로 미완성으로 끝났지만, 심훈의 영화에 대한 열정은 식지 않았다. 그는 1927년 일본으로 유학 가 영화제작기술을 공부하고 돌아와, 직접 원작·각색·감독한 영화 〈먼동이 틀 때〉를 단성사에 개봉해 흥행에도 성공했다. 당시 흥행작 나운규의 〈아

리랑〉과 어깨를 나란히 할 정도였다. 그리고 조선영화에서는 처음
으로 샷(shot) 안에서 카메라를 이동해 촬영하는 팬(pan)기법을
선보였다.

심훈기념관 - 심훈이 소장했던 영화 엽서

붓 대신 메가폰

1930년을 넘어서면서 일제의 지독한 검열과 영화자본의 영세, 영화 제작 기술부족이라는 조선의 열악한 영화현실이 심훈에게 뼈저리게 와 닿았다. 그는 생활고로 1932년 당진으로 낙향해《영원의 미소》,《직녀성》,《상록수》를 쉼 없이 써 내려 갔다. 어찌 보면 그가 영화에서 아예 손을 떼고 소설 창작으로 발길을 돌린 듯 보일 정도다. 그러나 그는 필경사에서 소설을 쓰던 시기에도 영화제작에 대한 열정을 포기하지 않았다. 손 때 묻은 메가폰을 책상머리 제일 높은 곳에 달아놓고 매일 먼지를 털어 줬다고 하니 말이다.

> 영화는 나의 청춘기의 가장 귀중한 시간과 정력을 허비시켰고 그 제작은 華生의 사업으로 삼으려고 직간접적으로 간여했던 것이다. 처음부터 문필로써 米監의 대를 얻으려 함이 本望이 아니었기 때문에 僻村에 와서 그 생활이 몹시 단조로울수록 인이 박인 것처럼 영화가 그립다.
>
> 〈다시금 본질을 구명하고 영화의 상도에로-
> 단편적인 偶感數題〉,《조선일보》 중에서

그는 소설 창작에 몰두하던 시절에도 문필이 본망이 아니고, 영화가 화생의 사업(본직)이며 영화가 그립다고 고백하고 있다. 영화에 대한 끈을 놓치지 않고, 영화평론도 꾸준히 썼다. 그는 당시 문학인들이 플롯(plot)을 기준으로 영화를 비평하는 것에 불만이 많앞고, 영화는 독립된 예술이지, 문학에 예속된 것이라고 생각하지 않았다. 그는 영화비평을 구체적으로 하려면 셋팅, 배광, 컷에 이르기까지도 유의해야 한다고 주장했다. 그리고 〈먼동이 틀 때〉를 두고 벌였던 한설야와의 논쟁은 조선 최초의 영화논쟁으로 유명하다. 한설야는 "청춘남여의 사랑을 위하여 한 몸을 희생하는 그러한 썩은 사람을 조선은 요구하지 않는다."라고 혹평했고, 인신공격도 서슴지 않았다. 화가 난 심훈은《중외일보》에 〈우리 민중은 어떠한 영화를 요구하는가?-를 논하여 '만년설' 군에게〉로 13회에 걸쳐 재반격 했다. 그는 영화가 사상이나 이념의 선전도구로 이용되는 것을 거부했다. 이는 카프영화계와 한설야와 윤기정으로 대표되는 카프문인들에 대한 반발이라 볼 수 있다. 영화는 대중에게 '오락과 위안' 으로서 역할을 담당해야 된다는 것이 그의 지론이었다. 한편 영화제작자의 경험으로 식민지 민족 자본의 한계를 인식한 그는 "우리 손으로 돈이 만들어질 세상부터 만들어 놓아야 할 것이다. 판국을 뒤집어 놓아야 한다."고 주장하며 일제에 강한 저항 의식을 드러냈다.

상록수, 영화 꿈꾼 소설

　심훈 기념관은 시(詩) 작법의 구성방식인 기(민족의식의 태동)-
승(저항의 불꽃)-전(희망의 빛)-결(그날이 오면)로 이뤄져 있다. 특히
전(희망의 빛)에서 그의 대중매체를 통한 문화 및 영화 활동과 영
화 저널활동을 엿볼 수 있다. 기념관에서 나와 공원처럼 조성된 곳
에 자리 잡은 필경사는 속내를 쉬이 드러내지 않았다. 심훈의 집이
라고 적혀 있는 필경사 문은 꽁꽁 잠겨 있었다. 손을 창문에 댄 채
머리를 들이밀고 유심히 봐야 한다. 그 안은 너무나 소박해 정겹다.
그는 이 좁은 곳 책상에 앉아 밤낮없이 《상록수》를 집필했으리라.
탈고 후 뻣뻣한 허리와 저린 다리를 쓰다듬으며 감격스러워 했을
게 짐작 간다. 심훈은 《상록수》를 탈고한 후 곧바로 각색에 착수했
고, 영화 〈상록수〉 개봉을 꿈꿨다. 역시나 일제의 방해로 영화화는
지연됐고, 결국 심훈의 죽음으로 허사로 돌아가고 말았다.
　소설과 영화적 기법이 조화를 이룬 《상록수》의 탄생은 소설가
이면서 영화제작자의 경험이 있던 심훈이 썼기에 가능했을 테다.
이 작품의 특징은 '영화적 장면화'에 있다. 농촌 계몽소설인 만큼
동혁과 영신 두 주인공 각자의 계몽활동차원의 장면이 있고, 동혁
과 영신의 연애 장면이 있다. 동혁이 활동한 한곡리에서는 아침 체
조 장면, 공동답 장면, 두레 장면, 회관 낙성식 장면 등으로 구성돼
있다. 영신이 활동한 청석리에서는 아이들에게 글을 가르치는 예
배당 장면, 한낭청집 회갑연 장면, 청석학원을 짓는 장면, 낙성식
장면 등이 구성돼 있다. 둘의 연애 장면에서는 해당화 필 때 두 사

람이 사랑을 확인하는 바닷가 장면이 백미라 할 수 있겠다.

소설과 영화에 대한 꿈으로 살다간 심훈. 상록수처럼 늘 푸르름으로 생동했을 그의 열정과 노력에는 일제에 대한 으르렁거림이 스며있다. 장티푸스가 원인이라고는 하지만 뭔가 석연치 않은 그의 죽음. 그가 살아있었더라면 쉼 없이 으르렁거리며 소설을 썼을 거다. 붓으로 밭을 갈 듯 써내려간 소설을 영화로 만든 심훈이 짐승같이 포효하며 메가폰에 외친다. 그날이 올 때까지 레디 고!

서해대교를 건너 송악IC를 빠져나와 38번 국도를 가다 보면 필경사를 알리는 안내판이 나온다. 필경사 안내판을 따라 좁은 길로 들어서면 오른쪽에 상록교회가 보이고 소나무 숲을 따라가다 보면 필경사가 보인다. 심훈의 일생이 담긴 심훈기념관과 유품들이 고스란히 전시된 필경사를 천천히 살펴본 후, 심재영 고택을 찾아가 보자. 왔던 길을 거슬러 가면 쉽게 찾을 수 있다. 심재영은 심훈의 장조카로 《상록수》의 주인공 동혁의 실제 모델이다. 운이 좋다면, 그의 장남 심천보 선생을 만날 수 있다. 정이 느껴지는 고택 안마당은 물론, 심훈이 거처를 필경사로 옮기기 전 창작활동에 몰두했던 서재를 보여줄지 모른다. 생전에 심훈이 산책을 즐겼다는 한진포구에도 걸음 해보자. 포구 근처 갯바위들은 박동혁과 채영신이 사랑을 약속했던 곳이다.

심재영 고택 - 심훈이 필경사에 가기 전 머물렀던 서재

다른 작가를 엿보다

시인 윤곤강은 충청남도 서산 출신 작가다. 1934년 제2차 카프 검거사건에 연루돼 수감됐다, 풀려난 후 당진 낙향이 시작됐다. 일생 중 위기가 닥칠 때마다 당진으로 낙향했다 하니, 당진과 보통 인연은 아닌 듯하다. 1930년대에서 해방공간에 이르기까지 6권의 시집을 발간하고, 최초로 동물시집을 발간하는 등 역량 있는 작가였지만, 문학적 위상에 비해 제대로 평가받지 못한다 여긴 당진의 문학동인회 '호수시문학회'는 2013년부터 매년 '윤곤강 문학포럼'을 주관해오고 있다. 그의 대표 시집으로는 《대지》, 《만가》, 《동물시집》, 《빙화》, 《피리》, 《살어리》 등이 있다.

여행을 맛보다

한진포구 근처에는 비싼 횟집이 많다. 한진포구 근처에는 횟집들이 많다. 그 중에 원주민들이 인정하는 맛집이 있다. 해뜨는 집(041-356-1724)이다. 손님들이 직접 고른 회를 즉석에서 떠주는 곳이라 탱글탱글하고 싱싱한 회를 맛볼 수 있다. 게다가 바다를 바라보며 먹을 수 있으니 운치도 그만이다. 회를 즐기지 않는 이에게는 다양한 칼국수가 있는 사랑방 손칼국수(041-358-8861)를 추천한다.

절망 끝에서 희망을 그리는

6월은 아픈 보랏빛

|

#김원일 #대구광역시 #중구 #장관동

김원일은 1942년 경상남도 김해군 진영읍에서 태어났다. 그가 6·25전쟁의
아픔을 겪어본 세대인 까닭에 그의 작품에는 남북분단이라는 현실적 소재가
많이 드러난다. 유년의 기억을 강조하는 작가는 전쟁의 기억과 아픔을 작품
안으로 가져올 때마다 괴롭지만, 이런 삶도 삶일 수 있다는 것을 말하고 싶어
글을 쓴다고 한다. 그는 진솔한 서정성과 냉철함으로 분단 현실을 문학으로
승화시킨 작가로 평가받는다.

1966년 《대구매일신문》 신춘문예에 소설 〈1961·알제리아〉가 당선돼 등단했
다. 《어둠의 혼》, 《노을》, 《불의 제전》, 《겨울 골짜기》 등 6·25전쟁의 비극에
서 벗어나지 못한 현실을 다룬 작품을 많이 썼다. 특히 《마당깊은 집》은 전쟁
후의 삶을 대구에서 보낸 작가의 유년시절 경험을 바탕으로 한 작가의 대표적
소설이다. 그밖에 《오늘 부는 바람》, 《도요새에 관한 명상》, 《미망》 등의 작품
이 있다.

절망 끝에서 희망을 그리는

6월은 아픈 보랏빛

글·사진 이재훈

김원일이 겪은 소년 시절은 '절망'이었다. 6·25전쟁, 아버지의 월북, 가장의 부재를 채워주길 바라는 어머니의 간절함. 그 간절함 때문에 고향인 진영을 떠나 가족과 함께 살게 되는 대구에서의 고단한 삶. 모든 게 어린 원일에겐 '절망'이었다. 절망이 절망으로 끝나버린다면 무채색의 삶만 남을 거다. 그러나 그가 그린 삶은 색을 갖는다. 절망 속에서 찾아낸 '희망' 덕분이다.

작가는 6·25전쟁이 빚어낸 상처와 괴로움을, 남북을 상징하는 파랑과 빨강이 혼합된 색 보랏빛이라 했다. 그는 전쟁 후 홀로 가족과 떨어져 고향인 진영 장터거리 주막에서 불목하니 노릇을 하며 어렵게 국민학교를 졸업하고 대구로 향했다. 작가는 당시를 《마당깊은 집》에서 '팔려가는 망아지 꼴'로 그리고 있다. 어머니와 함께 살아가게 될 날들이 암담하게 느껴졌기 때문이다. 하지만 그가 가장을 대신한 강한 생활력과 근면, 도덕을 배우게 된 것도 어머니 덕분이다. 그런 이유로 그의 작품에는 어려서 보고 겪은 일상이 그대로 투영된 자전적 소설이 많다. 전쟁으로 얼룩진 삶, 어머니에 대한 원망과 분노, 아버지에 대한 막연한 환상이 그의 작품세계를 이루는 근간이 되었다.

김원일문학비

그리움의 소환, 강제된 생존

　김원일은 늘 아버지의 모습을 작품에 소환하려 했다. 그의 기억에 몇 조각 남지 않은 아버지는 이상주의자이자 낭만주의자였다. 더불어 월북자였다. 월북자의 아들로 살아가는 게 쉬울 리 없었다. 아버지는 그에게 족쇄였다. 소설《노을》의 아버지는 김원일의 기억 속에 자리한 모습 대신, 배반으로 점철된 폭군으로 등장했다. 선과 반대편의 포악한 인간상에 대한 묘사를 통해 이데올로기의 허무함이 드러났던 이 소설을 발표한 후, 작가에게는 아버지에 대한 미안함이 마음의 짐으로 가득하게 된다. 결국, 소설《불의 제전》에서 '조민사'라는 인물을 통해 그토록 그리워하던 아버지를 오롯이

그리움의 소환, 강제된 생존

담았다. 이처럼 김원일 소설의 본류가 되었던 아버지는 1976년 발표된 《도요새에 관한 명상》부터 조금씩 모습을 달리한다. 지인을 통해, 월북한 아버지가 금강산부근 요양소에서 쓸쓸히 세상을 떠났음을 알고부터다. 작가는 이상과 현실을 구분하지 못한 한 인간의 삶을 대하며, 아버지에 대한 그리움을 접는다. 그 후 분단의 아픔에서 벗어나 환경문제, 학생문제, 고부간의 갈등 등 작품의 소재와 영역을 넓혀 간다.

그의 작품에서 또 다른 줄기는 어머니다. 어머니의 모습을 가장 잘 표현하고 있는 작품이 《마당깊은 집》이다. 이 작품에는 아버지의 빈자리를 장남에게 기대며, 한편으로 남편을 닮지 않게 현실주의자로 키우고 싶은 어머니의 열망이 드러나 있다. 소설에선 아버지를 대신해야 한다는 강박과 증오를 심한 매질로 가르치려는 어머니를 피해 가출하게 되는 길남이 등장하지만, 실제 작가는 가출이란 생각지도 않았다고 한다. 어머니의 심한 매질보다 세상의 핏빛 어둠이 더 무서웠기 때문이다. 어린 원일을 혹독하게 훈육하며 조금씩 나아지는 환경을 애타게 갈망하는 어머니의 악착같은 삶과 그 틈바구니에서 생존하는 법을 깨우쳐가던 작가. 작가가 벗어나고자 했고, 생존하고자 했던 삶은 이처럼 개인적인 것과 역사적인 것으로, 두 방향을 가진다.

더러운 세월, 지난한 골목

약전골목이 있는 대구 장관동과 그 주변은 《마당깊은 집》의 토대를 이룬다. 고향을 떠난 대구에서의 삶은 거듭된 고난이었다. 어머니의 혹독한 훈육과 매질. 그로 인한 방황과 어린 눈에 비친 이데올로기의 모순, 병마에 시달리다 생을 마친 동생의 죽음까지. 작가는 장관동에서 많은 아픔을 겪었다. 그런 탓에 그는 대구 장관동 시절을 '더러운 세월 약전 골목'으로 기억하고 표현한다. 《마당깊은 집》의 실제 무대다. 마당깊은 집에는 여러 가구가 휴전 직후의 어수선한 세월을 함께 넘기고 있었다. 6가구 22명이 굴곡진 삶을 살아가는 애환과 쓰라린 체험이 어린 길남의 눈으로 조명된다. 작가 김원일의 시각이기도 하다.

문학비평가 허윤진은 그런 김원일을 향해 이렇게 노래하고 있다.

「오랜 시간 글을 쓴 한 남자는 글을 쓰면서 변함없이/꾸준하게 오래오래 아팠을 것이다/자기 몫의 아픔뿐만 아니라/타인들 몫의 아픔까지 떠맡으면서/소설은 그런 아픔의 기록이다/그는 성실하게 아파왔다」(중략)

타인의 아픔까지 도맡아 그려냈던 작가는 절망의 끝에서 놀랍게도 희망을 채색했다. 우리의 삶이 무채색이지 않을 수 있도록.

《마당깊은 집》의 배경은 대구시 중심부 약전골목이 있는 장관동이다. 이곳은 김원일이 문학에 눈을 뜨기 시작한 곳이기도 하다. 작가가 소년 시절을 보낸 장관동에 과거, 현재, 미래가 공존하는 '대구 골목투어'가 생겨나 많은 이가 찾고 있다. 그중에서 '근대문화 골목투어'는 《마당깊은 집》의 주인공인 길남의 행적을 따라가며, 이제는 사라지고 없는 마당깊은 집의 흔적을 느껴보게 한다. 그 밖에 장관동에는 약전골목의 삶을 살펴볼 수 있는 '약령시 한의학박물관'과 진골목에서만 80년 세월의 무게를 이고, 수많은 문인의 체취를 간직한 미도다방도 있다. 골목 끝자락인 대봉동에는 전국 최초로 대중음악인의 이름을 딴 거리 '김광석 다시 그리기 길'이 대구의 새로운 명소로 꼽히고 있다. 나이 서른 즈음에 어느 60대 노부부의 노래를 부른 그이지만, 서른 즈음에 우리 곁을 떠난 김광석. 그가 태어난 곳이 바로 이곳 대봉동이다. 골목투어 신청은 대구광역시 중구청 골목투어 홈페이지(www.jung.daegu.kr/alley)와 전화(053-661-2194)를 이용하면 된다.

다른 작가를 엿보다

조두진은 소설 《북성로의 밤》에서 일제강점기 시절 약전골목을 포함한 대구 북성로를 중심으로 치열한 삶을 살다간 3형제를 통해 아픈 근대사를 보여주고 있다. 이 작품은 한 형제지만 살아가는 방법이 달라 결국 서로에게 총을 겨누는 엇갈린 삶을 살아야 했던 우리의 슬픈 자화상을 이렇게 대변하고 있다. 「쓸모가 없어야 살아남는다. 살아남아야 쓸모가 있는 것이다.」(소설 《북성로의 밤》 중에서) 〈마당깊은 집〉과 《북성로의 밤》에 등장하는 다른 듯 닮은 근대의 모습을 살피는 것도 의미 있을 것이다.

여행을 맛보다

《마당깊은 집》의 흔적을 따라 걸을 수 있는 골목여행은 길남이와 함께 걷는 길이다. 길을 따라 소설 속을 거닐다 보면 어스름한 진골목 한쪽에 고등어정식, 한우국밥, 된장정식 등을 맛볼 수 있는 송정식당(053-425-2221)과 육개장, 육국수, 콩나물국밥을 맛볼 수 있는 진골목식당(053-253-3757)이 있다. 식사 후에는 진골목의 추억과 낭만을 그대로 간직한 미도다방(053-252-9999)에서 약차나 한방차를 맛볼 수 있다.

빌뱅이 언덕 아래

종지기가 건네는 위로

―

#권정생 #경상북도 #안동시 #일직면

권정생은 1937년 도쿄 빈민가에서 태어나, 2007년 71세로 삶을 마감했다. 그는 평생 병고와 가난을 겪었지만, 가난하고 소외된 사람은 물론 뒷산에 사는 다람쥐와 벌레, 대추나무 한 그루까지 사랑했던 따뜻한 이였다. 겉치레를 경계하고 삶과 문학이 일치하는 생을 살다간 그를 두고 '작지만 큰사람'이었다고 평한다.

1969년 동화 〈강아지 똥〉은 권정생이 동화작가의 삶을 시작하게 된 작품이다. 이후 그는 1975년 제1회 한국아동문학상을 받았으며, 동화 〈무명저고리와 엄마〉와 《몽실언니》 등을 비롯해, 산문집 《우리들의 하느님》, 시집 《어머니 사시는 그 나라에는》 등 많은 작품을 남겼다. 그는 평생 안동의 시골 마을에 살며, 가난과 병고로 고통받는 이웃과 자연에 대한 사랑을 작품의 주된 주제로 다뤘으며, 세상을 보듬는 인간애로 비극을 극복하는 과정을 그렸다.

빌뱅이 언덕 아래

종지기가 건네는 위로

글·사진 배성심

한겨울 새벽, 차가운 하늘 위 총총한 별들 사이로 성스러운 종소리가 울려 퍼졌다. 종소리는 초가집 창문을 두드리고 마을 돌담길을 돌아 다시 먼 하늘로 날아갔다. 초라한 시골교회 종지기는 칼바람에 얼어버린 종 줄을 잡은 손이 얼얼하게 시려 와도 장갑을 끼지 않았다. 가난하고 소외받은 이에게, 아픈 이에게, 벌레에게, 길가에 구르는 돌멩이에까지 골고루 가 닿는 종소리를 따뜻한 손으로 만들어낼 수는 없었다. 차마 자기 혼자만 따뜻하게 손을 덥힐 수 없었다.

낡고 소탈한 일격

　　조그만 시골교회 종지기 권정생은 어느 날 물끄러미 마당을 내다보았다. 처마 밑에 버려진 강아지 똥에 비가 내리더니 흐물흐물 녹아내리며 땅속으로 스며들었다. 며칠 후 그 옆에서 민들레 꽃이 피어나는 것을 본 그는 눈물을 흘릴 정도로 감동했다.

　　　　방긋방긋 웃는 꽃송이엔 귀여운 강아지 똥의 눈물겨운

　　　　사랑이 가득 어려 있었어요.

　　　　　　　　　　　　　　　　　　　　　〈강아지 똥〉 중에서

　　눈에 보이는 아름다움만 아름다운 게 아니라는 것, 천대받고 보잘것없어 보이는 것도 충분히 쓸모 있다는 것을 세상에 말하고 싶었다. 그런 그가 젊은 나이에 결핵의 후유증으로 콩팥과 방광을 다 들어내고, 옆구리에 오줌 주머니를 찬 채 죽음과 싸워가며 쓴 동화가 〈강아지 똥〉이다.

　　권정생은 스물아홉에 시작한 교회 종지기 노릇을 소홀히 하기 싫어 조탑마을을 벗어나지 않았다. 교회에 종이 없어진 후에야 16년의 종지기생활을 마감했을 정도였다. 보잘것없어 보이는 일을 구석진 곳에서 묵묵히 해낸 그야말로 '강아지 똥' 같은 존재가 아니었을까?

　　작가의 생가를 찾아가는 골목 어귀에 낯익은 돌담이 둘러쳐 있다. 동화책 〈강아지 똥〉 표지에 화가 정승각이 그린 것과 똑같은

일직교회 종탑

돌담이다. 골목길을 따라 그의 생가 마당에 들어선 순간, 너무도 초라한 모습에 가슴이 찌르르 아려온다. 고인돌 하나, 나무 한 그루, 개집 하나, 변소 한 칸 그리고 작은 오두막 한 채, 그뿐이다. 방문 위에 마분지를 대충 접어 초등학생 같은 글씨체로 '권정생'이란 이름 석 자 달랑 적어넣은 누렇게 빛바랜 종이문패가 그의 소박한 얼굴처럼 미소 짓고 있다. 그의 지인 이현주 목사는 1975년 《조선일보》 신춘문예에 당선됐을 당시 수상식 단상에 섰던 그의 모습을 이렇게 회상한다.

권정생 생가

틀림없이 장터 행상에게서 샀을 허름한 코트를 목이 긴
털 셔츠 위에 걸치고 무릎이 벌쭉하니 나와 종아리가 다
드러난 검정 바지에 검은 고무신을 신고 있었다. 그것은
빳빳한 와이셔츠 깃 아래 어지러운 무늬의 넥타이를 매
고 윤이 나도록 손질한 가죽구두를 신은 서울 놈들에게
통쾌한 일격이었다.

〈권정생 그의 문학과 삶〉 중에서

낡은 문틀 위 누런 종이문패로 권정생에게 일격을 당하고 돌아
오는 차 안에서 휘황찬란한 도시의 밤거리를 내다보며 줄곧 생각
했다. '사람은 무엇으로 사는가?'

낡은 문틀 위 빛바랜 종이문패

절뚝이던 꽃

절뚝거리며 걸을 때마다 몽실은 온몸이 기우뚱기우뚱했
다. 그렇게 위태로운 걸음으로 몽실은 여태까지 걸어온
것이다. 불쌍한 동생들을 등에 업고 가파르고 메마른 고
갯길을 넘고 또 넘어온 몽실이었다.

《몽실언니》중에서

어려서 계부에게 폭행 당해 다리를 절게 된 몽실은 아버지가
서로 다른 양쪽 가족을 돌보며 희생의 삶을 살아간다. 그녀는 먹을
것이 없어 남편을 버리고 다른 남자에게 시집간 어머니를 그럴만
한 이유가 있다며 용서하기까지 한다.

《한티재 하늘》,《점득이네》,《무명저고리와 엄마》등 권정생 작
품의 인물들은 하나같이 한 많고, 가난하고, 아픈 역사의 횡포에 짓
눌려 신음하는 이들이다. 그러나 한편 그들은 따뜻하고 순수하며
인간다움을 잃지 않는다.

《몽실언니》의 배경인 노루실 마을은 안동시 일직면 망호리로
'권정생 동화 나라'로 바뀐 옛 남부초등학교 일대. 낮은 담장이
서로의 어깨를 기대고 들어앉아, 이웃의 소박한 살림살이가 훤히
들여다보이는 동네다. 햇볕이 따스하게 내려앉은 마당 한편에 노
부부가 마주 앉아 두런두런 얘기하며 마늘을 까고 있다. 따뜻한 풍
경을 뒤로 한 채 지척에 있는 운산장터에서 밥을 구걸해 병든 아버
지와 동생에게 먹였던 몽실이가 수없이 오간 길을 따라 걷는다. 길

가 비닐하우스에서 틀어놓은 라디오에서 흘러나오는 노래 한 구절이 가슴을 울린다. '한 송이 꽃이 될까, 내일 또 내일······' 꽃처럼 어여쁜 나이에 구걸하러 다녀야만 했던 몽실이의 얼굴에 스무 살에 할 수 없이 집을 나가 걸인생활을 해야 했던 권정생의 얼굴이 겹친다. 한번 살다 가는 인생, 활짝 핀 꽃 같은 시절 한 번 보낸 적 없던 두 사람의 생애가 애닯다.

별바라기의 슬픈 동화

권정생의 동화는 슬프다. 그는 '세상이 슬픈데 어떻게 슬픈 이야기를 쓰지 않을 수 있나?'라고 말했다. 생전에 그와 깊은 교류를 하던 동화작가 이오덕은 '동화를 쓰기 위해서 세상에 태어난 듯한 이 작가가 깜빡거리는 목숨의 불을 간신히 피워 가면서 온갖 신체적, 물질적, 정신적 고통 속에 얼마나 처절한 생활을 하여 왔는가 하는 것을 비로소 알게 되었다. 어쩌면 그는 우리 민족의 온갖 불행을 한 몸에 지고 안고서 살고 있는 것 같았다.'고 말했다. 그는 히로시마 원자폭탄 투여, 해방 후 좌·우익의 충돌, 6·25전쟁의 소용돌이 속에서 가족들을 차례로 모두 잃었다. 폐병에 걸려 만신창이가 된 몸으로 오줌주머니를 차고 40kg도 안 나가는 쇠잔한 몸으로 빌뱅이 언덕 아래 오두막에서 평생 홀로 살았다.

언제 죽을지 모르는 신체를 가지고 사는 사람의 절망을 짐작이나 할 수 있을까. 자신의 잘못 아닌 역사의 소용돌이가 빚어낸 결과를 떠안은 것이라면 그 분노를 감당해 낼 수 있을까. 그러나 권정생은 절망 대신 문학을 그러쥐고 안간힘으로 버텨냈다. 하루 글을 쓰고 나면 이틀을 열병에 앓아누웠지만, 동화 속 인물들과 슬픔과 고통을 나누며 온몸으로 글을 썼다. 그에게 문학은 '삶'이었고, 가슴에 맺힌 이야기를 풀어내는 과정이었으며, 서러운 사람들의 상처를 어루만져 주는 위로였다.

그의 집 바로 뒤편에 자그마한 언덕이 있다. 몸이 약해 안동 시내에조차 나가기 힘들던 그는 이곳 빌뱅이 언덕에 올라 별을 올려다보며 아픈 마음을 달랬다. 그래도 마음대로 외로워 할 수 있고, 아파 누울 수 있는 방 한 칸이 있어 행복하다고 말하던 사람, 지금은 그 마당 위 하늘의 별이 되었다. 세상이 어두워 더욱 빛나는 사람, 정생(正生).

생가 골목 어귀의 돌담

안동시 일직면 조탑동(造塔洞)에는 우리나라 보물 57호인 5층 전탑이 있다. 조탑동은 탑을 쌓는 벽돌을 구워내는 곳이 있어 붙여진 이름이라 한다. 권정생이 20대에 시작해 16년간 종지기로 있으며 〈강아지 똥〉을 집필했던 일직교회가 마을 한가운데 자리하고 있다. 교회에서 2~3분 정도 걸어가면 병들고 외로웠던 그를 평생 보듬어 주었던 남루한 그의 생가가 나온다. 그의 생가에서 자동차로 10분 거리에 있는 일직면 망호리는 《몽실언니》의 배경지다. 이곳에 자리한 남부초등학교 폐교는 '권정생 동화 나라'로 꾸며져, 권정생의 육필원고와 사용하던 생활집기들이 전시되어 있다. 인세로 받은 10억여 원을 북한 어린이들을 위한 성금으로 내놓은 그의 유품은 낡고 초라하다. 몽실언니가 살던 시대나 지금이나 별반 다름없어 보이는 조그만 시골마을에서 나그네 혼자 괜스레 울적해진다.

망호리 권정생 동화나라

「내 고향 칠월은 청포도가 익어가는 시절」로 시작하는 시 〈청포도〉를 쓴 이육사가 안동시 도산면 천리 출신이다. 일제강점기 때 '시를 생각하는 것도 곧 행동'이라며 시를 써서 일제에 항거한 저항시인이다. 〈광야〉 등 지조와 절개 가득한 시를 남기고 베이징 감옥에서 순국한 그의 문학관이 안동시 도산면 백운로에 자리하고 있다.

여행을 맛보다

안동 구시장 찜닭 골목 안에는 수십여 군데의 찜닭 집이 저마다 원조를 자랑하며 손님을 불러 모은다. 그중 안동인 안동찜닭(054-842-6655)의 찜닭은 자극적이지 않으면서 부추와 당면이 어우러져 깔끔한 맛을 낸다. 안동역 바로 옆 일직식당(054-859-7557)은 고등어를 이용한 각종 요리를 선보이는데, 노릇노릇 구워져 나온 고등어구이는 그야말로 밥도둑이다. 안동댐 월영교 맞은편에 위치한 까치구멍집(054-821-1056)에서는 헛제삿밥을 맛볼 수 있다. 묵직한 놋그릇에 차려져 나오는 제사음식을 맛보는 것도 색다른 재미다.

헛제삿밥

유랑과 유람, 길과 집, 어머니와 나 사이

아프도록 아름다운 형벌

|

#김주영 #경상북도 #청송군 #진보면

작가소개

김주영은 1939년 청송군 진보면 월전리에서 태어나, 일제강점기와 6·25전쟁을 겪으며 가난으로 점철된 성장기를 보냈다. "탯줄을 끊고 난 순간부터 굶주림에 시달렸다."고 했을 만큼 그의 유년기는 궁핍했고, 가난해 더 외로웠다. 그래서 자주 "가난이 글을 쓰게 했다."고 고백했다. 작품에서 종종 드러나는 아픈 삶도 그의 문학을 이루는 큰 축이다. 스스로 '누더기 같다' 말한 가정사의 중심엔 늘 어머니가 있었다. 언젠가 그는 "나에게 소설은 재주가 아니라 뚝심이자 견디는 힘이었다."고 말했다. 소설을 쓰며 가난과 어머니로부터 비롯된 마음과 몸의 기아를 견뎠을 그다. 혹독할 만큼 치열하게 길 위를 떠돌며 소설을 쓴 것도 이와 무관치는 않을 터. 아마 그는 여든이란 나이에도 길 위에서 치열할 테다.

작품소개

1971년 《월간문학》에 〈휴면기〉가 당선돼 등단한 후 《객주》, 《천둥소리》, 《홍어》, 《빈집》, 《잘가요 엄마》 등의 소설을 발표했다. 이 중 대표작은 조선 후기 보부상의 삶과 애환을 담은 대하소설 《객주》다. 그가 《객주》를 쓰기 위해 사료를 수집한 기간만도 5년이고, 무려 3년에 걸쳐 전국의 장터를 순례해 노트 11권 분량의 우리말을 채집했다. 지난 2013년에는 1984년 9권으로 마무리 지었던 《객주》를 34년 만에 10권으로 완간해 화제를 모으기도 했다. 가난했던 유년기에 대한 기억을 풀어낸 자전적 소설부터, '걸쭉한 입담과 해박한 풍물묘사가 돋보이는' 장편역사소설에 이르기까지 문학적 폭이 아주 넓다.

유랑과 유람, 길과 집, 어머니와 나 사이

아프도록 아름다운 형벌

글·사진 이시목

그 겨울, 엄마에게선 생전 나지 않던 분내가 났다. 분통이란 것을 그때 처음 보았다. 분통 속의 뽀얀 가루를 후~ 불었다 된통 혼쭐이 났던 기억. 크고 나서야 분통을 남기고 간 이가 얼레빗이나 분통 등을 싸 들고 시골 마을을 다니는 봇짐장수임을 알았다. 길이 곧 삶이고 삶이 곧 길 위에 있었던 그들, 그들 삶의 이야기를 다시 만난 건 김주영의 소설 《객주》를 통해서였다. 《객주》는 길 위 보부상들의 삶을 걸출하게 담아낸 대하소설이다. 그래서 떠났다. 김주영의 고향이자 소설 《객주》와 《홍어》의 무대인 진보. 작가가 "내 소설의 뿌리가 박힌 곳"이라고 했던 진보, 그곳에서 유랑자들의 삶을 자신 또한 유랑자가 되어 글로 옮긴 김주영의 흔적들을 만났다. 그처럼 '떠돌이 삶'들의 이야기를 되짚으며 유랑하듯 진보를 유람했다. 닮은 듯 다른 두 단어 사이에서 만난 건 김주영, 그의 '형벌이자 선물 같은 삶'이었고 고단한 삶들의 억척스러움이었다.

길 위에서 치열한 작가, 김주영

길은 내 문학의 모체이자 삶의 스승

삶은 길을 따라 이어지고, 길은 그 삶을 다시 길로 이끈다. 때론 굽이지고 때론 뻗어나며 사람과 사람을 잇고, 공간과 공간을 잇는 게 길이다. 안동에서 청송으로 가는 고갯길, 가랫재에 섰다. 옛날 보부상들이 동해의 고등어를 안동으로 싣고 가던 길이다. 어쩌면 강구항(영덕)을 출발한 걸음이 해 질 녘 임동(안동)에 닿긴 전 보부상들이 마지막으로 등짐이며 봇짐을 내려놓고 쉬었을 길이다. 확인하지 않아도 충분히 거칠었을 그들의 숨소리, 가랫재는 그 삶의 소리가 흥건하게 배인 자리다. 말하자면《객주》의 '떠돌이 주인공'들이 걸어 넘었을 '애환의 고개'이고, 소설가 김주영이 뒤이어 넘었을 '유랑의 길'이다.

그런 유랑의 길은 가랫재에서 '객주길'을 지나 꺾이듯 굽이지며 황장재를 지난다. 외씨버선길 세 번째 구간으로 조성된 '객주길'은 옛날 보부상들이 청송읍에서 진보장으로 등짐과 머릿짐을 지고 지나던 길이다. 지금은 곁으로 국도가 시원하게 뚫려있지만, 옛날에는 이 길을 통해 물산과 사람이 오갔다. 버겁고 팍팍한 그들의 걸음 위로는 계절도 쉴 새 없이 흘렀겠고, 눈비를 기어코 견디며 걸었던 흔적도 빼곡했을 테다. 오가는 걸음이 그리 쉽지 않았을 거라 짐작하는 건, 제법 고됐을 오르막길이 많아서다. 하지만 수많은 사람의 발길이 외롭게 닿았던 이 길도 이제는 유랑의 기억만 품은 채 고요히 계절을 지난다. 보부상이 떠난 자리, 그 빈터엔 늙은 소나무만 빽빽하고 인적 드문 길 위엔 들꽃만 무성하다.

문득, 수년 전 청송으로 가는 기차 안에서 김주영 작가가 했던 말이 떠올랐다. "제 소설은 '길 위의 문학'이라고 요약할 수 있습니다. 《객주》를 비롯해 제 소설의 등장인물은 한곳에 머무르지 않아요. 뭔가 찾기 위해, 누군가를 만나기 위해 구도의 길을 떠납니다. 길은 내 문학의 모체이자 삶의 스승입니다."

　바람이 욕심껏 불어와 가을빛에 잠긴 옛길을 잠시 흔들다 갔다. 그래도 가을빛은 쉬이 잦아들지 않았다. 오히려 더 분분해질 뿐, 환해질 뿐, 아련해질 뿐. 가을날, 유랑자의 길은 그렇게 혼미해지도록 아름다운 계절과 잇닿아 있었다. 길은 닫혀 있는 법이 없다.

김주영 객주길 이정표

그 삶의 8할은 '풍찬노숙(風餐露宿)'

길이 '유랑'의 상태라면 오일장은 보부상들에 있어 '유랑'의 결과다. 객주길이 가깝게 지나는 진보장(3일, 8일)은 그 옛날 영덕 해안과 청송·영양·안동의 내륙을 오가는 물산의 길목이었다. 김주영은 그의 소설 〈외촌장 기행〉의 직접적인 무대이기도 한 이곳에서 어린 시절을 보냈다. 배가 너무 고파 떨어진 감꽃을 주워 먹으며 자랄 때였다고 한다. 《객주》의 서문에서 작가는 "내가 살던 시골의 읍내 마을에서는 5일마다 한 번씩 저자가 열렸다. 내가 살던 집의 울타리 밖이 장터였고 울타리 안쪽은 우리 집 마당이었다. 그러나 그 울타리는 어느새 극성스러운 장돌림들에 의해 허물어지고 말

김주영 작가가 살던 진보 땅

깨알같이 메모한 육필 노트와 객주문학관 내부

왔다. 그들은 우리 집 마당에서 유기전을 벌이기도 하였고, 드팀전을 벌이는가 하면 어물전을 벌이기도 하였다. 어릴 때부터 나는 땀 냄새가 푹푹 배어나는 그들의 치열한 삶을 보아 왔다. 명색 작가가 되면서 나는 그 강렬했던 인생들을 어떤 방식으로든지 배설하지 않으면 안 된다는 강박감에 부대껴왔다.”고 술회하고 있다. 어린 시절 작가가 목도한 장꾼들의 치열한 삶과 우리 민중의 역동적인 생명력이 그에겐 평생을 두고 풀어야 할 화두였던 것이다. 실제로 그의 소설 중 상당수가 떠돌이에 대한 이야기이고, 그 또한 생의 절반 이상을 길 위에서 떠돌았다.

“한 달에 20일 이상 노트를 들고 장터를 쫓아다녔습니다. 시골에 있는 여인숙이나 여관에 머물며 글을 쓰기도 했고요.” 그는《객주》를 연재하는 5여 년 동안 200여 곳의 장터를 답사하고, 200여 명의 취재원을 만났다고 한다. 그야말로《객주》의 9할이 길 위의 풍상을 견디며 쓴 소설인 셈이다.

그의 이런 행보는 2014년에 개관한 객주문화관에서도 고스란히 드러난다. 소설가 이문구는 그가 장터를 돌아다니며 깨알같이 메모한 육필노트를 보고 ‘이것은 그의 피다. 피 흘리는 김주영의 모세혈관’이라고 말했다. 김주영의 소설을 쓰기 위한 현장 답사는 비단《객주》에만 그치지 않는다. 그는 “단편소설을 써도 그 지역을 두서너 번씩 답사”한다는 말로, ‘길 위의 작가’임을 스스로 증명했다. 참으로 지독하고 치열한 생이다.

왈칵 쏟고 만 그 말, '엄마'

문득 차량들의 소음들이 블랙홀로 빨려 들어가 버린 것
처럼 뚝 끊어져 버렸다. 소리의 파장들이 무언가에 뒤통
수를 얻어맞고 기절해버린 것처럼 형상은 바라보였으나
소리 그 자체는 들려오지 않았다. 요란했던 전화벨 소리
에 청각이 마비되어 버린 것일까. 어머니의 부음을 듣는
순간, 내가 왜 그런 착각에 빠진 것인지 알 수 없었다.

《잘 가요 엄마》 중에서

지난 2009년, 작가는 아흔넷의 노모를 잃었다. '두 번 결혼하고도
버림받은 것이 부끄러워' 오랜 시간 감추고 드러내지 않았던 어머니

〈외촌장 기행〉의 직접적 무대인 진보장 풍경

이고, 작가로 하여금 열다섯에 집을 나와 "도떼기시장 같은 세상을 방황하게 하였으며, 저주하게 하였고, 파렴치로 살게 하였으며, 쉴 새 없이 닥치는 공포에 떨게 만들었던" 어머니다. 동시에 "지독한 가난과 외로움의 이유"였고, 작가의 말대로라면 "내 모든 억울함의 이유"이기도 했다.

그가 일흔세 살에 발표한 《잘 가요 엄마》는 어머니와 좀처럼 화해하지 못했던 아들 김주영이 가까스로 털어놓은 속내다. 스스로 누추하다 말하는 가족사가 비교적 솔직하고 담담하게 드러나 수많은 독자의 눈시울이 뜨거웠다. 그는 사는 내 "나는 나를 방치한 어머니를 원망했다." 고백했고, 돌아가신 뒤에야 "이것이 내 인생에 굉장한 선물" 임을 깨달았다 털어놨다. 어린 시절 가난과 외로움을 견디기 위해 홀로 몸부림쳤던 시간들이 소설을 쓰게 했고, "어머니가 간섭을 하지 않아 마음대로 자유를 누리며 상상력을 펴갈 수 있었다." 는 것. 이쯤이면 그에게 가난과 '어머니의 방치'는 '형벌이자 선물'인 듯하다.

"주왕산을 가야 청송을 알지~." 객주문학관에서 우연히 만난 작가는 진보와 함께 주왕산과 송소고택도 찾아보길 권했다. 모두 낮은 마음일 때 자연이며 풍경과 제대로 소통할 수 있는 공간들이다. 길 위의 인생에 대한 애착과 연민을 품은 작가다운 권함이다. 훤칠한 키에 서글서글한 표정으로 작가는 "마지막 문장을 쓰는 그 날까지 길 위의 이야기꾼이고 싶다." 고 말했다. 그의 삶에서 길은 아마도 유랑과 유람, 길과 집, '어머니와 그' 사이쯤 어디에 아프게 있는 것일지도 모르겠다.

진보엔 작가가 태어난 월전리 생가와 유년기를 보낸 진보장터 인근의 진안리 생가 두 곳이 남아 있다. 31번 국도변에 있는 월전리 생가는 작가의 외갓집으로, 진안리에 살던 그가 자주 놀러 다녔던 곳이다. 1984년에 발표한 소설《천둥소리》의 주요 무대로, 현재 이곳엔 다른 이들이 거주하고 있다.

진안리 생가는 작가의 삶에서 아주 특별한 곳이다.《홍어》와《고기잡이는 갈대를 꺾지 않는다》등 자전적 소설의 무대가 됐다. 너무 배가 고파 떨어진 감꽃을 주워 먹으며 자랄 때이고, 모든 게 억울했던 시절의 이야기다.

〈외촌장 기행〉의 직접적 무대인 진보장터 또한 작가에게는 귀중한 문학적 자산이다. 작가는 자주 진보장에 대한 기억을 털어놓는다. "내가요, 장날만 되면 그렇게 궁금한 게 많아서 결석을 했어요. 배가 아프다 하고 장터에 간 거지. 그러다보니 나중에는 장날이 되니 진짜 배가 아프더라고."

진보장날은 끝자리가 3일과 8일인 날이다. 예전처럼 흥성거리진 않지만, 시골장 특유의 소소한 정취는 남아 있다. 현재 청송군에서 진보장터와 작가의 진안리 생가를 소설 속 원형대로 복원하는 객주테마타운을 조성 중에 있다.

작가와 관련한 또 다른 주요 공간은 '객주문학관'(www.gaekju.com, 054-873-8011, 매주 월요일 휴관)과 '김주영 객주길'이다. 진보읍내에서 500m 정도 떨어진 곳에 있는 문학관은 폐교를 리모델링해 지은 곳으로, 작가 김주영과 그의 작품들에 대한 다양한 이야기를 만날 수 있다. 외씨버선길(www.beosun.com) 제3구간인 '김주영 객주길'은 등짐에 한 생애를 맡겼던 이들의 애환과 작가의 유년시절 그리고 그의 이야기가 담긴 소설들을 생각하며 걷는 길이다.

이밖에 진보면내를 둘러 흐르는 반변천과 진보초등학교, 진보옹기체험관 등에도 작가의 추억이 가득하다.

김주영에게 고향인 진보는 그저 좋기만 한 곳은 아닌 듯하다. 가난하고 외로운 시절의 터니 그럴 만도 하다. 하지만 오래전에 이 땅을 살다간 퇴계에게는 조금 달랐나 보다. 퇴계 이황은 고향인 진보를, 「무릉도원에 들어가는 듯한 여기가 내 고향, 맑은 냇물과 붉은 절벽이 금당에 비치었네.」라고 노래했다. 심지어는 원했던 청송부사 대신 단양군수로 부임하게 되자, 그에 대한 아쉬움을 「푸른 솔에 흰 학은 비록 연분이 없으나/파란 물과 붉은 산은 과연 인연이 있구나.」(퇴계 이황, 〈청송백학시〉 전문)란 시를 지어 달랠 만큼 사랑했던 듯하다.

약수에 한약재를 넣어 고아낸 닭백숙과 닭고기 살을 고추장 양념에 버무려 숯불에 구워내는 닭 불고기, 제철 산채로 상을 차린 정식이 청송의 별미다. 이 중 여행객들이 빼놓지 않고 맛보는 음식이 달기약수(청송읍)와 신촌약수(진보면)로 끓인 닭백숙이다. 신촌약수탕 부근의 만바우촌(054-872-2263)과 달기약수탕 주변의 부산식당(054-873-2078)이 유명하다.

굽이쳐 흐르는 낙동강 가에서

이야기를 낚는 사내

|

#성석제 #경상북도 #상주시

성석제는 1960년 경상북도 상주에서 태어났다. 자신에게 농부 유전자가 있어 그런지 매일 쉬지 않고 조금씩이라도 글을 쓴다는 그는 '타고난 이야기꾼', '재담가'로 불리는 부지런한 다작 작가이다. 글을 잘 쓰는 비결에 대해 "글은 쓰는 게 아니라 고치는 것이다. 나는 수없이 자주, 많이 문장을 고친다."고 말했다.

1994년 소설집 《그곳에는 어처구니들이 산다》를 발표하며 그의 소설인생이 시작됐다. 《한국일보》 문학상 등 다수의 문학상을 받았으며, 장편소설인 《인간의 힘》을 비롯해 소설집 《재미나는 인생》, 산문집 《즐겁게 춤을 추다가》 등 많은 작품을 발표했다. 작가가 자신의 '몸과 마음과 운명을 결정지은 곳'이라고 표현하는 상주는 그의 많은 작품에서 중요한 배경으로 등장한다.

이야기를 낚는 사내

글·사진 배성심

일바위는 다이빙대로 딱 이었다. 개구쟁이들은 낙동강으로 흘러드는 북천의 일바위에서 뛰어내리며 담력을 자랑했다. 그 패거리는 때론 경북선 철로로 내달렸다. 기차가 올 때까지 철로 위에서 기다리다, 기차가 코앞에 왔을 때 뛰어내렸다. 그중 한 아이가 자라 이야기꾼이 됐다. 소설가 된 성석제는 어린 시절 13년간 살았던 상주에서 산천을 뛰어다니며 쌓은 온갖 경험 위에, 인간 군상의 이야기를 차곡차곡 쌓아 올려 흥미진진하게 펼쳐놓았다. 재담가 성석제의 마르지 않는 이야기의 샘, 상주를 찾았다.

전깃불도 들어오지 않던 산골마을 상주에선 TV를 볼 수 없는 게 당연했다. 마을 사람들은 모여 이야기하기를 즐겼고 이야깃거리는 항상 넘쳤다. 어린 책벌레 성석제는 아버지 친구가 운영하던 무협지 대본소에 있던 무협지를 통달하다시피 했다. 그의 머릿속에 자리 잡은 수만 가지 이야기가 그때부터 이미 소설의 싹을 틔웠는지 모른다.

성석제의 작품에는 《이 인간이 정말》, 《인간의 힘》, 《투명인간》, 〈잃어버린 인간〉, 《재미나는 인생》처럼 제목에서 '인간', '인생'이라는 말을 대할 수 있는 게 많다. 그는 "제가 워낙 사람이나 사람 사이에 벌어지는 일에 관심이 많고 거의 중독되어 있기 때문에 그런 것 같습니다."고 한 적 있다. 삼라만상 중에 가장 높고 귀한 게 사람이라 생각하는 그이기에, 그는 작품 속 인물들이 바보스럽거나 시시껄렁하거나 깡패일지라도 흠잡거나 미워할 수 없는 소중한 존재로 그린다.

《조동관 약전》의 주인공 동관이도 그렇다. 역시 소중한 존재이기는 마찬가지다. 어려서부터 온갖 개망나니 짓에다 마구잡이 행패로 깡패의 명성을 쌓아온 작자가 동관이다. '똥깐'이라는 별명으로 불리며 상주시 은척면에선 모르는 사람이 없는 악명 높은 인물이다. 어느 날, 그는 새로 부임한 경찰서장을 욕보인 일이 크게 번져 경찰에 쫓기는 몸이 된다. 남산으로 숨어든 똥깐이는 자수를 거부하고 경찰과 대치하던 중 얼어 죽는다. 그런데 이상하다. 그에게 괴롭힘당하던 동네 사람들이 후련해하기는커녕 오히려 경찰을 욕하고 똥깐이를 동정하며, 그를 영웅시하기까지 한다. 「어쨌든 은척에서 태어나 은척에서 살다가 은척에서 죽을 사람들은 모두 한패였다. 아무것도 이해 못 한 사람은 은척에서 나지 않았고 은척에서 살아본 적도 없으며 은척에서 죽을 리도 없는 신임 경찰서장이었다.」(《조동관 약전》 중에서) 비록 망나니일망정 동네 사람들에게 그는 미운 정 고운 정 다 든 한마을의 일원이었던 거다. 고개가 끄덕여진다.

가을의 가운데를 지나는 은척에 노오란 햇볕이 따스하게 휘감아 돌고 있다. 똥깐이의 아지트였을 다방 앞엔 농부들이 타고 온 트랙터가 줄지어 있고, 경찰서장이 내동댕이쳐졌던 마을 앞 도랑

잘 말라가고 있는 상주 곶감

의 도랑물도 여전히 재잘거리며 흐른다. 오토바이를 타고 은척 일대를 주름잡던 똥깐이를 닮은 젊은이를 찾았으나, 앞으로 달려가는 오토바이의 주인공은 대개 노인이다. 젊은이들이 떠나자 활기도 함께 사라진 조용한 시골 마을에 개 짖는 소리만 유난히 크게 들린다.

마을 안으로 깊숙이 드리워진 가을볕을 따라 걷는다. 앞마당에 널어놓은 나락은 꼬들꼬들 잘 말라가고, 황토담에 기대 놓은 빠알간 고추를 바라보는 할아버지의 미소는 청명한 하늘로 날아간다. 오가는 사람들 쉬어가라고 누군가 집 앞에 여러 개 내놓은 의자가 눈에 띈다. 온 마을 소식이 이 의자 위를 오갔으리라. 때론 떠들썩했을 의자 위에 나른한 가을 햇살만 들어와 앉아있다.

마을의 이야기가 오고가는 의자

내 옆의 투명인간

소설 《투명인간》의 주인공 만수는 상주 두메산골 가난하고 형제 많은 집의 둘째 아들로 태어나 위·아래로 치이기만 하는 천덕꾸러기였다. 베트남전에 참전했던 형이 죽자, 그가 집안의 가장이 된다. 평생 자신을 희생했으나 누구 하나 알아주는 이 없이 가슴에 상처만 남은 그는 투명인간이 된다.

작가의 다른 소설 〈황만근은 이렇게 말했다〉의 순진무구한 주인공 농부 황만근도 만수처럼 '자신의 존재감이 사라질 정도로 희생하며 산 사람'이다. 가족에게만 아닌 마을 공동체 일에도 자신을 바쳐 희생했지만, 사람들은 그를 있으나 마나 한 투명인간처럼 취

마을 게시판

급했다. '농가부채탕감촉구 농민총궐기대회'에 다른 사람들은 모두 차를 타고 갔지만, 반드시 경운기를 타고 오라는 규정대로 혼자서만 경운기를 타고 갔던 황만근. 그는 경운기가 논두렁에 빠져 밤을 지새우다 얼어 죽는다. 남을 먼저 배려하고 원칙대로 살았으나 해피엔딩이 되지 못하는 인간사가 씁쓸하다.

〈황만근은 이렇게 말했다〉의 배경지인 공검면의 공검지는 우리나라 최초의 인공저수지이다. 연잎으로 가득 메워진 공검지 앞에 '공갈 못 옛터'란 비석이 없으면 그냥 지나칠 듯 평범하다. 성석제는 이 마을에 들어와 1년에 쌀 몇 말을 내고 집을 빌려 살며 소설 《왕을 찾아서》를 썼다. 〈본래면목〉, 〈낚다, 섞다, 낚이다, 엮이다〉의 배경지도 이 마을이다. '농경문화의 발상지'란 표지석이 자랑스레 서 있는 마을 앞길을 한 노인이 경운기를 몰고 지나간다. 황만근도 저 노인처럼 경운기를 타고 마을 앞길을 지나간 후, 다시 돌아오지 못했다. 부디 현실에서는, 평범하고 순수하게 원칙대로 살아가는 모든 이의 결말이 해피엔딩이기를.

고향, 마음의 보석상자

성석제의 작품 중 절반 이상이 상주를 직·간접적인 배경으로 하고 있을 정도로 그에게 있어 고향 상주는 이야깃거리가 가득 담긴 보석상자다. 그는 "고향에 거주했던 것보다 고향을 떠나 산 것이 그 몇 배인데도 나는 고향이라는 곳에서 '이유(젖떼기)'를 못한 듯한 느낌이다." 라고 말했다. 낙동강은 영남의 역사, 나아가 한반도 생성의 역사와 그 궤가 맞물린다. 상주는 그런 낙동강의 원류지다. 오랜 역사만큼이나 곳곳에 얼마나 많은 이야기들이 쌓여 있을지 짐작이 가고도 남는다.

소설 〈저기가 도남이다〉는 작가가 낙동강이 한눈에 내려다보이는 경천대 전망대에 올랐다가, 한 노인이 '계곡물에 떠내려간 소를 도남에서 건져낸 일'에 대해서 이야기하는 것을 우연히 듣고 쓰게 된 작품이다. 그래서 그는 "상주에서는 이야기가 가공할 것도 없이 거저 얻어지기도 합니다. 돌을 주웠는데 다이아몬드 원석인 경우가 많아요." 라고 얘기한 적이 있다. 그는 고향산천을 돌아다니며 길에서 이야기를 줍고 강에서 이야기를 낚는다. 작품의 소재가 다양할 수밖에 없는 이유다.

가을의 상주에선 유독 감나무가 눈에 많이 띈다. 가로수마저 감나무다. 도남서원 한쪽 마루에 걸터앉아 감나무 사이로 펼쳐진 강을 바라본다. 작가 성석제에게 영감을 듬뿍 안겨다준 낙동강이 소리 없이 흐르고 있다.

지전거를 타고 논일을 하러 나가는 농부

경상도(慶尙道)라는 지명은 경주(慶州)와 상주(尙州)의 앞글자를 따 온 것이다. 낙동강은 상주의 옛 지명 '상락(上洛)'의 동쪽에 있는 강이란 뜻일 정도로, 상주는 경상도의 중심지였다. 오래된 역사만큼 이야깃거리가 넘치는 상주 곳곳에 성석제 소설의 발자국이 찍혔다. 임란북천전적지의 '침천정'은 〈환한 하루의 어느 한때〉, 오봉산 아래 '이안천'은 《인간의 힘》, 낙동강으로 흘러드는 '북천'은 〈피서지에서 생긴 일〉, 남장사 고갯길의 '중궁암'은 〈여행〉, 공검지는 《왕을 찾아서》, 도남서원은 〈저기가 도남이다〉의 배경지다. 그래서 작가는 상주를 일컬어 '명작의 고향'이라고 농했다. 상주시 종합버스터미널을 시작점으로 연원동 버스정류장까지 약 13km(터미널→임란북천 전적지→북천→흥암서원→상주 자전거박물관→남장사→연원동 버스 정류장)를 걸으며 성석제 문학의 흔적을 따라가 보는 것도 재미있다. 우리나라 유일의 자전거박물관에서 자전거를 빌려 타고 주위를 한 바퀴 둘러보는 것도 좋겠다. 경천대에 올라 굽이쳐 흐르는 낙동강 뒤로 산과 들이 어우러진 동양화 한 폭을 보고 있자니, 이 고장에 눌러 살고 싶은 생각마저 든다.

가을의 상주에서
제일 눈에 많이 띄는 감나무

상주에서 태어나 유년을 그곳에서 보낸 소설가 김하인은 가난한 농사꾼으로 평생 억척스럽게 일만 하다 돌아가신 어머니에 대한 애틋한 정을 그렸다. 「엄마, 엄마는 내게 있어 곰곰짠지고 된장찌개고 시레기국에 손으로 쭉쭉 찢어먹는 김치 같은 거였어. (중략) 엄마만 생각하면 난 여전히 배가 고파.」(산문집《엄마는 예뻤다》중에서) 일종의 무말랭이 김치라 할 수 있는 곰곰짠지는 성석제도 엄지를 치켜든 상주의 음식이다. 세상 모든 자식에게 어머니는 정겨운 음식과 등호로 연결되는 존재인가 보다.

속리산 아래에 자리한 화북면의 남이식당(054-534-1175)은 주인장이 산에서 직접 따온 자연산 버섯으로 전골을 끓여 내오는데, 그 맛이 일품이다. 시골 마을을 여기저기 둘러보다 사벌면 매협묵집(054-534-4251)에 들러 자극적이지 않은 경상도식 묵밥을 맛보는 것도 좋고, 영남 제일로에 자리한 명실 상감 한우(054-531-9911)에서는 갈비탕이나 쇠고기 버섯전골을 맛볼 수 있다.

묵밥

시대의 민낯을 직시하며

뒤틀린 세상을 깨우는 사자후

|

#김정한 #부산광역시 #금정구 #남산동 #요산문학관

작가소개

김정한은 1908년 부산시 동래군 북면 남산리에서 태어났다. 대원보통학교에서 교원으로 일하던 중, 조선인에 대한 차별에 분노하여 조선인교원동맹을 조직하려 했으나 일제에 검거되고 만다. 1940년 한국어교육이 금지되자 교직에서 물러나 《동아일보》 동래지국장으로 활동했는데, 이를 빌미로 일본경찰에 잡혀 들어가고 동아일보 강제 폐간을 겪는 등 극심한 탄압을 받아 절필하기에 이른다. 건국준비위원회, 《민주신보》 논설위원, 부산대학교 조교수를 거치며 교직과 언론계에서 두루 활동하여 시대의 그림자에 당당히 맞서는 진정한 지식인의 삶을 살다, 1996년 89세로 삶을 마감했다.

작품소개

1936년 악덕지주와 친일승려들의 수탈에 허덕이는 소작인들의 삶을 그린 〈사하촌〉이 《조선일보》 신춘문예에 당선되며 김정한은 정식 등단했다. 절필 이후 1966년 단편소설 〈모래톱 이야기〉를 발표하며 중앙문단에 복귀했고, 이후 낙동강변의 순박하고 무지한 시골사람들을 주인공으로 삼아 핍박당하는 농촌현실을 폭로하려 노력했다. 〈인간단지〉를 통해 박정희 정권의 무리한 근대화정책 강행으로 희생당하는 민중의 실상을 고발하는가 하면, 〈오키나와에서 온 편지〉를 통해 일본군위안부 문제를 폭로하기도 했다. 가난한 농민들의 삶에서 민중에 잠재된 건강한 가능성을 찾아낸 문인으로 평가받고 있다.

시대의 민낯을 직시하며

뒤틀린 세상을 깨우는 사자후

글·사진 박한나

사람 사는 냄새를 찾아 부산 남산동에 들렀다. 구불텅하게 이어
진 골목길은 끝을 모를 오르막이기만 했다. 쉴 곳을 찾아든 건 아
니었지만, 거칠어지는 호흡을 견디기 버거웠다. 걸음을 재촉하며
지난하게 견디던 찰나, 문득 낯선 모퉁이에서 추억을 느낀 것은 착
각일는지. 언제고 새로운 길은, 길과 길이 거칠게 얽히는 곳에서 시
작되었다. 유년의 순수와 황량한 현실이 공존하는 그곳에서 소설
가 김정한의 흔적을 찾았다.

성역 없는 고발자

타작마당 돌가루 바닥같이 딱딱하게 말라붙은 뜰 한가
운데, 어디서 기어들었는지 난데없는 지렁이가 한 마리
만신에, 흙고물 칠을 해가지고 바동바동 굴고 있다. 새까
만 개미 떼가 물어 뗄 때마다 지렁이는 한층 더 모질게
발버둥질을 한다.

〈사하촌〉 중에서

　서러운 시대였다. 돌이켜보면 그렇지 않은 세월은 없었지만, 그
럼에도 참 아픈 시대였다. 총칼이 아니라 붓과 연필을 쥔 이들조차
그 끝을 누구에게 겨눠야 하는지 종잡지 못하던 때, 김정한의 펜
끝은 민중을 물어뜯는 세력에 오롯이 맞혀져 있었다. 일제강점기
를 눈 먼 듯 참아내기에, 그는 너무 강직한 사내였다. 엄혹한 삶을
딛고 살아남기 위해 발버둥 치는 민중의 존재가 그에게는 목숨을
걸고서라도 지켜야만 하는 간절한 무엇이었으리라.

　　"여보, 그런 말은 이런 데서 하는 법이 아니오. 괜히 남
　　술맛 떨어지게!" 곁에 앉은 중 하나가 뒤를 따라 핀잔
　　을 하는 바람에 화가 더 치밀었으나, 진수의 권하는 말
　　에 치삼노인은 다행히(!) 무사하게 밖으로 나왔다. 그러
　　나 "허 참 복 받겠다고 멀쩡한 자기 논 시주해놓고 저런
　　설움을 받다니 온!" 하는 젊은 사람들의 말도 들은 체 만

체, 뼈만 남아 왈왈 떨리는 다리를 끌고 자기 집으로 돌
아갔다.

〈사하촌〉 중에서

김정한이 〈사하촌〉을 통해 부처의 이름 뒤에 숨은 착취의 민낯
을 까발렸을 때, 각지의 친일 승려들은 그를 때려잡겠다며 살기등
등하게 모여들었다. 실제 그들에게 잡혀 몰매를 맞은 것은 물론, 그
의 신춘문예 상금마저 죄다 치료비로 탕진해야 했던 것은 문학계
에서 유명한 일화이다.

당시 그가 몸을 숨겼던 남산동 생가에서 머지않은 곳에는 그의
모교인 '명정학교'가 자리하고 있었다. 명정학교는 3·1운동과 조
선어학회 사건으로 두 번이나 폐교를 겪었을 만큼 민족정신이 빛
나는 학교인데, 천 년 사찰로 명망 높은 '범어사'의 경내에 터를 마
련한 상태였다. 주목할 점은 〈사하촌〉에서 악의 축으로 묘사된 '보
광사'의 모티브가 '범어사'라는 것이다. 절 아랫마을에서 자란 김
정한이 유년부터 품었을 풋풋한 저항 정신에 성역은 없었다. 세월
의 더께를 짊어진 채 범어사는 오늘도 무던히 잠잠하다.

침묵할 수 없는 지금

김정한은 약자의 고통을 외면하는 방법을 몰랐다. 타인의 슬픔과 핍박을 마주할 때마다, 조건 반사처럼 이기지 못할 것을 향해 투지를 불살랐다. 그의 모든 순간은 저항을 향한 꺾지 못할 의지가 이끌었을 터다.

> 이십 년이 넘도록 내처 붓을 꺾어 오던 내가 새삼 이런 글을 끼적거리게 된 건 별안간 무슨 기발한 생각이 떠올라서가 아니다. 오랫동안 교원 노릇을 해 오던 탓으로 우연히 알게 된 한 소년과, 그의 젊은 홀어머니, 할아버지, 그리고 그들이 살아오던 낙동강 하류의 어떤 외진 모래톱 ─ 이들에 관한 그 기막힌 사연들조차, 마치 지나가는 남의 땅 이야기나 아득한 옛날 이야기처럼 세상에서 버려져 있는 데 대해서 까지는 차마 묵묵할 도리가 없었기 때문이다.
>
> 〈모래톱 이야기〉 중에서

25년 이상 절필했던 그를 중앙 문단으로 돌아오게 한 것은 문인으로서의 욕구가 아니었다. 살아남기 위해 죽을 모험을 무릅써야 하는 이들에 대한 연민이 그를 침묵할 수 없게 부추겼다. 그에게 역사란, 과거의 일로 묻어버릴 수 없는 살아 숨 쉬는 지금이었고, 힘 있는 무리에 대한 노기 어린 고발이었다.

그저 분해하고 낙담할 수만 없었다. 분할수록 보복을 해야겠다는 마음이 불같이 일어났다. 몸은 비록 완전한 편은 아니었지만, 마음은 결코 병들어 있지 않았다. 정신은 오히려 성한 사람들보다 건전하다고 자부를 했다. 살아 있었다. 그러기에 그들은 불의에 굴복하든가 방관하지 않았던 것이다.

〈인간단지〉 중에서

〈모래톱 이야기〉의 주인공 건우는 학교를 가려면 나룻배를 타야 하는 '나룻배 통학생'이었다. 등교만 두어 시간에 비라도 오는 날이면 하릴없이 쫄딱 젖은 몸으로 친구들 앞에 나타나야 했던 소년. 6·25에 아버지를 잃은 소년은 유력자들이 주도하는 개발 정책에 갸륵한 삶의 터전인 모래섬과 할아버지마저 잃을 위기에 처했다. '법과 유력자의 배짱과 선량한 다수의 목숨' 사이에 벌어지는 줄다리기. 안타깝지만 결과는 뻔했다.

건우네 가족이 그토록 지키려 애썼던 조마이 섬의 현재 이름은 철새도래지로 유명한 '을숙도'이다. 철 따라 새들이 모여 제 식구를 키워내는 그곳에는 더 이상 사람이 살지 않는다.

「이 개 같은 놈들아, 사람의 목숨이 중하냐, 네놈들의 욕심이 중하냐?」고 외치던 갈밭새 영감의 일갈은, 생을 번뇌하던 김정한의 피맺힌 절규가 아닐는지.

그래도 선거 때가 되면 소속 육지에서 똑딱선을 가지고 섬 백성을 모시러 오는 알뜰한 정당이 있어, 이들은 다만 그 배로 실려 가서 실상 자기네 실생활과는 무연한 정치를 위하여 지정해주는 기호 밑에 도장을 찍어주고 그 배에 실려 돌아온다는 것입니다. (중략) 조국의 사랑이라곤 받아본 일이 없이 헐벗고 배우지 못한 그들의 아들들이 먼저 조국을 수호해야 할 책임을 지고, 훈련을 받고, 총을 메고 군인이 되어 갔다는 것…….

〈모래톱 이야기〉 중에서

을숙도 가는 길

미약한 발걸음이 모여

〈모래톱 이야기〉의 '갈밭새 영감'은 조마이 섬을 구하지 못했다. 하지만 〈사하촌〉의 '들깨' 곁에는 '또쭐이'가 있고, '철한이'와 '봉구'가 있으며, 새카맣게 그들의 뒤를 잇는 아낙과 아이들이 있었다. 〈사하촌〉의 생략된 결말이 해피엔딩인지는 알 수 없다. 절 아랫마을은 과연 구원받았을까. 어쩌면 철없는 아이들의 말처럼 절에 불을 지르는 비극이 일어났을지도 모른다. 다만 확실한 것은 지금 또 다른 '사하촌'을 살아가는 우리의 곁에서 들깨는 혼자가 아니라는 것이다. 내일의 또쭐이가, 철한이와 봉구가. 그리고 철

없는 아이와 아낙들이 그의 뒤를 이을 것이다. 미약한 촛불이 모여 뜨거운 등불을 이룬다는 것을 알기 때문이다.

"만약 몸만 성하다면 더럽은 놈의 세상을 한번 싸악……. 나이도 나이고 몸도 이러고 보니, 이왕 죽을 바엔, 또 어떤 도둑놈들의 무슨 단지가 댈지도 모르는 땅이니, 인간단지라도 맨들어보고 죽을라네. 안 대면 내 목숨하고 바꿔서라도……."

〈인간단지〉 중에서

범어사의 밤

부산 지하철 1호선의 끝자락 '범어사' 역에서 걸어 올라가면 오래지 않아 '요산문학관'에 도착한다. 그곳에 작가의 유품과 친필 원고가 보존되어 있고, 그의 소설에 등장하는 주요 무대가 생생한 사진으로 남아 있다. 손수 쓴 낱말 카드 뭉치에서 엿볼 수 있는 노력의 흔적은 일견 감동적이기까지 하다. '요산문학관'은 지상 3층으로 이루어진 현대식 건물로, 한 울타리에 있는 작가의 고풍스러운 생가와 어우러져 묘한 매력을 발산한다. 그가 살던 시절에는 〈사하촌〉 들깨네 마을처럼 거기서 내려다보이는 동리가 모두 논밭이었다고 한다. 지금의 남산동 풍경은 그때와 다르지만 대신 아기자기한 벽화와 지도에서 그를 기억하는 후손들의 애정을 느낄 수 있다.

문학관에서 약 2km 이동하면 '범어사'에 도착한다. 신라 문무왕 대에 의상 대사가 창건한 절로, 천 년을 훌쩍 견딘 사찰답게 남달리 맑고 고즈넉한 분위기가 풍긴다. 작가가 뛰놀던 유년의 뜰이 이곳인 셈이다.

상황이 허락한다면 금정구를 벗어나 부산 사하구로 이동해보자. 〈모래톱 이야기〉의 배경인 '조마이 섬'은 철새도래지로 유명한 지금의 '을숙도'이다. 울창한 갈대숲에서 새끼를 돌보는 철새 떼의 모습에서, 이제는 흔적도 찾아볼 수 없는 조마이 섬사람들이 쓸쓸히 겹쳐 보인다.

다른 작가를 엿보다

부산의 문학을 엿볼 수 있는 세 곳을 꼽으라면, 단연 요산문학관과 추리문학관, 이주홍문학관이다. 이 중 '추리문학관'은 부산의 얼굴인 해운대에서 만날 수 있어, 접근성이 좋다. 추리소설뿐 아니라 다수의 일반 도서를 소장하고 있으며, 추리 여행이나 소설 창작 교실 등 각종 문화행사를 개최하기도 한다. 〈여명의 눈동자〉를 집필한 추리문학의 대가 김성종 사재를 털어 우리나라 추리문학의 보급과 발전을 위해 설립했다고 한다. 운이 좋다면 집필하는 작가의 모습을 목격할 수도 있다.

여행을 맛보다

남산동은 그야말로 조용한 주택가이다. 오래된 절을 품은 금정산 아랫자락에 있다는 것도 한몫했을 터다. 그런 곳에 책가방 맨 꼬마부터 퇴근길 청년까지 온종일 손님이 끊이지 않는 맛집이 있다. 범어사 소문난 떡볶이(051-515-6224)이다. 떡볶이가 셀프라는 점이 특이한데, 원하는 만큼 그릇에 옮겨 먹으면 된다. 단돈 천 원에 속을 따끈히 덥힐 수 있다.

공포의 자주색이던

땅속 씨앗의 시절

|

#최명희 #전라북도 #남원시 #사매면 #노봉마을

최명희는 1947년 전라북도 전주에서 태어났다. 고교시절 천재문사로 불리던 그녀였지만, 아버지의 급작스러운 죽음과 어려워진 가정환경으로 대학진학을 미루게 된다. 이때의 혼란과 방황, 배움에 대한 의지는 훗날 그가 소설가로 성공할 수 있게 했다. 그녀는 우리말에 깃든 우리 혼을 복원해 1만2천 장에 달하는 원고지에 육필로 쓰며 쉼표 하나, 마침표 하나에까지 우리 역사를 조각하듯 써내려갔다. '모국어가 살아야 민족이 산다.'라고 민족혼을 일깨우던 그녀는 1998년 12월 '아름다운 세상 잘 살고 갑니다.'라는 말을 남기고 생을 마감했다.

1980년 《중앙일보》 신춘문예에 단편소설 〈쓰러지는 빛〉이 당선돼 등단했다. 그녀는 원고를 쓸 때면 손가락으로 바위를 뚫어 글씨를 새기는 것만 같은 생각이 든다고 했다. '언어는 정신의 지문(指紋)이다. 나의 넋이 찍히는 그 무늬를 어찌 함부로 할 수 있겠는가.'라는 심정으로 작품을 썼다. 《혼불》을 제외하고 단편소설 〈쓰러지는 빛〉, 〈만종〉, 〈메별〉, 장편소설 《제망매가》 등 28편의 소설과 〈그대 그리운이여〉, 〈계절과 먼지들〉 등 146편의 수필과 꽁트 20편 등 총 195편의 작품을 남겼다.

공포의 자주색이던

땅속 씨앗의 시절

글·사진 이재훈

최명희는 17년 동안 생애의 모든 열정을 쏟아 소설 《혼불》을 집필했다. 무엇이 그토록 긴 세월을 《혼불》에 매달리게 했을까? '혼불'이라는 말은 국어사전에 없던 말이다. 그러나 실제로 '혼불'을 보았다는 사람은 많다. 작가는 '혼불'을 목숨의 불, 정신의 불, 삶의 불이라 생각했다. 사람을 사람답게 하는 힘의 불이며, 존재의 핵이 되는 불꽃이라고도 했다.

최명희는 어려서부터 마음속에 '근원에 대한 그리움'을 간직했다. 1960, 1970년대 젊음의 시절엔 오동나무를 닮고 싶어 했다.

> 얼마나 아름다운 자태를 가졌으면 저토록 아름다운 그
> 림자를 드리울 수 있을까
>
> 수필 〈오동나무 그림자처럼〉 중에서

늦가을 눈부시게 빛나던 달빛 아래 겨울 모진 한파를 이기고, 봄날의 찬란함과 여름의 푸름을 견뎌낸 뒤 마지막을 전하는 오동나무 그림자를 잊을 수 없다던 그녀. 작가는 나무처럼 충실하게 임무를 마쳤을 때, 신비스럽고 아름다운 그림자로 남고 싶어 했다. 그런 그녀에게도 '땅속 씨앗의 시절'이 있었다. 고교시절 그는 '공포의 자주색'(당시 기전여고 교복이 자주색이었다)이라는 별명을 얻었다. 청소년 문사들이 모이는 전국단위의 백일장과 문학 콩쿠르에서 장원을 독식하다시피 했기 때문이다. 당시 수상작 중 수필 〈우체부〉는 작품성을 인정받아 1968년부터 1981년까지 고등학교 작문 교과서에 예문으로 실렸다. 그러나 부친의 급작스러운 작고와 더불어 시작된 좌절과 방황의 시간. 2년여의 공백기를 거쳐 대학입학 후, 졸업과 동시에 모교에 국어교사로 부임한다. 이후 1980년까지 국어교사로 지내던 9년의 시기를 그녀는 '땅속 씨앗의 시절'이라 말한다. 이 시기에 그녀는 글이 너무 쓰고 싶었지만, 그게 잘 안 되었다고 한다.

남원 노봉마을 《혼불》 배경지

'꽃심'으로 피어나

삶을 감당하기 어려웠던 그 시절. 그녀는 안 써진다고 쓰지 않은 것이 아니었다. 일기와 편지, 단편소설과 수필 등으로 써지지 않는 글을 쓰며 꾸준히 습작했다. 결국, 한국의 혼을 일깨우는 《혼불》을 집필하게 되는 '꽃심'으로 피어나게 되었다. '수난을 꿋꿋하게 이겨내는 아름다움엔 생명력이 있으며, 그 힘이 '꽃심'이다.'는 그녀의 말처럼. 최명희는 다양한 작품세계를 보여준다. 특히 〈쓰러지는 빛〉, 〈이웃집 여자〉 등 26편의 단편소설에선 예술과 삶의 본질을 찾아가는 과정을 주로 다룬다. 그런 과정에 '지방어'에 대한 애착이 두드러진다. 특히 전라도 말에 대단한 자부심을 가지며 「내가 태어난 이 땅 전라도는 그 꽃심이 있는 생명의 땅이다」라고 말한다. 이는 《혼불》의 정서적 모태가 된다. 〈어둠. 내 목숨의 밤〉, 〈소살소살 돌아온 봄의 강물이여〉 등 전 생애에 걸쳐 발표된 수필을 통해 성숙한 주제의식과 소재를 의미화하는 기법으로 잔잔한 감동을 전해주고 있다.

> 최명희의 문학세계는 '가장 깊은 어둠에 닿는 것은 가장 높은 빛에 닿는 길'을 알아가는 과정이다. 어둠과 빛의 공존을 수직적 상상력, 그 속에 최명희의 문학이 있고 삶이 있었다.
>
> 김용재 전주교대 교수, 〈어둠. 내 목숨의 밤〉 후기에서

1

2 3

1, 2, 3 최명희문학관

말의 씨를 새겨

　원고지 1만2천 장 분량의 대하소설 《혼불》은 1930년대 남원 매안 이 씨 집안 종부(宗婦) 3대의 이야기다. 청상의 몸으로 전통사회의 양반가로서 부덕을 지키려는 자와, 치열하게 생을 부지하는 하층민 '거멍굴 사람들'의 삶의 애환을 그린 작품이다. 그녀가 끊임없이 《혼불》을 쓴 이유는 근원에 대한 그리움, '나'를 있게 한 최초의 조상들의 삶이 궁금해서였다고 한다.

> 언어는 정신의 지문이고 모국어는 모국의 혼이기 때문
> 에 제가 오랜 세월 써오고 있는 소설 《혼불》에다가 시대
> 의 물살에 떠내려가는 쪽정이가 아니라 진정한 불빛 같
> 은 알맹이를 담고 있는 말의 씨를 심고 싶었습니다
> 　　　　　　　　　　　　　　　호암상 수상 소감 중에서

　마치 한 사람의 하수인처럼, 밤마다 밤을 새우며, 한 번도 본 일이 없는 사람들의 넋이 들려, 그들이 시키는 대로 말하고, 가라는 대로 내달렸다. 그것은 휘몰이 같았다라고 회상했다. 《혼불》에는 전라북도 곳곳에서 들려오는 독특한 말들이 가슴 절절히 스며있다. 《혼불》이 소설가 이청준의 말처럼 '찬란하도록 아름다운 소설'로 1990년대 한국문학사 최고의 작품으로 인정받는 이유는, 소설의 구성에 등장하는 무속사상과 불교사상, 서민생활의 전통적 의식들을 구체적이고 아름답게 담고 있기 때문이다. 끊임없이 흐르

는 강처럼 구원을 향해 깊게 흐르는 꿈과 기다림을 심어주고 싶다
던 작가 최명희. 그를 두고 시인 고은은 다음과 같이 말했다. '원고
지 한칸 한칸에 글씨를 써넣는 것이 아니라 새겨 넣고 있다. 그의
글씨는 철필이나 만년필로 쓰는 것이 아니라 아주 정교하게 만든
정신의 끌로 피를 묻혀가며 새기는 철저한 기호이다.《혼불》은 나
를 숨 막히게 한다. 지금 우리 문학에 횡행하는 소음과 기만을 무
섭게 경고한다. 최명희 그는 분명 신들린 작가이다.'

전주문학관

《혼불》의 배경은 전라북도 남원시 사매면 노봉마을과 그 주변이다. 《혼불》의 중심무대인 종가엔 청암부인의 기상이 서려 있고, '혼불'이 새암을 이뤄 위로와 해원의 바다가 되길 바라는 뜻을 담은 새암바위, 백대 천손의 '천추락만세향'을 누리길 바라는 마음으로 만든 청호저수지를 걷노라면 불어오는 바람결에 작가의 내밀한 속삭임을 듣는 것만 같다.

작가가 태어난 전주의 한옥마을엔 최명희의 삶과 그녀가 자취를 조명한 최명희 문학관(063-284-0570)이 자리하고, 문학관 뒤로는 생가터가 있다. 문학관엔 소설 《혼불》의 원고지 1만2천 장 중 3분의 1이 보관되어 있고, 작가의 생전 발자취와 소품들이 전시되어 있다.

혼불문학관(063-620-6788) 주변에 소설 속 중요한 문학적 공간이며, 가장 오래된 목조건물 역사가 있는 구 서도역이 있다. 《혼불》에서 효원이 대실에서 매안으로 신행 올 때 기차에서 내리던 곳이며, 강모가 전주로 유학할 때 기차를 이용했던 장소이다. 늦가을 낙엽이 흩날리는 서도역 최명희작가탑을 둘러보다 보면 한 편의 시가 떠오른다. 「숨 끊긴 서도역은 살아 있었다 / 한 컷의 시간들이 꿈틀대고 있었다 / (중략) / 사람의 혼불을 피우고 있었다 / 서도역은 숨을 쉬고 있었다 / 그러나 아무도 없다」(시인 박명용, 《서도역 한 컷》 중에서)

아쉽게도 혼불문학관이 있는 노봉마을 주위엔 《혼불》의 추억만 존재할 뿐 식사할 곳이 전무하다. 대신 남원 시내 광한루원 주변엔 식당가가 줄을 잇고 있다. 남원산 추어와 열무시래기를 넣어 고소하고 담백한 추어탕과 추어숙회, 추어튀김 등을 맛볼 수 있는 추어요리 전문점 추어향(063-625-5545)이 있다. 최명희문학관이 있는 전주 한옥마을에는 먹거리가 풍부하다. 전주 전통비빔밥과 전통돌솥밥 그리고 전통모주 한잔을 곁들일 수 있는 고궁수라

간(063-285-3211), 3대 70년을 이어오는 전통국수집 봉동할머니국수(063-288-7138)를 추천한다.

그 속에서 놀던 때가 그립습니다

언덕을 잊지 않는 여우 이야기

|

#문순태 #전라남도 #담양군 #남면 #생오지마을

작가소개

문순태는 1939년 담양에서 태어났다. 그는 1958년 광주고등학교에 다니면서 시인 이성부와 함께 김현승에게 시(詩) 작법을 배웠는데, 고등학교 3학년 때는 《전남일보》 신춘문예에 그의 시가 당선되기도 했다. 1965년 시 〈천재들〉을 발표하며 시인으로 등단한 후, 1974년 《한국문학》에 단편소설 〈백제의 미소〉가 당선되며 본격적으로 소설가가 됐다. 유년기에는 일제를, 열두 살에는 한국 전쟁을 경험하며 역사의 상처를 몸에 새긴 그에게 고향은 남다른 공간이다. 그는 고향 마을에 '생오지 문예창작촌'을 짓고 문예창작대학을 통해 10명 이상의 작가를 등단시키는 등 지금도 꾸준한 활동을 이어가고 있다.

작품소개

그는 상처 입은 자만이 다른 이의 아픔을 품을 수 있다고 믿으며, 유년의 상처를 소설로 승화시켰다. 소설 〈41년생 소년〉과 〈느티나무 사랑〉에서는 고향 상실과 한국 전쟁의 아픔을 그렸고, 〈고향으로 가는 바람〉과 〈흑산도 갈매기〉에서는 이촌 향도한 이들의 고통스러운 삶을 담았다. 《소쇄원에서 꿈을 꾸다》와 생오지 연작에서 그의 고향에 대한 애정을 엿볼 수 있다.

그 속에서 놀던 때가 그립습니다

언덕을 잊지 않는 여우 이야기

글·사진 박한나

도시 개발은 편리를 선물한 대신 운치와 낭만을 녹슬게 했다. 이젠 어디로 눈을 돌려도 차가운 시멘트뿐이다. 사람들은 어릴 적 흙냄새와 냇물 소리를 추억하며 상실감을 견뎌야 했다. '고향'이란 말에 가슴 한구석이 아련해 오는 이유일 터다.

궁금하다. 새 것 같은 신도시에서 나고 자란 아이들은 어디를 고향으로 삼아야 하는지. 삶에 부대껴 가눌 수 없이 피로한 몸을 숨길 자리를 고향이라 할 때, 아이들의 고향이 먼지 한 톨 없는 무취의 아파트촌인 것은 슬픈 일이다. 희미해져 가는 마음 속 고향이 안타까운 날, 작가 문순태가 떠올랐다. 그가 평생을 들여 핍진하게 그려낸 고향에서 뿌리를 잘린 듯한 불안감을 털고 싶었다. 담양 가는 길은 직행 버스마저 드물었다.

나의 살던 고향은

마음이 갈기처럼 미세하게 흩어졌다. 착잡했다. 순기로
서는 죽기보다 더 싫은 귀향이었다. 그는 이미 30년 전
어머니와 함께 쫓기듯 극락산을 넘어오면서 다시는 죽
어도 고향에 돌아가지 않겠다고 결심을 했었다. 그 뒤 그
의 고향 달궁은 그의 가슴 속에 무덤처럼 죽어 있었다.

《달궁》중에서

문순태가 고작 열두 살일 때, 그의 고향은 전쟁 한복판에 있었
다. 그는 불타버린 마을을 떠나 논바닥에 토굴을 파고 살아야 했으
며, 인민위원장 아버지를 뒀다는 오명을 쓰고 짓지 않은 죗값을 치
러야 했다. 그렇기에 그의 첫 자전적 소설인《달궁》에 그려진 귀향
은 고통스럽다.

가난했을 때는 흙도 먹고, 돌도 주워 먹었어요. 반짝반짝
한 돌을 산골이라고 했어요. 운동장에서, 뼈가 튼튼해진다
고. 산골을 일부러 주워 먹었어요. 흙도 황토 흙을 먹고요.

《생오지 작가, 문순태에게로 가는 길》중에서

《41년생 소년》에서 반짝거리는 돌을 주워 삼키며 배고픔을 달
래는 소년은 작가 자신이다. 그의 글에는 피부로 느낀 현실의 피맺
힌 질곡이 담겨 있었다.

개들은 시체의 팔과 다리부터 뜯어 먹고 있었다. 개들의 주둥이가 모두 벌겠다. 입 가장자리 흰 털에 피 묻은 워리가 얼핏 나를 돌아본 후 이내 시체의 배 위로 올라섰다. 개들 중에서 송아지만큼 덩치가 크고 검은 털에 꼬리가 짧은 셰퍼트가 핏발 선 눈으로 나를 보더니, 이를 드러내며 으르렁거렸다.

《41년생 소년》 중에서

돌 무렵부터 함께 자란 워리를 품에 안고 잘 정도로 좋아했던 열두 살의 그는 눈이 벌게서 시체를 뜯어대는 개떼 앞에서 무너질 수밖에 없었다. 사람의 몸뚱이를 먹이 삼은 개들은 늑대처럼 울었다. 흔적도 없이 바스러진 일상 앞에서 느껴지는 공포는 '발가벗겨진 채 비를 맞아서 배가 팅팅 부어오른 여자들의 시체'에서 느껴지는 그것보다 더 파괴적이었다. 상처뿐인 그에게 글쓰기는 자기 구원이었다.

꽃 피는 산골

70대 후반에 들어선 그는 여전히 집필에 몰두 중이다. 그는 고향인 담양군 남면의 바로 윗마을 생오지에 서실을 마련하고 집필하고 있다. 생오지 마을은 조심스러운 발걸음 소리가 땅의 숨소리처럼 쩡하고 울리는 산골이다.

생오지는 예로부터 불리어 온 이 마을 본디 이름이다. 내가 어렸을 때는 '쌩오지'라고들 했다. 마을 이름 그대로, 오지 중의 오지로, 사방이 산으로 에둘러 소쿠리 속처럼 깊고 한갓진 곳이다. 마을에는 대문도 문패도 없고 구멍 가게 하나 없다. 마을 앞으로 고라니가 한가하게 지나고, 마당에는 병아리 대신 꺼병이들이 뽕뽕거리는가 하면, 밤에는 명치끝이 아릴 정도로 소쩍새가 낭자하게 울어대는 곳.

수필 〈생오지 가는 길〉 중에서

'노인 한 사람 한 사람이 박물관이고 도서관이며 이야기 창고'라고 여기는 그는, 이제 노년을 맞아 자신의 험난한 삶을 풀어내는 데 여념이 없다. 젊은 날, 고통스러운 기억을 피해 도망쳐야 했던 고향은 되돌아온 그에게 생을 아우르는 통찰력을 선물했다. 특히 그는 최근 2016년에 발표된 소설집 《생오지 눈사람》에서 삶과 죽음의 아찔한 경계를 고스란히 글로 담아내는 경지를 보여주었다.

소설의 주인공 '동수'와 '혜진'은 피지도 못하고 시들어가는 꽃송이를 닮은 청춘이다. 자살 사이트에서 만난 그들은 '공룡들이 우글거리는 정글 같은 도시'를 등지고 죽을 자리를 찾아 생오지에 숨어들었다.

눈이라도 푸지게 오는 날이면 전화조차 먹통이 되는 마을……. 얼굴에 기미가 많은 초면의 동네 할머니는 맨밥을 욱여넣던 청춘 남녀에게 바리바리 먹거리를 날랐고, 일흔 다섯의 이장 할아버지는 바튼 기침 끝에 자기가 동네에서 제일 젊다며 씨익 웃었다. 갈밭댁 할머니는 팥죽 담긴 냄비를 내밀며, 앓는 영감이 죽으면 자기도 따라 죽을 테니 자기 집에 와서 살으라 몇 번이고 당부했다. 생사의 경계선 같은 마을에 눈이 시리도록 따뜻한 햇살이 내리쬐고 있었다.

> "햇살이 참 좋으네요. 할머니들 무슨 이야기를 그렇게
> 재미있게 하세요?"
> 동수가 할머니들 앞에 바짝 다가가 걸음을 멈추고 섰다.
> "죽는 이야기……. 우리는 노상 죽는 이야기만 혀."
>
> 《생오지 눈사람》 중에서

어디서 죽을까, 언제 죽을까를 꼼꼼하게 헤아리던 동수와 혜진이지만, 그들을 꼭 닮았을 아기는 혜진의 뱃속에서 하루가 다르게 커가고 있었다. 그들이 진심으로 죽기를 소원했으리라고는 생각하지 않는다. 죽을 만큼 힘든 순간 그러나 절실히 살고 싶은 때……. 피지 못한 청춘들은 죽음이 안개처럼 깔린 마을에서 새 인생을 싹틔웠다.

이장은 손바닥으로 방바닥을 짚어보고 임산부가 차게 자면 안 된다며 군불을 더 지피라고 했다. 그는 매우 호의적이었다. 두 사람을 이상한 눈으로 보지 않았고 오래 전부터 잘 알고 있었던 것처럼 스스럼없이 대해주었다. 어떻게 해서 생오지까지 오게 되었는지에 대해서도 묻지 않았다.

《생오지 눈사람》 중에서

'나의 살던 고향'이 삭막한 아파트촌이 아니라 '꽃피는 산골'이었더라면, 삶이 한 뼘은 더 여유로웠으리라 투덜댄 때가 있었다. 하룻밤 쉬어 가기를 청하는 밤이면, 선뜻 후한 인심마저 나누는 곳이 있었으면 하고 아쉬웠다.

문득 깨닫는다. 제 고향이 어딘지 모르는 이조차 향수를 품고 사는 이유는, 어디에도 없을 유아적 유토피아를 꿈꾸는 게 아니란 걸 말이다. 자신과 꼭 닮은 곳에서 상처를 풀어헤칠 수 있으리란 기대 때문이리라. 닮은 이들끼리 서로의 위로가 되어주는 곳, 그곳이 고향이다.

생오지 마을은 낯설고 지친 모두에게 곁을 내어줄 것이다. 그 공간만이 가진 고유한 외로움으로 방문객의 쓸쓸함을 달래줄 것이다. 문순태의 고향은 아프도록 고즈넉하다.

얼마든지 잊고 지내도 괜찮다. 쉴 곳이 필요한 순간 주저 없이 발걸음을 떼기만 하면 된다. '심신을 친친 묶은 쇠고랑'을 내던지고 싶을 때, 그때가 바로 고향으로 고개를 향할 때일 게다.

마을 안쪽에서 와자하게 개들이 짖어댔다. 한 마리가 짖으면 마을의 모든 개들이 따라서 짖어댔다. 동수와 혜진이는 개 짖는 소리와 닭 회치는 소리를 들을 때마다 이 세상에 아직 살아있음을 절감했다.

"생오지에 오기를 참 잘했지?"

《생오지 눈사람》 중에서

1

2

고향은 아프도록 고즈넉하다

담양군 남면에 있는 '생오지 마을'에 가기 위해서는 소쇄원을 지나 887번 도로를 통해야 한다. 화순 방면으로 가다 보면 오른쪽에 생오지로 가는 방향을 알리는 자그마한 간판이 있다. 차가 닿는 곳이 아니기 때문에 초입에서부터는 걸어야 한다. 오솔길은 외길로 돼 있기 때문에 길을 잃을 염려는 없다. 생각보다 깊은 위치에 문순태 작가의 서실이 있어 산책하듯 한참을 걷다 보면, 이름이 괜히 '생오지'가 아니구나 하는 생각이 들기도 한다. 운이 좋다면 서실에서 집필 중인 작가를 직접 만나는 행운을 누릴 수도 있다. 그는 오전 시간에 주로 머물며 글을 쓴다고. 생오지 문예창작촌은 광주대 문예창작과 교수직을 정년퇴직한 문순태 작가가 사재를 털어 후배 문인 양성을 위해 마련한 것으로, 작가를 준비하는 많은 이가 이곳을 찾고 있다.

다음으로 들러볼 곳은 소쇄원이다. 문순태 작가가 《소쇄원에서 꿈을 꾸다》를 집필할 정도로 특별한 애정을 가진 공간으로, 역사상 실존 인물인 '양산보'가 그의 은거처로 마련한 곳이 소쇄원이다. 소쇄원의 중심 역할을 하는 제월당과 광풍각도 매력적인 공간이지만, 입구에 자리한 '봉황대'에서 대바람 소리를 듣다보면 자신만의 봉황을 기다리는 주인공 양산보의 숨결이 만져지는 듯하다.

담양을 대표하는 문인으로는 송강 정철을 빼놓을 수 없다. 학창시절 누구나 한 번은 골머리를 앓게 만든다는 가사 문학 〈관동별곡〉과 〈사미인곡〉의 작가로 유명한 정철이지만, 그의 호를 딴 '송강정'과 그가 사색하던 '환벽당(環碧堂)', '식영정(息影亭)'에서 여유를 즐기다 보면, 그가 왜 그런 노래를 읊을 수밖에 없었는지 알 듯도 하다. 남도의 정자에는 '올라가지 마시오.'가 아니라 '신발 벗고 올라가시오.'라는 주의 사항이 있다. 정자에 마련된 작은 방 안에서 창밖의 절경을 즐기는 남도식 풍류를 만끽해보자. 창문이 3D 풍경화로 감쪽같이 변하는 모습을 보며, 이런 곳이라면 공부가 신선놀음처럼 느껴지겠다 싶은 기분이다. 환벽당 뒤는 소나무와 대나무로 둘러싸여 있고, 그 앞은 첩첩한 산세를 이루고 있어 '푸른 녹음이 고리를 둘렀다.'라는 이름이 절묘하다. 환벽당과 마주 보는 위치에 있는 '식영정'은 '그림자가 쉬어 간다.'는 뜻을 가진 정자로, 정철이 노년에 귀향을 와서 지은 두 개의 미인곡이 이곳에서 지어졌다고 한다.

머지않은 곳에 있는 '가사문학관'에서는 정철의 문학 세계를 더욱 깊이 체험할 수 있다. 가사문학관에서 놓치지 말아야 할 것은 선조의 하사품이다. 정철이 평생 사모하던 미인 '선조'가 그에게 선물한 잔을 유심히 살펴보자. 평소 술을 좋아하던 정철을 걱정한 선조가 귀향 중인 그를 염려하여 내린 하사품이라고 한다. 선조가 이 잔으로 한 잔씩만 마시라 그에게 왕명을 내리자, 정철은 왕명을 지키는 동시에 술을 많이 마실 수 있도록 잔을 두드려 크게 넓혀 버렸다고. 그의 재치에 까마득한 역사가 우리 주변의 재미난 이야기처럼 다가온다.

담양 하면 떡갈비를 빼놓을 수 없다. 떡갈비를 전문으로 다루는 식당은 많지만, 그중에서도 달빛뜨락(061-382-2355)을 추천한다. TV 프로그램 '한식대첩'에 전라남도를 대표해 출연했던 조리기능장이 운영 중이다. 밑반찬부터 정성이 느껴지는데, 특히 치자로 물들인 연근조림은 포실한 식감으로 입에서 녹는다. 부담 없이 따뜻한 한 끼를 먹고 싶을 때는 관방제림 국수 거리를 추천한다.

토굴에 사는 글쟁이

도깨비에게 저당 잡힌 예술혼

#한승원 #전라남도 #장흥군 #안양면 #사촌리 #율산마을 #해산토굴

작가소개

한승원은 1939년 전라남도 장흥에서 태어났다. 말수가 적었던 그는 '가시나' 같다는 이야기를 들을 만큼 순박하고 수줍음이 많았다. 내성적이던 소년에게 책 읽기는 바깥을 내다볼 수 있는 통로였다. 그의 말처럼 미친 듯이 쓰고 읽었던 시절이었다. 한승원은 몸이 좋지 않을 때도 글쓰기를 하는데, 아픔을 이겨내기 위해서라고 한다. 책상 앞에만 서면 모든 통증이 사라졌고, 그렇게 토해낸 글은 거름이 되어 장흥 땅 곳곳에 뿌려져 있다.

작품소개

1968년 《대한일보》 신춘문예에 단편소설 〈목선〉이 당선돼 등단했다. 소설집 《앞산도 첩첩하고》, 《안개바다》 등과 장편소설 《아제아제 바라아제》, 《해산 가는 길》, 《달개비꽃 엄마》 등을 발표했다. 그의 다수 작품은 장흥이 공간적 중심이다. 아픔의 대명사였던 고향이 치유되는 과정을 보여주며 원초적인 생명력을 그렸다. 거기에 본인의 이야기까지 더해져 사실성을 높였다는 평가를 받고 있다.

토굴에 사는 글쟁이

도깨비에게 저당 잡힌 예술혼

글·사진 박성우

열 손가락을 깨문다. 저마다 아프다고 난리다. 그런데 유독 흔적이 깊게 팬 놈이 눈에 걸린다. 다른 손가락은 금세 새살을 돋아내도, 그놈만은 생채기에 걸린 것 마냥 빨갛다. 모습이 가여워 다른 손으로 감싸보지만 쉽게 곁을 허락하지 않는다. 다만 펑펑 운 것처럼 퉁퉁 부어있다. 누구나 가슴엔 아물지 않는 손가락이 하나씩 자리한다. 소설가 한승원에겐 "내 소설의 9할은 고향 바닷가 마을의 이야기"라고 말한 장흥이 그랬다. 어머니를 만나기 위해 걸었던 80리 길은 날카로운 조각이 되어, 그의 마음을 찌른다. 한승원은 그 길을 벗어나려 했지만, 다시 걷는다. 다친 손가락을 어루만지며.

손길이 어색했다. 생인손처럼 앓으면서도 자리를 내줄 수 없었다. 할 수 있는 건 다가오는 만큼 멀어지는 것뿐. 한 발자국 또 한 발자국, 그렇게 뒷걸음질을 쳤다. 시간이 지나면 저절로 회복되리라 여겨지만, 상처는 늘 그 자리에 머물렀다. 장흥은 그런 흉터가 진하게 남아있는 지역이다. 6·25전쟁 이후 '한국의 모스크바'라 불렸을 정도로 빨치산의 주둔지였던 그곳엔 같이 웃고 떠들던 사람들이 편을 나누어 싸웠던 역사가 살아 숨 쉰다. 한승원은 눈물로 범벅이 된 길을 시와 소설로 위로하고 있다. 그가 걸었던 길에서 뒷걸음질을 멈추고 발을 앞으로 내밀었다.

새끼 오리 떼처럼, 문학

가시가 박혀 우는 소년이 있었다. 그 모습을 본 어느 시인은 약 대신 줄지어 가는 새끼 오리 떼를 보여주었다. 사내아이는 아픈 것도 잊고 광경이 사라질 때까지 바라보았다.

한승원의 어린 시절도 소년과 같았다. 내성적이었던 그는 동급생들과 어울리지 못하고 혼자 지내는 시간이 많았다. 기댈 수 있었던 건 어머니와 책뿐이었다. 어머니의 사랑으로 정신적인 안정을 찾았다면, 책은 꿈을 가지게 했다. 문학은 새끼 오리 떼처럼 그에게 다가온 것이다. 그 안에서 본 세상은 훗날 소설적 자산으로 남았다. 대표적인 작품이 소설《보리 닷 되》다. 제목은 주인공이 가졌던 꿈을 상징하는 매개체였다. 보리 닷 되를 주고 산 클라리넷을 불며 예술가의 꿈을 꾸었다.

한승원은 출판회에서 "문학을 병이라고 생각할 만큼 주체할 수 없는 영혼을 짊어지고 미친 듯이 살던 곤궁한 시절이 있었어요. 성공을 준비하지 못하고, 늘 실패를 준비하며 얼른 어른이 되기를 바랐죠. 그때는 몰랐지만 정말 값지고 아름다웠던 그 시절을 형상화하고 싶었습니다." 라고 말했다. 비수처럼 가슴을 찔러대던 시절이 지금의 그를 만들었다는 이야기다.

《보리 닷 되》는 작가의 자전적 소설이다. 소설《해산 가는 길》이 유년 시절로의 시간 여행이었다면,《보리 닷 되》는 이후의 청년기를 배경으로 한다. '승원'이라는 이름을 작품에 등장시켰으며, 가족과 첫사랑 등도 실재의 인물들로 구성했다. 그는 "등장인물과 줄거리 대부분이 거의 실화를 바탕으로 한다."고 밝혔다.

왜 이렇게 본인의 이야기에 집착하느냐는 질문에 "소설가에게는 '나'도 하나의 좋은 소재죠. 지금의 '나'를 있게 한 근원적인 힘을 찾아가는 과정이 재미있었어요."라고 이유를 설명했다. 자아를 찾아가는 과정이야말로 아픈 손가락을 치유하는 최선의 방법이라는 말이다.

작가는 시간이 더 흐르고 "지금은 할 수 없지만 되돌아보면서 이야기할 수 있는 때"가 오면《보리 닷 되》이후의 자전적인 이야기를 쓸 계획이라고 한다. 그의 소설이 클라리넷처럼 울려 퍼지면, 장흥은 또 한 번 지난 상처에서 벗어날 것이다.

한승원의 열정처럼 빨갛던 우체통과 문

고단한 울음이 쉬는 곳

고칠 수 없는 병이 있다. 세상의 어떤 약으로도 치유할 수 없다. 병은 가슴이 아리다 못해 찢겨 나가는 통증을 준다. 어머니에 대한 그리움이다. 한승원 역시 그 불치병에 걸려 심한 가슴앓이를 겪었다.

어머니 '점옹'은 "조선이라는 나라는 제사만 지내다 망했다." 면서 여러 조상의 제사를 한 날로 잡아 지낼 정도로 열린 사고를 지녔다. 그녀의 진보적인 의식은 작가의 길을 걷는 아들에게 든든한 힘이 됐다. 어머니는 아들이 문학을 배우기 위해 서울로 올라갈 때도 전적으로 응원했다. 어머니의 존재로 한승원은 마음껏 꿈을 펼칠 수 있었지만, 그에 따른 책임도 컸다.

그는 "나만을 바라보는 처자식과 동생들에게 보일 수 없었던 고단한 울음도 어머니의 품에서만큼은 마음 놓고 털어놓을 수 있었다."고 고백한다. 그럴 때마다 어머니는 "오냐, 오냐, 니 쓰라린 속, 이 어메가 다 안다, 내가 다 안다. 울어야 풀리겠으면 얼마든지 실컷 울어버려라." (《달개비꽃 엄마》 중에서)며 아들의 아픔을 나눴다.

한승원의 어머니에 대한 애절함은 중학교 때부터 커졌다. 고향을 떠나 장흥에서 자취하며, 주말이면 집까지 80리를 걸어갔다. 다녀오면 삼사일 동안 몸살이 나는 여정이었지만, 토요일이 오면 어김없이 길을 나섰다.

열세 살, 열네 살, 열다섯 살의 소년을 그렇게 강행군하
게 한 그것은 대관절 무엇이었을까

《달개비꽃 엄마》 중에서

　그는 질문에 대한 답을 자기 안에 있는 '시커먼 놈'에서 찾는
다. 어려운 일이 있을 때면, 그놈이 나온다는 것이다. 80리 길을 걸
을 때도 '시커먼 놈'은 어머니의 존재를 깨닫게 해주어, 집에까지
갈 수 있게 했다. 글을 쓸 때도 마찬가지였다. 한승원은 그놈과의
일화를 이야기한다. "15년 전쯤 바다의 늙은 도깨비 한 놈이 찾아
와 영혼을 저당 잡히는 대신 걸작을 쓰게 해주겠다."고 얘기해 승
낙했다는 것이다. 그놈은 어머니와 고향 그리고 문학을 그리워했
던 한승원의 열정이었다.
　그는 지금도 장흥 '해산토굴'에 틀어박혀 '시커먼 놈'이랑 글쓰
기에 몰두하고 있다. 어머니를 만나기 위해 걸었던 80리 길은 여
전히 진행형이다.

수문해변

문학을 거닐다

장흥은 전라남도 끝자락에 자리해 산과 바다에 둘러싸인 마을이다. 억새가 유명한 천관산과 서울에서 정남 쪽에 있다고 해서 붙여진 정남진해변이 장흥의 지형을 잘 설명하고 있다. 한승원이 기거하는 '해산토굴' 역시 그러한 형태를 띤다. 뒤로는 나지막한 동산이, 앞으로는 해변이 보인다. 그는 그곳에서 문학학교를 열어 일반인과 소통한다. 그가 명상하며 걸었던 길은 '한승원 문학 산책길'이 되었다. 바위마다 자작시가 더해져 사색의 자리로 탈바꿈했다. 잠시 머물며 마음속에 있는 '시커먼 놈'하고 대화를 나눠보자. 때마침 파도소리마저 들린다면, 진실한 이야기가 오갈 것이다. 회전면 신덕리에는 한승원생가가 있다. 잠시 들려 그의 흔적을 찾아보자. 천관산 자락에 있는 천관문학관에는 한승원의 자료와 더불어 장흥 출신 작가들의 시와 소설이 보존돼 있다. 왜 장흥에 그토록 문인이 많은지 이해할 수 있는 공간이다. 문학관에서 조금만 올라가면, 천관산문학공원이 있다. 돌 하나하나에 의미가 담긴 공원은 신성하기까지 하다.

한승원 문학 산책길

남도는 지역마다 그 색이 뚜렷하다. 그래서 여수에선 돈 자랑, 순천에선 얼굴 자랑하지 말라고 했다. 장흥에서도 조심할 게 있다. 글 자랑, 문장 자랑이다. 워낙 많은 문인이 있어서다. 한승원은 그 이유로 장흥의 환경을 든다. 동학운동부터 빨치산까지, 피맺힌 역사가 이청준, 송기숙, 이승우 등의 작가를 배출했다고 말한다. 특히 이청준은 한승원과 더불어 장흥을 대표하는 작가다. 그는 소설 〈눈길〉에서 「산비둘기만 푸르르 날아올라도 저 아그 넋이 새가 되어 다시 되돌아오는 듯 놀라지고 나무들이 눈을 쓰고 서 있는 것만 보아도 뒤에서 금세 저 아그 모습이 뛰어나올 것만 싶었지야.」라고 어머니를 이야기했다. 아들의 80리 길을 떠나보내던 한승원의 어머니가 생각난다. 이청준에게서 한승원의 모습이, 한승원에게서 이청준이 떠오르는 이유다.

여행을 맛보다

남도 여행의 재미 중 먹거리가 차지하는 부분이 크다. 어느 식당에 들어가도 김치만 있으면 밥 한 공기는 금세 해치울 정도로 맛있다. 장흥 역시 다양한 먹거리가 유명하고, 그중에서 장흥삼합은 알아준다. 장흥한우삼합구이(061-864-0097)는 한우를 직접 선택해, 구워 먹을 수 있다. 명희네 음식점(061-862-3369)은 시원한 매생이국이 일품이다. 같이 나오는 밑반찬도 모두 정갈하다. 국밥은 장터뚝배기(061-863-9729)를 추천한다. 현지인들의 구수한 사투리를 찬으로 함께 들 수 있는 곳이다.

남도 끝 언덕에 앉아

바다의 노래를 앓다간 사람

|

#이청준 #전라남도 #장흥군

작가소개

이청준은 1939년 전라남도 장흥군 회진면 진목리에서 태어나, 2008년 폐암으로 별세했다. '남도민의 한과 소리를 담아낸 소설가'라는 평을 듣는 그는 자신을 '고향을 팔아먹고 사는 작가'라고 표현했다. 장흥 땅 어디든 작가의 소설로 덮히지 않은 곳이 없을 정도로 고향에 대한 애정이 각별했으며, 지금은 고향 앞바다가 바라다보이는 양지바른 언덕 위에 영원히 잠들어 있다.

작품소개

1965년에 《사상계》 주최 신인문학상에 당선된 단편소설 〈퇴원〉은 이청춘의 등단작이다. 그는 여러 차례 문학상을 받았으며 평생 문학만을 업으로 삼았다. 그의 소설은 유난히 영화화된 것이 많은데 특히 〈서편제〉(영화·서편제), 〈선학동 나그네〉(영화·천년학), 〈축제〉(영화·축제), 〈벌레 이야기〉(영화·밀양) 등을 꼽을 수 있다. 수많은 그의 작품 중에서도 어머니와의 일화를 다룬 〈눈길〉은 어머니를 그리워하는 모든 이의 명치 끝을 누르며 속울음을 울게 하는 작품이다.

남도 끝 언덕에 앉아

바다의 노래를 앓다간 사람

글·사진 배성심

　　이젠 잊을 만도 하건만, 장성한 아들은 그 새벽녘의 아픈 이별이 날이 갈수록 극명하게 떠올라 목울대가 울컥거렸다. 황급히 광주행 버스를 타고 떠나가는 까까머리 중학생 아들을 향해 손사래 치시던 어머니의 모습. 가라는, 어서 가라는 손짓은 실은 아들에 대한 사무친 그리움을 떨쳐내려는 몸부림의 손짓이었다. 남도의 끝자락, 장흥의 진목마을 언덕배기엔 눈 내리던 그 새벽녘 이청준과 홀어머니의 가슴 아린 이별의 발자국이 새겨져 있다.

발자국 밑에 숨겨둔 이야기

거덜이 나고만 집안 살림이었다. 집 마저 팔려 식구들은 뿔뿔이 흩어지고 홀로 남은 어머니는 갈 곳조차 정해지지 않았다. 광주에 나가 공부하고 있는 중학생 아들이 오기로 한 날, 어머니는 저녁밥을 지어놓고 아들을 맞았다. 구석진 산골 마을에 무슨 변변한 찬이나 있었을까? 밥상 앞에선 숟가락 부딪히는 소리만 달그락거릴 뿐 별다른 대화도 없었다. 지금이나 그때나 사춘기 아들이 뭐 그리 사근사근 어머니에게 말을 걸까.

아들은 나중에야 안 일이지만 어머니는 거기서 마지막으로 아들에게 저녁밥 한 끼를 지어 먹이고 당신과 하룻밤을 재워 보내고 싶어 새 주인의 양해를 얻어 그렇게 혼자서 아들을 기다리고 있었던 것이다.

홀어머니와 하룻밤을 지내고 난 아들은 학교로 돌아가기 위해 광주행 버스를 타야 했다. 어둠이 채 가시지 않은 새벽에 모자는 집을 나섰다. 때마침 내린 눈으로 미끄러운 빙판길을 서로 부축해 가며 말없이 걷고 또 걸었다. 마침내 신작로에 다다랐을 때, 숨 돌릴 틈도 없이 버스가 도착했고 아들은 순식간에 올라탔다. 어머니는 넋이 나간 사람처럼 어둠 속에서 한참 동안 아들이 사라져간 찻길만 바라보고 서 있었다. 한참 후, 어머니는 아직도 온기가 남아 있을 것만 같은 아들의 발자국을 밟으며 왔던 길을 되돌아간다. 몇십 년의 세월이 흐른 후 어머니는 작가의 아내에게 가슴 속 이야기를 꺼내 놓는다.

굽이굽이 외지기만 한 그 산길을 저 아그 발자국만 따라 밟고 왔더니라. 오목오목 디뎌논 그 아그 발자국마다 한도 없는 눈물을 뿌리며 돌아왔제. 내 자석아, 내 자석아, 부디 몸이나 성히 지내거라. 부디부디 너라도 좋은 운 타서 복 받고 살거라. 눈앞이 가리도록 눈물을 떨구면서 눈물로 저 아그 앞길만 빌고 왔제.

〈눈길〉 중에서

이청준은 〈눈길〉의 내용 대부분이 자신의 이야기라며, 그 새벽녘 눈길에 파묻어 두었던 사연이 너무도 가슴 아파 모자간에 피차 그 이야기는 입 밖에 내놓은 적이 없었다고 고백했다.

한겨울에 찾은 회진 앞바다의 바람은 매서웠다. 진목마을 어귀에 들어서니 칼바람에 뺨이 얼어붙는다. 아무리 옷깃을 여며도 파고드는 한기를 피할 길 없다. 이런 날이면 세상의 모든 어머니는 자신보다 자식 걱정에 마음이 더 시리다.

모자가 함께 걸었던 진목마을 어귀길

1 소등섬-기도하는 어머니 상   2 소등섬 앞바다 굴

선학을 불러내는 소리

마을 앞 포구에 밀물이 차오르면 거대한 학 한 마리가 물 위를 떠돌았다. 물에 비친 관음봉의 산 그림자는 영락없이 막 물 위를 날아오르려는 학의 모습이었다.

하늘로 치솟아 오른 고깔 모양의 주봉은 힘찬 비상을 시작하고 있는 학의 머리를, 길게 굽이쳐 내린 양쪽 산줄기는 날개의 형상이었다. 그러니까 선학동은 날아오르는 학의 품 안에 포근히 안겨 있는 셈이었다.

선학동(영화 천년학) 셋트장

해 질 녘, 포구에 물이 차오르면 마을에선 또 하나의 풍경이 펼쳐졌다. 언젠가부터 마을에 들어와 살던 소리쟁이 부녀가 소리를 시작하는데. 선학이 소리를 불러낸 건지 소리가 선학을 날게 한 건지 분간하기 어려울 지경이었다. 그 애달픈 소리와 풍경에 마을 사람들은 넋을 잃었다.

그러나 언젠가부터 포구의 물길이 막히고 그곳은 벌판으로 변했다. 관음봉은 날개가 꺾이고 주저앉은 새가 됐다. 선학동 사람들은 더는 비상학을 볼 수 없게 됐다. 훗날 부녀를 버리고 떠났던 소리쟁이의 의붓아들이 선학동을 다시 찾아와 여동생의 행방을 묻자 주막집 주인이 답한다.

> "여자는 어디로 떠나간 것이 아니여, 그 여자는 이 선학
> 동의 학이 되어버린 거여. 학이 되어서 언제까지나 이
> 고을 하늘을 떠돈단 말이여."
>
> 〈선학동 나그네〉 중에서

남도의 소리 가락은 유난히 애절하다. 한평생 살아가며 긴긴 세월 동안 먼지처럼 쌓아 올린 '한'이 숨결마다 배어있기 때문일까? 탄식인 듯 신음인 듯 뱉어내는 소리 한 곡조 한 곡조마다 듣는 이의 가슴을 훑어 내린다. 남도의 소리를 그토록 좋아했던 작가도 지금쯤 선학동 옆 진목마을 언덕에 누워, 물비늘 반짝이는 고향 앞바다를 바라보며 소리 한 자락 듣고 있으리라.

궁벽한 갯마을 출신 소년이 서울대학교에 들어갔을 때 고향 사람들은 이청준의
암행어사 출두쯤을 기대하고 있었다. 진목리 천재가 제 입에 풀칠하기도 힘든 소
설쟁이가 됐을 때 고향 사람들의 실망은 이만저만이 아니었다. 작가는 세상을 떠
난 후에야 고향 사람의 기대를 실현해준 듯하다. 장흥 땅 어디를 가도 이청준의
발자국이 따라다니지 않는 곳이 없을 정도다. 천관산 아래 자리 잡은 천관산 문
학관에서, 영화(축제)를 찍은 소등 섬에서, 생가가 있는 진목마을에서, 영화(천년
학)를 찍은 선학동에서, 회진 포구에서, 심지어 정남진 전망대에서도 그의 흔적
을 볼 수 있다. 남도 끝자락의 어느 작은 음식점 주인마저 작가의 이름을 소중히
꺼내는 것을 보며 고향과 이청준은 너무도 사랑하는 사이였음을 알게 된다.

장흥 회덕중학교 앞 벽화에 그려진 이청준

장흥에서 태어나 지금도 그곳에서 살고 있는 시인 이대흠은 소박하고 아름다우면서도 향토색 짙은 시를 써오고 있다. 「서울이나 광주에서는/ 비가 온다는 말의 뜻을/ 알 수가 없다/ 비가 온다는 말은/ 장흥이나 강진 그도 아니면/ 구강포쯤 가야 이해가 된다/ 내리는 비야 내리는 비이지만 비가/ 걸어서 오거나 달려오는 경우도 있다는 것을」(〈비가 오신다〉 중에서) 비마저도 고향에서 느끼는 맛은 다른가 보다. 추억이 섞여 내리기 때문일까?

용산면 남포길에 자리한 음식점 축제에서는 저렴한 가격에 소등섬 앞바다에서 막 따온 싱싱한 석화를 먹을 수 있다. 늦은 오후, 이곳에서 석화 구이를 먹으며 바닷물이 빠질 때를 기다렸다가 작은 무인도인 소등섬에 들어가 보자. 바다가 갈라지며 서서히 길이 드러나는 모습이 신기하기만 하다. 장흥읍 예양리 정남진 장흥 토요시장 거리에는 삼합(한우, 키조개, 표고버섯) 전문 음식점이 즐비하다. 사랑해 장흥 한우(061-864-5222)에서 맛보는 삼합 구이는 세 가지 재료가 어우러져 내는 향긋한 맛이 일품이다. 짙은 안개 속에 찾았던 회진 포구, 바다 내음(061-867-9981)에서의 아침 식사도 자꾸 생각난다. 매생이 무침, 굴 무침, 소라 무침 등의 바다 향 물씬 풍기는 밑반찬과 굴 미역국이 인상적이다.

석화구이

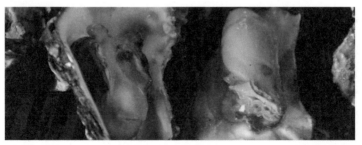

아름다움, 그 이면의 아픔

목메는 봄날

|

#현기영 #제주특별자치도 #제주시

작가소개

현기영은 제주도에서 태어나 청소년기까지 그곳에서 보냈다. 이후 서울대학교 사범대학 영문과를 졸업 후 서울사대부고에서 영어교사로 있다, 1975년 《동아일보》 신춘문예에 단편소설 〈아버지〉로 등단했다. 그는 제주도라는 향토적 세계를 중심으로 현대사의 비극과 아름다운 제주도 자연 속 인간의 삶을 깊이 있게 성찰하는 작품을 주로 써왔다. 한국문학사에서 제주도의 역사를 소재로 한 작품을 이야기할 때 가장 먼저 꼽히는 인물이다.

작품소개

대표작으로 꼽히는 〈순이 삼촌〉은 4·3사건을 조명한 작품으로 한국문학사에서 특별한 가치와 의의를 지닌다. 이 작품은 출간 후 금서로 지정되었고, 작가는 경찰에 끌려가 고문을 받기도 했다. 제주도라는 섬이 겪었던 비극의 역사, 동시에 알려지지 않은 항쟁의 역사를 재조명하는 작품을 여럿 발표했다. 주요 저서로는 소설 《변방에 우짖는 새》, 《바람 타는 섬》, 《지상에 숟가락 하나》, 《누란》, 산문집 《소설가는 늙지 않는다》 등이 있다.

아름다움, 그 이면의 아픔

목메는 봄날

글·사진 이지선

제주는 우리나라에서 가장 먼저 봄이 시작되는 곳이다. 4월이면 한반도에서 가장 먼저 봄꽃으로 제 몸을 치장한다. 화사한 유채꽃과 벚꽃이 땅과 하늘에 함께 흐드러진다. 그 모습은 상상만으로도 가슴이 설렌다. 4월의 제주는 아름답다. 하지만 제주의 4월을 '아름다움'만으로 이야기할 수 있을까. 겉으로 보이는 아름다움의 이면에 감춰진 역사의 상처를 이야기해온 작가가 있다. 제주 4·3사건에 대해 끊임없이 이야기하는 현기영을 대하자면, 어쩌면 제주 4·3사건에 대한 작가적 소명의식이 그의 문학적 '숟가락' 역할을 하고 있는 것은 아닐까 하는 생각마저 든다.

현기영은 제주 출신 작가라는 것을 과시라도 하듯 등단 이후 줄곧 제주를 배경으로 한 소설들을 펴냈다. 그래서 그는 한국문학사에서 제주를 이야기할 때 빠지지 않는 자타가 공인하는 제주의 대표 작가이다. 그가 발표한 15권의 소설 중 반 이상이 제주의 비극적인 역사 현실을 조명하고 있다는 것이 이를 뒷받침해준다.

영령을 진혼하는 무당

> 그리하여 한라산과 해변 사이 중산간지대의 백30여 개
> 의 마을들이 불에 타 사라졌다. 불바다와 함께 대살육극
> 이 시작되었으니, 주민들 절반은 산으로 달아나 폭도라
> 는 누명 아래 사살의 대상이 되고 절반은 명령에 따라
> 해변으로 소개했으나, 그 중의 많은 부로(父老), 아녀자
> 들이 폭도 가족으로 처형당했다.
>
> 《지상에 숟가락 하나》 중에서

현기영은 4·3사건이 자신에게, 그리고 제주도민에게 미친 영향에 관해 너무나 잘 알고 있다. 그는 4·3사건으로 우울증을 겪었고, 어린 시절 말도 더듬었다고 회고한다. 4·3사건이 남긴 상처가 어디 그뿐이겠냐마는.

작가는 자신과 제주도민이 받은 억압을 푸는 일이 필요하다고 느꼈다. 중학교 2학년 때부터 문학을 해야겠다고 생각했다는 그에게, 그 억압을 푸는 일은 결국 문학에서 마침표를 찍었다. "그래서 제가 책임감을 가지고 글을 쓰기 시작한 겁니다. 4·3에 관한 글을 쓰면 가슴 속에 어떤 해방감이 몰려왔어요. 어떻게 보면 나 자신의 해방을 위해서, 나의 내면과 다른 사람의 억압을 깨뜨리기 위해서 4·3사건을 쓰기 시작한 거죠."라는 그에게서 진심에서 우러나온 4·3사건에 대한 사명감이 느껴진다. 그 사명감은 자못 경건하기까지 하다.

1978년에 발표된 소설 〈순이 삼촌〉은 4·3사건의 진실을 거

의 최초로 공론화한 소설이다. 비록 이 소설은 책이 발매 금지되었고 작가 자신은 보안사에 끌려가 끔찍한 고문을 당하는 고초를 겪었지만, 이 작품이 지닌 문학사적 그리고 역사적 의의는 그로 인해 한층 막중해졌다.

하지만 그에게도 4·3의 굴레를 벗어난 문학을 하고 싶은 생각이 없진 않았을 터였다. "(중략) 또 꿈을 꾸었다. 보안사에서 당한 것과 똑같은 식으로 고문을 당하는 꿈이었다. 고문 주체가 군인들이 아니라 4·3 영령들이었다. '이 새끼가 경쾌하게 4·3을 떠난다고? 네가 뭘 한 게 있다고 떠난다고 하느냐. 매우 쳐라.' 하더라. 식은땀을 흘리면서 잠에서 깼다. 결국 4·3은 못 떠나겠다고 생각했다. 억압으로 생각하지 말자고 생각했다. 나는 4·3의 영령을 진혼하는 무당이다. 이렇게 생각하고 있다." 그가 품은 지독한 사명감의 배경이다.

최고의 상권지로 우뚝 선 현기영의 고향, 노형동

시간은 흘러도 잊지는 말아주오

아픈 역사 후에도 시간은 지나 어느덧 4·3사건으로부터 70년의 세월이 흘렀다. 이제 현기영의 생가가 있던 '함박이굴'은 4·3으로 불타 없어졌고 그의 고향 노형동은 제주 최고의 상권지가 되었다. 그가 친구들과 다이빙을 하던 용연에는 구름다리가 놓여 야경을 보러온 이들의 발걸음이 바쁘고 친구들과 탄피 주우러 다녔던 현무암 해안 길은 어느새 야간 조명시설까지 갖춘 해안도로로 단장돼 카페거리로 둔갑했다. 이 모든 것이 세월의 흐름을 말해주는 듯하다. 하지만 시간이 지나감에도 우리가 잊지 않고 기억해야 하는 곳도 있다. 바로 너븐숭이 유적지와 4·3평화공원이다.

너븐숭이 옹팡밭에서 햇빛을 가려주는 것이 있다면 소나무 몇 그루. 옹팡밭 옆 대도로에는 수많은 차가 쌩쌩 스쳐 지난다. 제주시 조천면 북촌리 1599번지. 이곳은 1949년 1월 17일 발생한 '북촌사건'의 진원지이자 〈순이 삼촌〉의 배경이 되는 곳이다.

너븐숭이에서 제일 먼저 눈에 들어오는 것은 20여 구의 돌무덤. 겨우 대여섯 개의 돌을 돌아가며 세워 놓은 것이 무덤이라니. 돌무덤의 사연을 적은 시비 앞에서 〈애기 돌무덤 앞에서〉라는 시를 읽어 내리면 '너무 낯선 돌무덤'이라는 싯구가 읽는 이의 마음까지 안타깝게 만든다. 소나무 아래 듬성듬성 모아놓은 돌무덤이 애기무덤이라니. 무덤 위에는 풀이 무성하게 자라고 있다. 무덤의 주인공이 누구인지 알 턱이 없다. 돌무덤 근처에 핀 작은 야생화만이 그 이름을 알지도 모르겠다.

4·3평화공원에는 까마귀가 우짖는다. 까악-까악-하는 소리가 그들의 넋이 제 슬픔을 알아 달라 울고 있는 것만 같다. 희생자들의 위패가 모셔진 위령제단에서 향을 꼽고 묵념을 한다. 귓가에는 아직도 까마귀 소리가 그득하다. 그 소리가 가슴을 친다. 가슴이 울린다.

이제는 어렴풋이 알 것도 같다. 제주 출신으로, 그 시대를 살아온 사람으로 4·3사건을 지나칠 수 없었던 작가의 마음.

제주 4·3평화공원에 자리한 4·3위령탑과 위령제단

김포공항에서 비행기로 한 시간 정도면 가는 제주는 좁고도 너른 한반도에서, 오직 이 섬에서만 볼 수 있는 풍광을 가져 그 모습이 이국적이기까지 하다. 우리나라에서 가장 큰 섬, 제주를 단숨에 둘러보는 것은 어쩌면 욕심이다. 제주를 여행하는 방법은 여러 가지. 그중, 4·3을 추모하고 싶다면 너븐숭이 4·3기념관과 4·3평화공원이 제격이다. 세 개의 마을을 지나는 4·3길을 걸어보는 것도 좋다. 4·3사건 당시 제주도민이 겪은 통한의 역사현장을 국민이 공감할 수 있는 역사와 교육의 현장으로 만들기 위해 조성된 길이 바로 제주 4·3길이다. 동광마을, 의귀마을과 북촌마을까지 세 개의 마을을 걸으며 4·3사건을 다시금 돌이켜 볼 수 있다. 특히 북촌마을은 소설 〈순이 삼촌〉의 주요 배경이 된 곳으로 문학적인 가치 또한 크다.

4·3 평화공원 근처에서 희생된 두 모녀의 죽음을 모성애로 표현한 작품

현길언은 현기영과 더불어 대표적인 제주 출신 소설가로 꼽힌다. 이들에게 바람 부는 고향 제주는 창작의 토양이었고, 동시에 4·3사건이라는 비극적 역사를 문학으로 전해야 한다는 의무감을 안겨줬다. 그에게 소설을 쓰게 한 것은 4·3사건이었다. "한 사람의 일생에 가장 큰 영향을 끼치는 시기가 소년 시절이 아닐까 싶습니다. 어린 시절 가까운 친척들이 4·3사건으로 화를 당했습니다. 사건이 끝난 뒤에도 사람들은 그때 이야기를 오래도록 입에 올렸지요. 이데올로기에 희생된 평범한 이들의 아픔, 극단적인 상황에서 드러나는 인간 본성에 대해 내가 꼭 써야겠다는 다짐을 품었다가 결국 마흔에 등단했습니다." 한 인터뷰에서 밝힌 바와 같이 그는 고향 제주라는 향토적 소재를 바탕으로 많은 소설을 쓰고 있다.

너븐숭이가 자리한 북촌리는 옆 마을로 함덕리와 동복리를 끼고 있다. 함덕 해수욕장이 있어 늘 사람이 많은 함덕리나 해녀로 유명한 동복리에 비해서 북촌리는 소박한 마을이다. 제주에서 많이 난다는 보말을 넣어 끓인 보말칼국수를 맛보려면 현우식당(064-783-0765)으로 가보자. 해장에 그만이다. 옆 마을 동복리에 있는 동복리 해녀촌(064-783-5438)에서는 싱싱한 회 국수가 유명하다.

소설이 머문 풍경

Part 2 작품이 내게 찾아올 때

김 서린 창에 반짝- 내려앉은 단어 하나

내 안으로 날아든, 고스케

|

#하성란 #삿뽀로여인숙 #서울특별시 #중구 #정동 #덕수궁돌담길

작가소개

하성란은 1967년 서울에서 태어났다. 고등학교 때부터 9번의 도전 끝에, 29
세에 《서울신문》 신춘문예에 단편 〈풀〉이 당선되며 등단했다. 소설집으로
《루빈의 술잔》, 《옆집 여자》, 《여름의 맛》 등이 있으며, 장편소설로는 《식사의
즐거움》, 《삿뽀로 여인숙》, 《A》 등이 있다. 그밖에 산문집 《왈왈》, 《아직 설레
는 일은 많다》 등이 있다. 일상과 사물에 대한 세밀한 관찰과 정밀 묘사가 뛰
어나다는 평을 받고 있다.

작품소개

《삿뽀로 여인숙》은 PC통신 하이텔 문학관에 연재된 소설을 묶어 2000년에
발행한 하성란의 첫 장편소설이다. 쌍둥이 남동생 선명이 교통사고로 즉사한
뒤, 수수께끼처럼 남겨진 선명의 흔적을 찾아 삿뽀로까지 가는 진명의 여정을
다루고 있다. 작가는 이 과정에서 수수께끼와 관련된 일련의 에피소드를 다소
비논리적인 상상력으로 풀어내며 호기심을 자극함으로써, 독자가 결말을 추
론할 수 있게 여운을 남겼다.

내 안으로 날아든, 고스케

글·사진 유영미

또 한 번 상실의 문턱을 지나고 있다. 노랗고 붉게 익어가는 넉넉한 가을, 덕수궁 돌담길은 아프다. 늘어선 가로수는 단단히 여문 은행들을 허망하게 툭툭 내려놨고, 푸른 하늘 위로 빛나던 청록의 이파리들은 어느새 생명을 다해 서걱대며 거리로 나부꼈다. 어슴푸레 저물어가는 정동의 밤, 하루살이에 지친 회색 빌딩들은 무표정의 사람들을 거리로 몰았다. 한 여자에게서 소설《삿뽀로 여인숙》속의 '진명'이 그려졌다. 사각사각 메마른 소리에 무심코 걷던 그녀가 고개를 들었다. 덕수궁 돌담길을 따라 시린 마음이 전해졌다. 휑하게 뚫린 가슴 한구석에는 제법 차가운 바람이 스며들었다.

덕수궁 돌담길은 데칼코마니로 가득하다. 같은 모양의 돌을 선에 맞춰 쌓아 올린 것 같지만, 자세히 들여다보면 각기 다른 모습이다. 돌의 곳곳에 팬 상처, 시간을 지나며 농익은 다양한 빛깔이 다른 잔상을 만들어낸 까닭이다. 세월이 만들어낸 저마다의 흔적이 어떻게 모두 같을 수 있겠나. 닮은 듯 닮지 않은 돌들.《삿뽀로 여인숙》속의 쌍둥이 남매 '진명'과 '선명'이 박혀 있는 듯하다.

닮은꼴 돌들이 켜켜이 쌓인 덕수궁 돌담길

그림자 인생

끔찍한 교통사고 그리고 망자의 사라진 한쪽 귀. 소설은 다소 거칠게 시작된다. 이 사고로 3분 먼저 태어난 누나 '진명'은 쌍둥이 남동생 '선명'을 잃었다. 선명이 타고 있던 자전거도 대형트럭에 치여 산산이 부서졌다. 이후 진명은 발을 구를 때마다 죽은 동생이 선명하게 떠올라 더 이상 자전거 페달을 밟을 수 없었다. 대신 계속해서 달렸다. 죽을 힘을 다해 뛰면 스치는 바람에 선명의 죽음이 다 씻겨나가는 것만 같았다. 덕분에 진명은 「선명이가 죽은 뒤로 난 건강해졌고 성적도 좋아졌다. 아이러니였다.」(《삿뽀로 여인숙》 중에서)고 느끼기까지 했다.

다소 '괜찮아 보였던' 그녀의 삶이 뒤엉키기 시작한 건, 선명이 남긴 수수께끼 때문이었다. 방문에 걸린 작은 에밀레종이 발단이었다. 선명은 함께 갔던 경주 수학여행에서 에밀레종을 사 남매의 방에 하나씩 걸어뒀다. 어느 날 진명은 선명의 방을 뒤적이다, 그가 세상에 남긴 종이 두 개 더 있음을 알았다. '미래'에게 쓴 「나는 종을 네 개 샀다. (중략) 그 한 개를 너에게」(《삿뽀로 여인숙》 중에서)라는 내용의 편지를 찾고 난 뒤였다. 편지가 징검다리가 돼, 진명은 고등학교 동창이자 그의 여자 친구였던 '윤미래'를 만날 수 있었다. 그녀가 덕수궁 돌담길 끝자락의 한 무역회사에 다닐 때였다.

불빛이 끊긴 덕수궁 돌담길은 어둠 속에 묻혀 있었다.

(중략) 윤미래와의 인연이 어쩌면 길게 이어질지도 모른

다는 예감을 하면서 어둠 속으로 한 발을 들여놓았다.

《삿뽀로 여인숙》 중에서

　　닮은 꼴 돌들이 켜켜이 쌓인 돌담길. 그곳은 그녀가 쌍둥이 남

동생을 떠올리기에 충분한 공간이었다. 그들은 태어나면서부터 늘

함께였다. 주변에서는 둘의 이름을 부르는 대신, 「저기 쌍둥이가

간다.」(《삿뽀로 여인숙》 중에서)고 했다. 그만큼 그녀와 선명은 밀접

한 존재였다. 그가 죽은 뒤에도 진명은 남겨진 수수께끼를 풀며, 그

와의 질긴 운명의 줄 위에 서 있었다. 어느 날 윤미래가 쏘아댄 한

마디를 듣기 전까진 그랬다.

　　과연 네가 진명일까?

《삿뽀로 여인숙》 중에서

　　윤미래가 본 진명은 항상 선명만을 바라보고 있었다. 진명도 알

고 있었다. 자신의 삶은 항상 선명의 뒤였다는 것을. 적극적이고 주

도적인 남동생 선명에게 늘 뒤처진다는 것은 그녀에게 남모를 아

픔이었고 콤플렉스였다. 그녀는 때로 「선명이를 따라잡기 위해 뛰

어다」니고, 「선명이가 되고 싶어 했」(《삿뽀로 여인숙》 중에서)다고

인정했다. 결국 진명의 삶은 선명의 데칼코마니, 홀로는 존재할 수

없는 그의 그림자일 뿐이었다.

화려한 도시의 네온사인을 뒤로하고, 어둠이 깔린 덕수궁 돌담 길에 진명의 삶이 바람처럼 일렁인다. 회색빛 돌담 위에 비친 한 폭의 그림. 우뚝 선 가로수 뒤로 투영된 은행나무의 실루엣이 사뭇 애처로운 밤이다.

당신은 누구인가요?

"와따시노 나마에와 고스케데스."

(저자 역: 내 이름은 고스케입니다.)

《삿뽀로 여인숙》 중에서

선명이 죽고 난 뒤 진명의 귀에 한 일본 남자의 이름이 맴돌았다. 은은하게 종소리처럼 다가온 '고스케'는 공명이 되어 점점 진명의 삶을 흔들었다. 귀신처럼 지나가는 고스케의 환영을 보기도 하고, 어느 날엔 문득 유리창 위에 주문처럼 '고스케'란 이름을 쓰기도 했다. 창경궁 명정전 앞에서는 한 남자의 뒷모습에 고스케를 부르짖으며 기절하기도 했다.

무엇이 이토록 진명에게 고스케에 대한 애절함을 만들었는지. 계속된 고스케와의 숨바꼭질 끝에 그녀는 그를 찾기로 했다. 한 일식당에서 본 시계탑 사진에 이끌리듯 삿뽀로로 향한 것이다. 진명이 무언가 스스로 결심한 것을 실행에 옮긴 생에 처음의 일이기도 했다. 그렇게 찾아간 삿뽀로의 한 여인숙에는

운명처럼 그가 살고 있었고, 그곳에는 우연인 듯 운명인 듯 선명이
세상에 남긴 마지막 에밀레종이 바람결에 반짝이고 있었다.

고개를 돌리지 않았지만 이미 난 내 뒤에 서 있는 그 남
자에 대해 충분히 알고 있었다.

《삿뽀로 여인숙》 중에서

고스케였다. 고스케인 동시에 선명이 남긴 수수께끼의 답이었
고, 진명이 잃어버리고 살았던 그녀 자신의 반쪽이기도 했다. 진명
이 오롯한 진명으로 거듭난 순간이었다. 이미 오래전부터 선명의
그림자에서 벗어나기 위해 몸부림쳤을 그녀를 보며, 문득 박남수
시인의 시 한 구절이 떠올랐다. 「그것은 조용한 기도/ 주검 위에
덮는 순결의 보자기」(시 〈첫눈〉 중에서).
소설가 조용하는 이 시에 대해 겨울 들어
처음 내리는 눈이 사전적 의미로는 '첫
눈'이겠지만, '영혼을 닦을 그 눈이 비로
소 첫눈'이라고 했다. 진명 역시 태어나
면서부터 진명이었지만, 삿뽀로로 향하
고 고스케를 찾으며 스스로 자아를 찾아
가는 과정에서 '비로소 진명'이 되지 않
았을까.

문학을 거닐다

〈삿뽀로 여인숙〉의 주요 무대는 덕수궁 일대와 충정로 고가, 일본의 삿뽀로 등이다. 덕수궁 돌담길은 진명이 출퇴근하던 길이며, 충정로 고가 아래는 진명이 선명을 잊기 위해 매일 달리던 등굣길이다. 소설의 끝인 삿뽀로에서는 진명이 고스케를 찾아 떠나며 진정한 자아를 발견한다.

깊어가는 밤 고즈넉한 덕수궁 돌담길을 걸어보자. 돌담 위로 비치는 가로수 그림자는 어쩐지 진명의 삶과 닮았다. 매일 그 길을 출퇴근하며 자신의 진짜 모습을 찾았을 진명의 마음을 느낄 수 있는 공간이다. 고요히 거닐다 보면 길이 끝날 때쯤엔 평온한 마음을 느낄 수 있다. 서울시청 서소문청사 13층의 정동전망대(개방 시간 09:00~18:00)에 오르면 덕수궁과 정동 일대 풍경을 한 눈에 담을 수 있다. 하늘을 향해 뻗은 고층 빌딩 속에 고즈넉한 덕수궁이 들어앉은 모습이 꽤 이색적이다. 소설 속 진명이 일을 하다가 문득 덕수궁 일대를 내려다보는 장면도 떠올려볼 수 있다. 또 다른 작품의 무대인 창경궁으로 이동해보자. 창경궁 명정전 계단에 앉으면 진명이 고스케를 부르는 소리가 귓가를 맴돌고, 멀리 관광객 틈 사이로 고스케가 지나가는 듯하다. 창경궁 내부는 숲과 산책로가 조성되어 있어 '나의 반쪽 고스케'를 찾으며 사색을 즐기기 좋다.

정동전망대에서 내려다본 덕수궁 일대

다른 작품을 엿보다

「모두의 기억에서 사라졌다 해도 나는 조선의 마지막 황녀였다.」(소설 《덕혜옹주》 중에서) 조선의 마지막 공주, 덕혜옹주의 애달픈 목소리가 바람을 타고 귓등을 스치는 덕수궁. 덕혜옹주의 유치원이었던 준명당 앞에 서면, 아버지인 고종의 사랑이 그대로 전해지는 듯하다. 석조전에 들어서면 대한제국의 마지막 왕실에서 생활하던 덕혜옹주의 모습을 생생히 그려볼 수 있다.

여행을 맛보다

1980년대를 배경으로 한 소설을 따라, 오랜 전통의 식당을 찾아보자. 덕수궁 돌담길 근처에 50년 넘게 이어진 진주회관(02-753-5388)이 있다. 진한 콩국수가 대표 메뉴이며, 칼칼한 음식을 원하면 섞어찌개를 추천한다. 덕수궁 돌담길 시작점에는 림벅와플 덕수궁점(02-318-5202)이 있는데, 바삭하고 촉촉한 와플은 주변을 거닐며 가볍게 간식거리로 먹기에 좋다.

어제와 내일의 오묘한 조우

내일이 기다려지는 풍경

—

#이혜경 #소설_북촌 #서울특별시 #종로구 #가회동 #계동 #북촌

이혜경은 1960년 충청남도 보령에서 태어났다. 1982년 《세계의 문학》에 중편소설 〈우리들의 떨켜〉가 당선되며 등단했다. 이혜경 소설의 특징은 소설 속 사건들이 현란하거나 특별하기보다 일상적이고 보편적이라는 점이다. 그러나 그처럼 일상적인 사건을 예리하고 정확히 잡아내 풍부하게 표현하는 작가도 드물 것이다. 그는 삶의 구석진 부분까지 애정 어린 시선과 정교한 필치로 묘사하는 작가로 알려져 있다.

〈북촌〉은 《너 없는 그 자리》에 수록된 단편소설이다. 소설은 북촌에 사는 독신 남자와 그의 집으로 피신해 온 젊은 여성의 만남과 이별을 통해, 우리 시대 사랑과 상처, 욕망의 관계를 그린다. 여자는 의붓아버지의 엉큼한 눈빛이 싫어 도망치듯 서울로 올라왔지만, 자신을 성적 대상으로만 대하는 서울의 부잣집 남자들에게 또다시 상처받는다. 그러다 북촌 남자를 만나 편안한 위안과 안정을 얻지만, 상처를 준 부유한 옛 남자가 돌아오자 두 사람의 관계는 다른 양상을 띠기 시작한다.

내일이 기다려지는 풍경

글·사진 박홍만

운치 있는 한옥마을의 고즈넉함 때문인지, 예부터 내려오는 명당의 기운 덕분인지. 마음에 드는 사람이 생기면 언제나 북촌으로 불러냈다. 북촌의 청아하면서도 특별한 느낌이 좋았기 때문이었다. 이혜경의 소설 〈북촌〉에서도 특별할 것 없는 보통의 도시 남녀가 북촌에서 만나, 도시에서는 꿈도 못 꿀 특별한 시간을 갖는다. 아마 오랜 세월 편안하게 쌓아온 북촌이라는 시공간의 힘이었을 것이다.

사람을 주인공으로 만드는 풍경

발길 닿는 대로 걷는다. 북촌에서의 길은 어느 쪽으로 접어들
어도 후회 없다. 여느 여행지처럼 치열하게 여행일정을 짜지 않아
도, 이미 북촌의 모든 길이 최고의 여행코스다. 길을 걷다 고풍스
러운 한옥 담장과 처마를 올려다보노라면 문득 그 안의 풍경이 궁
금해진다. 호감 가는 외모의 이성을 만난 후, 자연스레 그의 내면
이 궁금해지는 것처럼 북촌 한옥은 사람을 닮아있다. 눈앞에 일렬
로 횡렬한 한옥문 중 하나의 문만이라도 눈앞에서 우연히 열리기
를 내심 기대해보게 된다.

〈북촌〉의 두 주인공은 그렇게 만났다. 쓰레기를 버리러 나온
북촌 남자가 한옥문을 열었을 때, 덤불로 숨어드는 작은 새처럼 한
여자가 뛰어들었다.

그 무엇에도 뛰어들어보지 못한 남자와 매번 무엇에든 뛰어들
었던 여자였다. 전 재산을 친구에게 사기당한 후 또 다른 친구의
집을 돌보며 무미건조하게 살아가던 남자가 문을 열었고, 여자는
그 문 안으로 발을 디뎠다. 그들이 만난 곳은 다름 아닌 사람을 주
인공으로 만들어주는 풍경이 있는 마을, 북촌이었다.

국립현대미술관으로 가는 골목길

1 은행나무길에서 만난 북촌길
2 드라마 촬영장소로 유명한 '커피방앗간'
3 영화 〈암살〉의 촬영지 백인제 가옥
4 언제나 편하게 드나들 수 있는 한옥지원센터

북촌에서 만난 '나'라는 담장

　여자는 주말이 되면 작은 새가 되어 남자의 한옥으로 날아들었다. 여자가 오지 않는 날이면 무색무취한 남자의 마당엔, 여자가 남기고 간 금빛 솜털이 온 집안을 날아다녔다.

> 아침에 언덕을 내려갈 때, 한눈에 들어오는 인왕산 자락,
> 초록 숲 사이로 맑게 내민 바위를 보면 여자의 맑은 이
> 마를 떠올리지 않을 수 없었다.
>
> 〈북촌〉 중에서

　남자는 자신이 머무는 한옥뿐 아니라 북촌의 모든 풍경에서 그녀를 느낄 만큼 그녀를 아끼고 사랑했다. 안타깝게도 여자는 달랐다. 남자가 자신의 휴대폰 번호를 여자에게 알려주고 자신의 이름까지 말하려 할 때, 여자는 폴더폰을 탁 닫아버릴 정도로 그와의 만남을 가볍게 생각했다. 그녀는 언제나 다소 충동적이었다. 자신의 욕구를 채우기 위해 딸을 이용하는 친모, 자신을 성적인 눈빛으로 바라보는 계부 사이에서 고등학교 졸업과 동시에 집을 뛰쳐나왔다. 남자의 한옥에 처음 들어설 때도 일방적으로 관계를 단절한 유부남을 피해 도망쳐 들어온 것이었다.

　그에 반해 남자는 늘 기다렸다. 학창시절 친하지도 않은 친구의 공부를 도와줄 때도, 어른이 되어 그 친구에게 전 재산을 사기당했을 때도, 남자의 선택은 상대방의 선택을 기다리는 것이었다. 이렇

게 여자와 남자는 스스로도 의식하지 못한 채로 자신만의 삶의 방식을 가지고 있었다. 두 사람의 관계는 도시를 피해 온 북촌 관광객들과 매번 이별을 당하면서도 여전히 그들을 기다리는 북촌을 그대로 닮았다. 공간은 숨 막히는 도시에서 여유로운 북촌으로 바뀌었어도, '나'라는 담장은 예전 그대로였다.

북촌 남자와 여자가 거닐었을지도 모르는 은행나무길

빨리 걸어가면 놓칠 수 있는 덕성여고 옆 벽화

북촌을 대하는 우리의 자세

올 때마다 처음 오는 곳 같다. 북촌은 요즘 흔하디흔한 데이트 장소 중 하나로 치부되기도 하지만, 매번 다른 깊이의 명암을 발견하게 되는 한 폭의 수묵담채화 같다. 여러 번 북촌에 걸음 했지만, 영화 '암살'의 촬영 장소였던 백인제 가옥과 서울시내와 북촌이 훤히 내려다보이는 '북촌전망대'를 발견하기는 처음이다. 자꾸 되돌

정독도서관

아온다는 건, 미련이 남았다는 의미일 것이다. '때깔'을 요구하며 이별을 선포한 포르쉐 자동차를 타던 남자와 쓰레기를 버리러 나온 북촌남자를 다시 찾는 여자처럼 말이다.

> "속이 좀 상해서, 전화하고 싶어서 휴대폰 전화번호를 검색했는데, 만나고 싶은 사람이 하나도 없는 거예요. 이백 명이 넘는 사람 가운데 아저씨가 당첨이에요."
>
> 〈북촌〉 중에서

여자는 이렇게 북촌남자에게 다가왔다. 아쉽게도 딱 거기까지였다. 종종 북촌에 찾아가 아름다운 한옥을 바라보는 일은 행복한 일이지만, 손이 많이 가는 한옥에서 매일의 삶을 영위해 나가기는 싫은 사람들처럼. 여자는 북촌남자를 언제나 쉽게 왔다 떠날 수 있는 북촌이란 여행지로 생각하고 있었다. 그러나 북촌남자 역시 자신과 여자, 도시와 북촌 사이에서 지금까지와는 다른 선택을 한다. 마을이나 사람이나 생존하려는 모든 것에는 변화가 필요하다. 어쩌면 북촌이란 공간이 오늘날까지 존재할 수 있었던 건, 그곳이 변하지 않아서가 아니라, 시대에 따라 모습을 달리했기 때문일지도 모른다. 소설의 마지막 부분에서 살아가기 위해 지금까지와는 다른 선택을 하는 남자처럼 벌써부터 북촌의 내일 풍경이 궁금해진다.

북촌은 오래된 한옥이 고스란히 남아 있는 서울의 명소다. 서울 중심부인 경복궁과 창덕궁 사이에 있다. 청계천과 종로 윗동네를 가리키던 이곳은 조선시대 왕족과 사대부의 공간이기도 했다. 북촌 하면 대표적인 게 한옥과 골목길이다. 소설 속 여자도 친구와의 점심식사 후 북촌 골목길에서 남자를 만났다. 북촌의 골목길은 몇 갈래로 나뉜다. 예전 한옥이 그대로 남아 있어 고즈넉한 정취가 진하게 풍기는 가회동길과 1980년대에서 멈춰선 듯 빈티지한 울림이 있는 계동길, 먹거리와 볼거리가 함께하는 삼청동 은행나무길, 문화예술의 거리인 감고당길 등이다. '북촌전망대' 인근 골목들에는 한옥 대문이 줄지어 서 있고 인왕산 자락도 보이는 것으로 보아, 아마 그 골목 어디선가 여자가 남자의 한옥으로 뛰어들지 않았을까 짐작해본다. 여러 매력이 혼재한 북촌을 테마를 갖고 여행해보자. 서울중앙고등학교와 정독도서관 등의 근대건축물과 북촌8경을 둘러보는 코스, 개방한옥들을 둘러보는 코스를 추천한다. 북촌에 관련된 자세한 여행정보는 인터넷에선 '북촌 한옥마을'로 검색해보고, 현장에선 정독도서관 초입 '북촌마을안내소'를 통해 구하면 편리하다.

신달자는 반백 년 넘게 시와 함께 살아온 시인이다. 시인은 열 평 남짓한 북촌의 작은 한옥으로 이사한 후 계동 골목, 가회동 소나무길 등을 걸으며 북촌에 관한 시를 썼다. '삼청공원', '백인제 가옥', '북촌8경' 등의 시를 감상하고 있노라면 지금 북촌을 걷고 있다는 착각마저 든다. 「한옥 기와 모서리가 / 맨드라미 빛깔로 물들며 솟네 / 이 집 처마와 / 저 집 처마가 / 닭 벼슬 부딪치듯 / 사랑싸움을 하네」(신달자, 시 〈북촌 가을〉 중에서) 시인의 시를 읽고 있노라면 눈앞에 북촌이 펼쳐지는 듯하다.

북촌에는 맛좋은 식당들이 즐비하다. 그래도 꼽는다면 경복궁 동십자각에서 삼청로를 따라 10여 분 정도 걸어가면 만날 수 있는 삼청동 이탈리안 레스토랑 수와래(02-739-2122)를 추천한다. 삼청동 끝자락에 자리한 스페인 가정식 요리전문점 엘세르도(02-6032-1300)는 맛 좋은 요리와 부담 없는 가격이 장점이다. 삼청동 눈나무집(02-739-6742)은 떡갈비와 김치말이국수로 유명하다.

찌질한 네 남자의 재기발랄 프로젝트

연체된 인생들의 기묘한 동거

#김호연 #망원동_브라더스 #서울특별시 #마포구 #망원동

CLOSED
AM 12:00

작가소개

김호연은 영화와 만화, 소설을 넘나드는 스토리텔러다. 1974년 서울에서 태어나, 고려대학교 국어국문학과를 졸업했다. 영화 시나리오 〈이중간첩〉을 공동작업하기도 했고, 만화기획자로 썼던 《실험인간지대》는 제1회 부천만화스토리 공모전에서 대상을 받기도 했다. 이후 2013년 제9회 장편소설 《망원동 브라더스》로 세계문학상 우수상을 받으며 소설가가 되었다. 2015년 두 번째 장편소설 《연적》을 발표했다. 그의 작품들은 일상적이면서 일상적이지 않은, 독특하고 재미있는 면모를 보인다.

작품소개

《망원동 브라더스》는 제9회 세계문학상 우수상을 받은 작품으로 망원동 옥탑방에서 시작된 찌질한 네 남자의 기묘한 동거 이야기다. 20대 만 년 고시생, 30대 백수, 40대 기러기 아빠, 50대 황혼 이혼남. 영화 장면처럼 그려지는 에피소드와 저자의 재미난 입담으로 초라한 현실을 유쾌하게 그려냈다.

찌질한 네 남자의 재기발랄 프로젝트

연체된 인생들의 기묘한 동거

글·사진 신지영

누구나 한 번쯤 독립을 꿈꾼다. 넓고 쾌적한 집이면 좋으련만, 사회 초년생의 첫 독립은 대부분 지하방이나 옥탑방에서 시작된다. 그중 옥탑방의 선호도가 높다. 옥탑방에서라면 탁 트인 시야 덕분에 고층아파트 부럽지 않은 전망과 전용 마당에서의 소소한 낭만도 즐길 수 있다. 하지만 서른이 넘고 마흔이 지나서도 옥탑방에 사는 것은 좀 부끄럽다. 하물며 마흔, 쉰이 훌쩍 넘은 두 남자는 엎혀살기까지 한다. 한 남자는 고시원, 두 남자는 더부살이. "칙칙한 한국 남자의 이야기를 쓰고 싶었다."고 작가는 말한다. 남자만 네 명이니 칙칙함이야 당연하겠지만, 망원동과 홍대를 오가며 펼쳐지는 그들의 이야기는 칙칙하지 않다.

인생과 닮은 어느 다세대 주택의 계량기들

좁은 8평 옥탑방에 20대부터 50대까지의 네 남자가 모였다. 만년 고시생, 기러기 아빠, 황혼 이혼을 앞둔 남자, 이름 없는 만화 작가. 네 남자에게 꽂히는 사회적 시선은 그들을 실패자로 규정한다. 게다가 그들 스스로 이 찌질하고 초라해 보이는 조합에 대해 스스럼없이 인생의 연체자들이라 칭한다. 소설로만 치부하기에는 그들의 상황은 현실과 다분히 겹친다. 신용회복을 위해 고군분투하는 네 남자의 모습이 웃기다가도 씁쓸하고, 씁쓸하다가도 웃음이 비어져 나온다.

어쨌거나 - 직진

난데없이 옥탑방에 가보고 싶었다. 밤새 읽어내린 책 때문일 거다. 망원동에 방을 구할 것도 아니면서 괜스레 정보지를 뒤적거렸다. 옳지! 옥탑방이 하나 나왔다. 에라-. 개인적인 목마름을 해소하기 위해 약속을 정하고 갔다. 《망원동 브라더스》에서 느낀 옥탑과는 사뭇 달랐지만, 꼼꼼히 보는 척 여기저기 살폈다. 초록색 방수페인트가 온통 칠해진 옥상은 어딘지 어설픈 세련됨을 뽐내고 있었다. 휑한 옥상 중간에 평상이나 텐트라도 하나 놓으면 진짜 낭만적이겠다.

목마름이 해소되자 순식간에 옥탑에 대한 열망이 사그라들었다. 로망은 로망일 뿐. 현실은 다르다. 그러니 이곳에서 느꼈을 그들의 감정은 자괴감과 한숨 그리고 벗어나리라는 욕망과 벗어날수 있다는 희망이었을 것이다. 갓 졸업한 젖내 나는 청춘들이 아니다. 다 크다 못해 관에 한 발 넣고 있는 50대의 싸부와 황혼을 향해 가는 40대 중반의 그냥 아저씨. 사회적으로 무언가 되어 있어야할 '어른'인 그들이었다. 자신이 밑에 두었던 후배이자 작가의 집에 얹혀산다는 건 자존심 상하는 초라한 현실이었을 것이다. 그나마 영준의 옥탑방은 그동안의 서열로 조금은 뻔뻔하게 비벼댈 수있는 유일한 언덕이었다.

그러나 어디에도 비참한 이야기는 없다. 능구렁이같이 영준을 골려댔으면 골려댔지, 절대 손해 보지는 않았다. 이민생활에 적응하지 못하고 한국으로 돌아온 김 부장은 외국에 있는 아내와 자식에게 보낼 생활비를 위해, 끊임없이 사업을 구상하고 실천한다. 친구에게 무시당하고, 다단계에 속아 갇히기도 한다. 싸부는 맞은편 이층집의 모녀를 내내 맘에 두고 조금씩 작업을 한다. 겉으로는 유연한 척, 아무 일 없는 척, 활기찬 척하던 그들의 목마름은 결국 매일 술로 이끌었다. 그렇게 마신 술로, 한 남자는 '아구아구 콩나물 해장국'이라는 재기의 불씨를 마련했다. 또 다른 남자는 담요 한 장 쓰고 불길로 뛰어들어 모녀를 구해내, 새로운 가정을 꾸리게 됐으니, 정말이지 혀를 내두르게 하는 아저씨들이다.

옥상 난간에서 몸을 쑥 내밀어 주변을 둘러본다. 옥상에서 바라본 세상은 참 속 편해 보인다. 집주인에게 생각해 보겠다, 오늘 중 연락드리겠다는 말을 남기고 나온다. 돌아 나오는 계단, 마주친 바람 뒤에, 망원동 골목이 눈에 들어찬다. 어딘가 친숙한 골목길. 뒷짐을 진 할머니가 총총 걸어가고, 짐받이가 있는 자전거를 탄 할아버지가 휙 하고 달려간다. 거뭇한 구석에 호박색 눈이 어둠을 주시하고 있다. 저쪽에서 이선 츄리닝에 슬리퍼를 찍찍 끌고 오는 남자는 어딘지 삼척동자를 닮았다.

마감, 그리고

 '떨이'라고 외치는 소리가 동네를 가득 메운다. 망원시장 입구 쪽 슈퍼에서 들려오는 소리다. 저 슈퍼는 소설의 배경이 됐을지도 모르겠다. 영준과 삼척동자는 대학 선후배 사이. 졸업 후 서로 연락 없이 지내다, 신기하게도 슈퍼의 먹기 대회에서 재회했다. 돈 있는 척, 똑똑한 척, 잘생긴 척해서 삼척동자란다.

 만화로 상 한 번 받고 묻혀버린 영준은 주변 사람들과 연락을 끊고 지냈던 지라 우연히 마주친 삼척동자가 반갑지만은 않았을 것이다. 김 부장이나 싸부와는 다르게 아직 겉모습에 신경 쓸 나이 니 말이다. 하지만 삼척동자의 삶도 그리 평탄하지 않았다. 재혼한 아버지와 형제들, 그만 남겨놓고 돌아가신 어머니. 피 한 방울 섞이 지 않은 사람들과 가족이라는 이름으로 묶인 것은 큰 부담이자 두 려움이었다. 가족들에게 받아들여지기 위해, 스스로 그들에게 어 울리고 당당하고자 선택한 고시생활은 그가 만들어낸 족쇄였다.

 영준 역시 소싯적 받은 상 한 번에 큰 꿈을 가졌다가 이래저래 히트작 없이 시간만 보냈다. 될 거라는 희망을 버리지 않던 그도 3 년 사귄 여자와 헤어지면서 만화 그리기를 접었다. 그에게는 그 상 이 족쇄였다. 줄곧 아르바이트로 연명하던 그가 다시 만화를 시작 한다. 어느 날 들이닥친 김 부장의 구인을 뒤적거리는 모습이 한심 했던 건지, 사부를 통해 알게 된 '주연'이 만화를 무척 좋아해서인 지, 어찌 됐든 연애하려면 돈을 벌어야 했고, 돈을 버는 일이 만화 였다. 그가 가장 잘할 수 있는 일이었기 때문이다. 그렇게 사부를 통해 알게 된 '주연'과 새로운 사랑을 꿈꾸지만, 그 사랑은 결국 찝찝함을 남기고 끝난다. 그리고 깨닫는다.

일에도 삶에도 마감이 필요하다고 영준은 말했다.
인생의 매듭 같은 마감

《망원동 브라더스》 중에서

삶의 전환점 또는 어떤 선택일 수 있는 마감. 연애에도 마감이 필요하고, 인생에도 마감은 필요하다. 세상에 내 편 없이 오롯이 나 혼자라는 건, 지킬 것이 '나' 뿐이라는 건 그 어떤 것보다 초라하고 외로운 것이다. 영준과 삼척동자는 내 편을 얻기 위해 노력했고, 얻어냈다.

해 지는 골목을 천천히 걸어 나온다. 낮의 소란스러움을 집어삼킨 골목은 더더욱 고요하다. 간간이 들리는 TV 소리와 배달 오토바이 소리가 정적을 깨우고 골목을 채운다. 가로등을 의지해 고즈넉한 골목을 즐기며 천천히 걸었다. 구석구석 감성이 들어차 특별하게 보이는 골목이다. 골목 어귀, 오래된 빈대떡집 안에 남자들이 술잔을 기울이고 있다. 잔뜩 상기된 얼굴에 함박웃음이 일었다가, 한숨이 섞였다가 한다. 한 냄비 안에 수저가 들락거리고, 잔들이 부딪친다. 술병이 열 맞춰 서 있다. 목소리가 점점 높아지고, 어느새 어깨동무하고 휘적휘적 집으로 돌아간다. 그래, 인생 뭐 있나-. 희망을, 꿈을 꿀 수 있고 그것을 발판 삼아 살아갈 수 있다면 그걸로 족하다.

하루 일과를 마치고 비척비척 집으로 향한다
망원동 골목길

한 뼘 가게 집합소에 한소끔 활기가 차오른다. 망원동에는 한 뼘 가게들과 망원 시장이 자리하고 있다. 골목 곳곳에 뜬금없이 나타나는 작고 소소한 소품 가게, 그리고 맛집과 망원시장은 참 잘 어울리는 한 쌍이다. 영준이 '망원동의 노른자, 망원동의 식스팩, 망원동의 얼굴마담'이라고 입에 침이 마르게 칭찬했던 망원시 장. 시장은 떨이를 외치고, 깎아 달라 외치고, 조용조용 줄을 서며 치킨을 사는 사 람들로 북새통이다. 저녁 즈음 스멀스멀 사람들이 저녁밥을 지으러 집으로 돌아 가면, 시장에는 비로소 조용한 휴식이 찾아온다. 망원동 마을버스를 타고 약 20 분이면, 망원동 한강공원에 갈 수 있다. 시장에서 안줏거리를 사 들고 한강 둔치 에서 캔 맥주 한잔하면, 이 동네가 더욱 친근하고 정겹게 느껴진다.

망원동 한강공원, 놓여진 맥주캔은 비밀

망원동은 요즘 바쁘다. 여기저기 외부에서 사람들이 몰려와 북적거린다. 원래 조용했던 동네였다. 동네 사람들만 알던 맛집이 소문나고, 오래된 식당과 낡은 건물이 하나둘 사라지기 시작했다. 망원동 골목에 가로등이 켜지면 「십 년 전 하루를 주워 / 호주머니에 넣는다 / 무사히 밤이 온 것이다」(김소연, 시집 《수학자의 아침》〈망원동〉 중에서) 변해버린 골목에서 이 시를 생각한다. 어느 인디밴드의 망원시장이라는 노래를 흥얼거리자, 불편했던 마음이 한결 가벼워진다.

맛나아구찜(02-326-0141)은 맛과 양으로 승부하는 집이다. 술을 부르는 얼큰한 아귀찜 외에 점심 메뉴인 제육볶음도 인기 메뉴다. 박가네(02-325-3959)는 낮에는 백반집이지만, 밤에는 김치삼겹살이나 동태탕을 안주 삼아 술 한잔하기 좋은 곳이다. 홍두깨 손칼국수(02-6012-7139)는 망원시장 내 있다. 칼국수 한 그릇에 3,000원. 싸다고 맛까지 저렴한 건 아니다. 맛도 좋고, 값도 싸고, 양도 푸짐해 칼국수 한 그릇으로도 든든하다.

고단한 마음까지 채워주는

투박하고 허름한 위로 한 그릇

#이명랑 #삼오식당 #서울특별시 #영등포구 #영등포동 #영등포시장

작가소개

이명랑은 1973년 영등포에서 태어나 1997년 문학 무크지 《새로운》에 시 〈에피스와르의 꽃〉 외 두 편을 발표하면서 시인으로 등단했다. 이후 영등포시장을 배경으로 한 장편소설 《꽃을 던지고 싶다》를 발표하며 소설가로 데뷔했다. '영등포 3부작'인 《삼오식당》과 《나의 이복형제들》도 차례로 발표했다. 그 외 중학교 국어교과서에 수록된 《내 마음을 아는지 모르는지》와 《폴리스맨, 학교로 출동!》 등 다수의 청소년 소설도 썼다.

작품소개

《삼오식당》은 〈어머니가 있는 골목〉, 〈우리들의 화장실〉 등 총 일곱 편의 연작으로 이루어졌다. 작품의 제목은 영등포시장에서 실제 작가의 어머니가 운영했던 '삼호식당'에서 따왔다. 작가는 작품 속에서 지선이라는 20대의 젊은 화자로 등장하여, 어머니의 식당 주위에 있는 시장 사람들의 아픔과 슬픔을 꾸밈없이 그려내고 있다.

투박하고 허름한 위로 한 그릇

글·사진 이정교

어머니의 일터이자 살림집이었던 삼오식당엔 화장실이 없었다. 세탁기 옆, 수챗구멍이 화장실이었다. 이 작품의 화자인 지선에게 어린 시절 우정의 척도는 "지선아! 똥은?" 하고 물으면 "똥도 그냥 싸!" 하고 말할 수 있는 사이가 되는 것이었다. 작가가 된 지선은 첫 장편소설을 출간하고 삼오식당에서 조촐한 출판기념회를 가졌다. 출판사 직원이 화장실이 어디냐고 묻자 똥인지 오줌인지 묻는다. 무례한 질문이지 않은가. 직원이 무섭게 화를 낼 수밖에. 지선은 다만 똥이면 똥할매 화장실로, 오줌이면 세탁기 옆, 수챗구멍으로 데려가려 했을 뿐인데……. 그 시절 시장사람들에게 고봉밥 한 그릇으로 마음을 위로하고, 때로는 배설까지 해결해주던 삼오식당이 여전한지 찾아보자.

허기진 인생의 억척 어머니들

영등포시장엔 억척 어머니들이 산다. 시장에서 살아가기 위해선 여인이 아니라 억척 어머니가 될 수밖에 없었다. 소설 속 삼오식당의 여주인은 중풍으로 10년 가까이 자리를 보전하고 있던 남편 대신 밥장사를 해, 세 딸을 키워낸 억척 어머니다. 소설의 화자인 둘째 딸 지선은 대학원까지 졸업한 수재다. 어릴 땐 시장을 벗어나는 것이 소원이던 그녀지만, 시장 남자와 결혼해 시장에 뿌리

영등포 전통시장 안 채소가게

를 내렸다. 삼오식당 앞 시장 귀퉁이에는 한 평도 안 되는 작은 평상에서 평생 봉투를 팔아 자식들 공부시킨 봉투 아줌마가 있다. 애가 서는 바람에 남자에게 버림받고, 커피와 차를 팔며 혼자 딸을 키워낸 차 씨 아줌마도 있다. 허름한 공중화장실 하나 만들어 돈 받고, 돈을 안 내면 가둬버리는 똥할매는 최고 억척이다. 《삼오식당》은 작가의 말대로 먹고, 일하고, 생활하고, 똥 누는 것이 바로 삶인 시장 사람들의 이야기를 담고 있다. 시장 안 어머니들은 인생 전시장에서 악다구니 치며 살지만, 자식에게만은 고단한 삶을 물려주고 싶지 않았다.

> 엄마의 오른쪽 무릎이 벌에 쏘인 것처럼 부어올라 있었다. 무릎 안쪽에 솜뭉치를 쑤셔 넣은 듯했다. 아니다, 그건 솜뭉치가 아니었다. 엄마가 버텨온 세월이 거기, 당신의 무릎 안쪽에 고스란히 고여 있었다. 가난 앞에 주먹질 한번 할 수 없었던 세월의 막막함이 거기 한 줌의 응어리가 되어 박혀 있었다.
>
> 《삼오식당》 중에서

늙은 어머니는 자식을 위해 살아온 대가로 훈장대신 염증을 받았다. 그것이 못내 부끄럽고 폐가 될까 봐, 퉁퉁 부은 무릎을 자식 앞에선 두 손으로 감출 수밖에 없었다.

생활, 어른의 척도

　영등포시장엔 어머니로서의 삶을 버리고 여인의 삶을 택한 과일가게 0번 아줌마가 있었다. 지선이 과외하고 있던 현미의 어머니다. 그녀는 남편이 노름에 미쳐 집안을 등한시하자, 자신의 과일가게 종업원 황 씨에게 기대게 된다. 황 씨는 가정이 있는 남자였고, 여러 여자와 염문도 많아 0번 아줌마는 늘 노심초사했다. 그가 떠나려는 기미가 보이면 월급을 올려 주며 곁에 두려 했고, 그의 아이까지 낳는다. 결국, 버림받은 그녀는 딸들에게도 버림받는 신세가 된다. 0번 아줌마는 여인의 삶을 택했지만, 세상이 그것을 허락하지 않았던 거다. 현미는 자신이 어른이 아니어서 할 수 없는 게 뭔지 지선에게 묻지만, 지선은 선뜻 답하지 못했다.

1　2　3

1 철물점
2 시장 골목길
3 청과물 시장

"언니! 내가 옛날에 언제, 언니한테 그랬지. 어른이 아니
어서 할 수 없는 게 뭐냐고." (중략) "아 그거? 우리 작은
언니가 그러는데, 그건 생활이래."

《삼오식당》 중에서

　현미가 찾아낸 답은 '자신이 어른이 아니어서 할 수 없는 것은
생활'이었다. 생활은 곧 누군가를 책임진다는 뜻이 아닐까. 책임을
포기한 어머니에게 두 딸이 했던 것은,

"더런 년! 더런 년! 모두, 알았지? 저년한테 문 따주면 다
들 내 손에 죽을 줄 알어! 어떤 인간이고 문 따주면 다
죽는다구!"

《삼오식당》 중에서

딸들에게 쫓겨난 0번 아줌마에게 변명과 후회, 증오 그리고 체념의 감정이 스쳐 지나갔다. 그녀는 딸들에게 "쌍년들……." 이란 말을 남기고 떠났다.

시장엔 '생활'을 선택한 어머니도 있다. 삼오식당 수챗구멍에 오줌 싸던 지선의 친구 어머니인 차 씨 아줌마다. 정희는 날마다 매를 맞아 몸이 성할 날이 없었다. 정희의 남편은 큰돈을 요구하고 가져오지 않으면 때리고, 어머니는 딸이 매 맞는 게 죽기보다 싫어 돈을 갖다 주고. 악순환의 연속이었다. 매 맞아 눈두덩이가 뭉그러지고 팔이 부러져 누워 있는 딸을 보며 어머니는 강단을 내렸다.

영등포 전통시장 아침 풍경

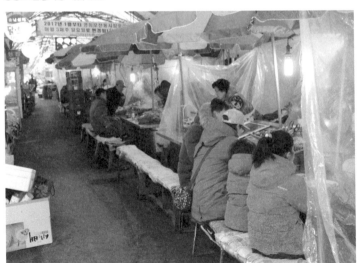

이 년이, 시상에 멍충이 같은 년이, 안적도 말귀를 못 알
아 처먹네 그랴. 몸땡이가 최고지. 그깟 돈 몇 푼 땜에 그
라믄 니는 그놈한테 또 갈라 그랬냐? 그랑께 니는 어미
가 딸년 송장 치는 꼴까지 봐야 좋겠냐?

《삼오식당》중에서

　정희는 어머니가 남편에게 갖다 바친 돈이 아까워 다시 집에
들어가려 했고, 어머니는 말렸다. 차 씨 아줌마는 남편 복 없는 자
신의 운명을 대물림하는 것 같아 속이 아렸다. 그녀는 팔자 고칠
기회도 많았지만, 오직 딸을 책임지며 살았던 거다.
　'생활'은 자신만을 위하는 삶이 아닌, 가족까지 책임지는 삶이
다. 사연 많은 인생들이 엉켜 사는 시장엔 생활을 선택한 억척 어
머니와 생활을 포기하고 자신의 삶을 찾아간 0번 아줌마가 있다.
어찌 됐든 선택은 자신의 몫. 그 선택이 옳은지 그른지 누구도 판
단할 수 없다. 어떤 이에게는 그 선택이 행복일 수도, 아닐 수도 있
다. 어떤 선택을 했던 그 삶은 견뎌내는 것이다. 삶을 견뎌내는 사
람들로 시장은 오늘도 북적인다.

문학을 거닐다

소설 속 조광시장은 지금의 영등포 청과물시장이다. 현재는 많이 축소돼 있다. 원래는 농협 공판장이 있어, 거길 중심으로 도매상들과 개인 상회들이 있었다. 그러나 농협 공판장이 발산동에 있는 강서시장으로 옮겨가며 상인들도 같이 옮겨, 개인 상회만 몇 군데 남았다. 대신 주위에 큰 시장이 있다. 날것 그대로의 시장 사람들의 활기와 떠들썩한 분위기를 느끼고 싶다면 새벽과 오전에 영등포 전통시장으로 가보자. 따뜻한 국밥 한 그릇부터 먹고 거닐어 보자. 없는 것 빼고 다 있다. 매월 셋째 주 일요일은 시장이 쉬니, 그 날만 피해서 가면 된다.

다른 작품을 엿보다

이명랑은 나고 자란 영등포시장을 배경으로 두 작품을 더 썼다. 첫 번째 작품이 소설 데뷔작인 《꽃을 던지고 싶다》다. 사춘기 여중생이 성장기에 겪게 되는 성 정체성 혼란과 극복과정을 잘 담고 있다. 다음 작품은 《나의 이복형제들》로 영등포시장 안의 상처입고 소외된 사람들의 구원 가능성을 치열하게 탐색하고 있다. 이외 영등포 홍등가에서 일어난 살인 사건의 범인을 추적하는 이재익의 범죄 스릴러 소설 《영등포》도 있다.

여행을 맛보다

영등포시장에 가면 순대국밥을 꼭 먹어보자. 시장 안에 유명한 맛집이 있다. 진한 육수로 유명한 순대국밥 전문점 호박집(02-2634-9703)이다. 잡내 때문에 순대국밥을 못 먹는 사람도 이 집 국물과 순대의 잡내 없이 깔끔한 맛에 반할 거다. 국물 인심이 좋아, "아줌마 국물 리필이요." 외치면 구수한 국물을 원래 국물보다 2배 이상 준다. 국물 인심에 마음까지 부르다. 아침 일찍 순대국밥이 부담스럽다면 근처 죽집에서, 팥죽과 호박죽으로 허기를 채워보자.

그 하늘 아래

시간은 밤이었고,
달빛은 유감했다

|

#이태준 #달밤 #서울특별시 #성북구 #성북동_일대

이태준은 1904년 강원도 철원에서 태어나, 1929년 《개벽사》에 입사하며 본격적인 작품 활동을 시작했다. 구인회에서 순수문학을 이끌기도 했다. 1934년 첫 단편집 《달밤》을 시작으로 1950년 이전까지 《까마귀》, 《이태준 단편집》, 《해방 전후》 등의 단편집과 《구원의 여상》, 《청춘 무성》, 《사상의 월야》 등 장편소설 10여 권을 출간했다. 1946년 월북했으나 사상성을 이유로 숙청당한 후의 행적은 밝혀지지 않고 있다. 광복 이전의 작품은 대체로 현실에 초연한 예술지상적인 색채를 드러낸 소설이 많다.

〈달밤〉은 1933년 월간잡지 《중앙》에 발표된 단편소설이다. 성북동을 배경으로 점점 사라져 가는 인간미의 소중함을 따뜻하게 드러낸 작품이다. 이태준의 소설은 월북 작가의 작품이 해금되었던 1988년부터 많이 알려졌다. 그중에서도 〈달밤〉은 서정성을 높여 예술적 완성도와 깊이를 더해 한국 단편소설의 기틀을 만들었다는 평을 받았다.

시간은 밤이었고, 달빛은 유감했다

글·사진 박성우

그 날도 달이 뜰 무렵이었다. 서울 성곽 너머로 달빛이 아지랑이처럼 피어나던 때였다. 사람들이 하나둘 내려올 때 그 동네에 올랐다. 성북동을 가는 데 무슨 시간이 중요하겠냐만은, 기억 속에선 어둠이 내려앉은 때여야 한다고 했다. 이태준의 소설 〈달밤〉을 읽고 난 후 생긴 시간관념이다. "소설만으로 전업을 못 삼는 것은 슬픈 일이다."라고 말한 작가가 살던 동네, 성북동. 〈달밤〉의 주인공 황수건이 살다 떠난 동네이기도 하다. 그런 성북동에는 예나 지금이나 달이 비치고 있다. 유감스럽게도.

'성 바깥 북쪽 마을'이라고 해서 붙여진 이름, 성북동. 밤이 되면 두 개의 달이 뜨는 곳이다. 성 바깥에서 보는 달과 성 안쪽에서 마주하는 달이 뜬다. 이태준이 수연산방에 살던 때는 성곽 하나를 사이에 두고 도시와 시골, 신분의 높고 낮음을 구분하던 시절이었다. 같은 달이라도 보는 위치에 따라 그 의미가 달랐다. 어떤 이에겐 그저 매일 밤 뜨고 지는 달에 지나지 않았지만, 밤일하는 이에겐 바닷길을 안내하는 등대와 같았다. 밤에 신문 배달 보조 일을 했던 황수건에게도 달은 유정한 존재였다.

성북동을 비추는 달

'노란빛'으로 물드는……

성 너머에 있던 달이 어느새 성곽 위 하늘에까지 올랐다. 마을 곳곳을 다니며 웃음을 주었던 황수건처럼 성북동 구석구석을 환하게 비추고 있다. 따스한 노란빛으로.

성북동 사람들과 어울리길 좋아했던 황수건은 몸에 비해 유난히 컸던 머리와 특이한 이름 때문에 많은 놀림을 받았다. 화가 날법한 상황임에도 오히려 「자기 이름은 황가인데다가 목숨 수(壽) 자하고 세울 건(建)자로 황수건이기 때문에, 아이들이 노랑수건이라고 놀리어서 성북동에서는 가가호호에서 노랑수건하면, 다 자긴 줄 알리라고 자랑스럽게 이야기」(〈달밤〉 중에서) 하고 다녔다. 또 어떤 날엔 「자기도 신문배달원이 한 번 되었으면 좋겠다.」(〈달밤〉 중에서)라는 소박한 꿈을 펼쳐 보이기도 했다. 이처럼 그는 세상 물정 모르고 욕심 없는 순박한 사람이었다.

소설 〈달밤〉은 삭막하고 암울했던 일제강점기를 시대적 배경으로 삼고 있다. 모두가 공허했던 한밤중과 같던 시간. 사방이 온통 암흑뿐이라 한 걸음조차 뗄 수 없었던 어두운 밤에도 달은 뜬다. 달빛이 구름에 가려 보이지 않을 때도 있었지만, 어김없이 같은 시간에 떠올랐다. 황수건 역시 그랬다. 학교 급사, 참외 장사 등을 하며 성실히 살았지만, 매번 실패했다. 그래도 선량한 웃음을 지으며 아무 일 없었던 것처럼 성북동을 누볐다. 변해가는 시대를 한탄하던 〈달밤〉의 화자는 황수건에 대해 이렇게 이야기한다.

그는 아무것도 아닌 것을 가지고 열심스럽게 이야기하
는 것이 좋았고, 그와는 아무리 오래 지껄이어도 힘이
들지 않고, 또 아무리 오래 지껄이고 나도 웃음밖에는
남는 것이 없어 기분이 거뜬해지는 것도 좋았다
〈달밤〉 중에서

가을밤에 내리는 달빛은 꼭 황수건의 순박한 미소처럼 포근하
다. 성북동이 노란빛으로 물들고 있다.

시간은 '밤'

달은 성곽을 넘어 성북동으로 왔다. 분명 서울 어느 곳에나 나
타나는 달이지만 유독 이 동네만 더 환하게 비추는 것 같은 설렘에
빠진다. 한복 디자이너 이효재 씨는 "성북동은 밤에 봐야 해요. 여
기 사는 사람들은 밤에 걸어요."라고 마을을 소개한 적 있다. 성북
동은 시간과 관계없이 아름다운 곳이지만, 그 매력을 온전히 느끼
려면 밤길을 걷는 게 좋다. 달과 밤이 이처럼 잘 어우러지는 마을
을 찾기란 쉽지 않다.

밤은 이태준에게도 특별했다. 그의 작품 중에선 유독 밤을 이야
기한 소설이 많다. 〈달밤〉이 대표적이고, 신여성의 사랑이야기를
그린 《별은 창마다》, 하층민의 애환을 담은 〈밤길〉 등이 있다. 본인

성북동의 밤, 그리고 뒷모습

의 자전적 소설 《사상의 월야》도 시간적 배경이 밤이다. 하지만 무기력한 본인에 대한 한탄이었을까. 내용은 그리 유쾌하지 못했다.

소설가 황석영은 이태준에 대해 이렇게 평했다. "이태준이 해방되자마자 '관념적인 사회주의자'로 급진화했던 것은 아마도 무기력했던 일제강점기 말의 자신에 대한 반동 때문이었을 것이다." 일제강점기 때 아무런 저항도 하지 못했던 본인을 밤에 비유했고 그런 허무함은 친일이라는 낙인이 되어 그를 늘 괴롭혔다. 이러한 자괴감은 〈달밤〉을 통해 여실히 드러난다. 하는 일마다 낭패를 보고 부인마저 떠나버린 수건의 모습은 어찌 보면 이태준이었다. 그들에게 성북동은 더 이상 노란 달빛으로만 물드는 따스한 동네가 아니었다.

> 그는 길은 보지도 않고 달만 쳐다보며, 노래는 그 이상은 외우지도 못하는 듯 첫 줄 한 줄만 되풀이하면서 전에는 본 적이 없었는데 담배를 다 퍽퍽 빨면서 지나갔다. 달밤은 그에게도 유감한 듯하였다.
>
> 〈달밤〉 중에서

몸 앞으로 달빛의 흔적이 생겨난다. 유독 머리가 커 보이는 그림자다. 황수건은 이맘때쯤 성북동을 걸었으리라. 그렇게 이태준에게도 황수건에게도 성북동의 시간은 밤이었다. 세월은 흘러 상허와 수건은 떠났지만 그때 그달은 오롯이 떠 있다. 둘은 알고 있을까. 왜 성북동의 달밤이 유독 아름다운지. 이태준과 황수건이 유감스럽게 그리워지는 밤이다.

성북동은 북악산에 둘러싸인, 반나절이면 둘러 볼 수 있는 고즈넉한 동네다. 예전부터 산세가 아름답고 물이 좋아 많은 문화예술인이 머물렀다. 그들이 살던 가옥은 지금까지 비교적 잘 보존돼 있다. 특히 '산속에 문인들이 모이는 집'이란 뜻을 가진 '수연산방'은 이태준의 자취가 그대로 스며든 전통찻집으로 바뀌었다. 소박하고 아담한 한옥이지만 섬세하게 꾸며 화사한 느낌을 주는 곳이다. 정원에 자리한 나무들은 이태준이 살던 때 심은 것이다. 툇마루에 앉아 글을 쓰듯 나무를 심는 그의 모습을 떠올릴 때, 마침 달빛마저 내린다면 그 밤은 온전히 그대와 상허의 시간이리라. 시간이 넉넉하다면 만해 한용운이 기거했던 '심우장'에 잠시 들러보는 것도 좋다. 조선총독부와 등을 지려 북향으로 지었다는 일화는 만해의 우직한 성품을 드러낸다. 골목길이 꽤나 예스러운 북정마을을 지나면 서울성곽이 보인다. 성곽길을 조금만 걸으면 마을을 조망할 수 있는 공간이 나온다. 성북동의 달과 밤을 제대로 느낄 수 있는 곳이다.

다른 작품을 엿보다

'수연산방'은 상허가 아끼던 공간이다. 순서 없이 썼다고 해서 지어진 수필집 《무서록》에는 집에 대한 그의 애정이 잔잔하게 드러나 있다. 이런 수연산방과 《무서록》을 같이 이야기한 시가 있다. 고두현 시인의 〈수연산방에서 '무서록'을 읽다〉이다. 시인은 「문향루에 앉아 솔차를 마시며 삼 면 유리창을 차례대로 세어본다/(중략)/세상 일에 순서가 따로 있겠는가 저 밝은 닭은 그대와 나 누굴 먼저 비추는지/(하략)」는 상관없다고 말한다. 남과 북 어디에도 속하지 못했던 이태준이 생각나는 시다.

여행을 맛보다

역사가 숨 쉬는 마을이라 전통 있는 음식점이 즐비하다. 금왕돈까스(02-763-9366), 손가네 곰국수(02-743-8937)는 20년이 훌쩍 넘은 식당들이다. 쌍다리 기사식당(02-743-0325)의 돼지 불고기 백반도 유명하다. 디저트로는 알렉스더커피(070-7520-7714), 조셉의 커피나무(02-741-1060)를 추천한다.

관계의 소통과 지향

섬과 섬 사이

|

#정용준 #선릉산책 #서울특별시 #강남구 #삼성동 #선정릉

작가소개

정용준은 1981년 광주광역시에서 태어났다. 조선대학교 러시아어학과를 졸업하고 동 대학원에서 문예창작학과 석사과정을 수료했다. 2009년 《현대문학》 신인추천에 단편소설 〈굿나잇, 오블로〉가 당선돼 등단했다. 문학동네 젊은작가상을 세 차례 받았으며, 2016년에는 황순원 문학상을 받았다. 저서로는 소설집 《가나》, 《우리는 혈육이 아니냐》와 장편소설 《바벨》이 있다. 참신하고 매력적인 다음 행보가 주목되는 젊은 작가다.

작품소개

〈선릉산책〉은 2015년 《문학과 사회》 겨울호에 수록된 작품으로 자폐증 청년과 하루 동안 그를 돌보는 주인공 사이에서 일어나는 이야기를 담고 있다. 발달장애 청년과 주인공의 하루를 통해 타인에 대한 이해와, 관계에 관해 생각해보게 하는 작품이다. 작가는 이 작품으로 고유하고 독창적인 리듬을 창조했다는 평을 받았다.

관계의 소통과 지향

섬과 섬 사이

글·사진 이지선

소설을 다 읽고 책을 덮으며 문득, 시 한 편이 뇌리를 스쳤다. 「사람들 사이에 섬이 있다. / 그 섬에 가고 싶다.」(정현종, 〈섬〉 전문) 고작 2행이 전문인 시는 한 번만 읽어도 쉬이 잊히지 않는 강한 여운을 남긴다. 많은 평론가는 이 시가 '관계'에 대해 이야기한다고 한다. 사람들 사이에 떠 있는 섬들은 사람들을 연결해주는 관계이고, '그 섬에 가고 싶다.'는 것은 관계지향적인 시인의 마음을 대변한다. 〈섬〉처럼 사람은 살면서 어디서든 어떻게든 관계를 맺고 살아간다. 관계 안에서 실패와 성공이 거듭된다. '나'와 한두운, 우리역시 마찬가지다.

'나'는 대학에서 프랑스어를 전공하고 졸업 후에 영어 학원과 보습 학원을 전전하다 그만둔 일명 백수다. 이런 '나'에게 대타 알바 제의가 들어온다. 대타 알바를 부탁한 형이 아는 사람 중에 '나'만큼 '우직하고 착한' 사람도 없다는 이유로. 일당 9만원을 주는 대타 알바는 자폐 혹은 지체장애를 앓고 있는 한두운을 하루 동안 돌보는 것. 한두운은 습관적으로 침을 뱉고 식탐이 많고 가끔 자해를 한다. 그렇게 '나'와 한두운의 〈선릉산책〉이 시작된다. 산책이라고 이름 붙이긴 왠지 애매한 '선릉산책'이 끝날 즈음, '나'는 듣기만 했던 한두운이 아닌, 하루 동안 느끼고 본 한두운에 대해 제법 많은 것을 알게 된다.

선·정릉에 있는 산책로

우리의 관계란 마치 바다와 같아서

　얼핏 보면 한두운은 자신을 스스로 고립시켜 아무와도 관계를 맺지 않고, 연결되지 않은 것처럼 보인다. 소설 속 표현처럼, 보통 사람들이 걷는 어도가 아닌 혼자서만 신도를 걷는 듯 보이는 한두운. 하지만 '나'는 그런 한두운과의 소통을 위해 끊임없이 노력한다. '나'의 노력에 상황이 들어맞으면, 한두운은 자신의 지식을 자랑이라도 하듯 가로수의 이름을 술술 얘기한다. 타인이 날리는 주먹 정도는 가뿐히 피하는 복싱 실력도 보여준다. 그리고 마치 '나'에게 어떤 이야기라도 하고 싶은 듯, 자신의 관심을 끄는 것들을 끊임없이 가리킨다. 게다가 '나'의 이야기를 무심히 듣던 한두운은 눈빛으로 반응까지 보인다.

　　　한두운은 나를 빤히 봤다. 기분 탓일까. 모르겠다. 하지
　　　만 분명 그의 얼굴에서 어떤 반응이 비쳤다. 여차하면
　　　놓칠 뻔한 작은 미소가 고요히 떠올랐다 빠르게 사라졌
　　　다. 이 생각은 스스로 생각해도 상당한 비약이지만 나는
　　　그가 내 마음을 꿰뚫어본 다음에 웃은 것이라는 근거 없
　　　는 판단을 했다. 응답하는 눈빛이랄까. 그런 생각이 들자
　　　기분이 좀 이상해졌다.

　　　　　　　　　　　　　　　　　〈선릉산책〉 중에서

세상의 모든 섬은 그저 하나의 섬처럼 보이지만, 그 사이는 바닷물과 표면적으로는 보이지 않는 바닷속 육지로 연결돼 있다. 세상에 무엇과도 연결되지 않은 섬은 없다. 마치 동떨어진 섬처럼 보이는 한두운에게도 관계와 소통은 존재한다. 세상에 어떤 것과도 연결되지 않은, 심지어 바닷물로도 연결되지 않은 섬은 없다. 그런 존재 역시 없다.

도심 속 섬 마냥

흔히 강남을 생각하며 고층빌딩을 떠올린다. 강남에는 빌딩 숲이 참 많다. 하지만 여기, 하늘을 찌를 듯한 고층건물과 아파트 사이, '도심 속 오아시스' 같은 곳이 있다. 이 도시와 어울리는 듯 어울리지 않는 곳, 바로 선릉이다. 많은 이가 선릉역을 익숙하게 드나들지만, 정작 선릉에 가려면 벼르고 별러야 한다. 이런 이유로 소설 속의 '나'에게도 선릉의 존재는 어딘가 낯설다.

> 선릉역에 선릉이 있다니. 선릉이 있으니까 선릉역도 있는 것이겠지만 나는 이 사실이 낯설었다. 도시의 비밀 하나를 발견한 것 같았다. 우리는 선릉과 정릉이 함께 있는 선정릉이라는 곳으로 걸어갔다. (중략)
>
> 〈선릉산책〉 중에서

도심 속 선릉은 주변 건물들과는 조화되지 않아 보인다. 빽빽한 마천루 사이, 조선시대의 왕릉이라니. 마치 빌딩 숲속의 섬 같아 아무도 찾지 않을 것만 같다. 하지만 교통이 좋고 숲길이 잘 조성된 선릉은 시민들의 좋은 나들이 장소가 되고 있다. 선릉과 한두운은 어딘가 닮아있다. 선릉은 지금의 서울에 녹아들어 어떤 형식으로든 '관계'를 형성하고 있다. 한두운이, '아무것과도 연결되지 않은 섬'처럼 보이지만, '나'를 포함한 다른 이와 나름의 소통을 하는 것과 같다.

　　사람은 '관계' 없이 살아갈 수 없는 존재다. 관계 안에 있을 때만 진짜 존재로 빛날 수 있다. 한두운이나 선릉처럼, 하나의 섬처럼 보이는 것들도 '관계' 안에 있다. 관계 안에서 타인에 대한 이해와 노력을 통해 조금씩 성장하고 소통한다. 서로 닿고 이어진다.

도심 속 선릉은 마치 빌딩 숲속의 섬과 같다

서울특별시 강남구 선릉로에 자리한 선릉은 조선시대 9대 왕인 성종과 성종의 계비 정현왕후 윤 씨의 무덤이다. 이어져 있는 중종의 능인 정릉과 함께 1970년 5월 26일 사적 제199호로 지정됐다. 2009년 6월 27일에는 선·정릉을 포함한 조선시대 왕릉이 유네스코 세계문화유산으로 지정되기도 했다. 빌딩 숲 사이에 비밀공간처럼 존재하는 선릉은 능으로서 가지는 고즈넉함을 가득 안고 있다. 왕릉을 지나면 나타나는 숲길은 짧은 코스와 긴 코스를 골라 걸어볼 수 있다. 빌딩 숲속에서 느껴보는 한적함과 여유로움에 이곳을 산책하는 시민도 많다. 도심 속 비밀의 섬을 가만히 즐겨보자.

빌딩 숲속에서 느끼는 한적함과 여유로움

〈선정릉〉은 조선 후기 실학자 이익의 문집 《성호사설》제 9권에 수록되어 있다. 임진왜란 때 선·정릉이 왜병에 의해 도굴되었던 일이 있었다. 이익이 이 사건을 떠올리며 그 원통함을 글로 남긴 것이 〈선정릉〉이다. 「회답 사신은 어디로 가는 건가 / 오늘날 화친이란 내 그 뜻 모를레라 / 한강 위로 가거들랑 자네 좀 바라보게 / 두 능침 송백나무 가지가 있나 없나」(윤안성, 한시 번역 전문) 끝에 윤안성이 일본으로 가는 회답사에게 지어 준 한시를 덧붙임으로써 통탄의 심정을 더욱 부각시켰다.

선릉이 자리한 선릉역 주변은 맛있기로 소문난 곳이 많다. 1⁺⁺ 한우를 합리적인 가격에 만날 수 있는 예천한우정육타운(02-563-7887)과 '구름치즈찜닭'이란 애칭으로 유명한 일미리 금계찜닭(02-557-7077)은 회식 장소로 제격이다.

조선시대 왕릉의 고즈넉함을 느껴보자

해인초 냄새 가득한 노란빛 세상

그까짓 어른,
그까짓 슬픔

|

#오정희 #중국인_거리 #인천광역시 #중구 #선린동 #차이나타운_일대

오정희는 1947년 서울에서 태어났다. 어릴 때부터 소설가를 꿈꾸다 서라벌 예대 문예창작과에 입학해 소설을 공부했다. 1968년 《중앙일보》 신춘문예에 〈완구점 여인〉이 당선돼 데뷔한 후 소설집 《불의 강》, 《유년의 뜰》, 《바람의 넋》, 《불꽃놀이》 등과 장편소설 《새》 등을 펴냈다. 삶의 불안과 공포를 독특한 여성적 시선으로 내면화시켰으며, 촘촘하고 정교한 문장으로 표현했다. '오정희에 사로잡힌 적이 없이 문학을 한다는 것은 가능한가?'라고 평론가 이광호가 극찬했듯 많은 작가에게 영향을 줬다.

〈중국인 거리〉는 1979년에 발표된 단편소설로 6·25전쟁 후 도시로 이주한 하층민들의 고단한 삶을 소녀의 눈으로 그렸다. 오정희가 유년기에 인천에서 살면서 보고 냄새 맡고 느꼈던 기억과 몇 장면을 꿰맞추면서 쓴 성장소설이다. 특히 다양한 여성의 삶을 꼼꼼하게 묘사했으며, '우리 단편문학의 한 뛰어난 범례가 될 작품'이라는 평가를 받았다.

해인초 냄새 가득한 노란빛 세상

그까짓 어른, 그까짓 슬픔

글·사진 정영선

소녀에게 중국인 거리는 노란빛 세상이었다. 해인초 끓이는 냄새가 소녀를 노랗게 어지럽혔고, 날 서게 만들었다. 소녀는 이발사에게 지지 않고 바락바락 악을 썼고, 맘대로 집을 나가도 되는 의붓자식이기를 바랐다. 소녀에게 중국인 거리는 무채색이었다. 너무 일찍 알아버린 비극적인 여인의 삶이 소녀의 가슴에 겹겹이 슬픔으로 쌓였고, 슬픔은 회색빛 안개비가 되어 내렸다. 휙휙 두리번거렸다. 소녀가 본 그 빛깔이 지금 차이나타운에 어떤 모습으로 남아있을지 짐작도 못 한 채 헤맸다. 킁킁 냄새를 맡았다. 차이나타운은 온갖 맛있는 향기가 가득했고, 붉은색으로 덧칠해졌고, 어둠이 내려도 홍등으로 찬란하게 빛났다.

펜으로 그린 그림을 본 적이 있다. 뾰족한 펜촉으로 세밀하게 표현한 그림 속 선들은 칼날처럼 날이 서, 보는 것만으로도 베인다. 오정희의 단편소설 〈중국인 거리〉의 느낌이 딱 그랬다. 주인공 소녀는 중국인거리에서 보낸 세월을 세밀하게 때로는 감각적으로 그렸다. 날카롭고 섬세한 터치는 무딘 마음에도 생채기를 낼만큼 충분했다.

하필이면 '노오란' 빛깔

사람들은 이제는 집을 훨씬 덜 지었으나 해인초 끓이는
냄새는 빠지지 않는 염색 물감처럼 공기를 노랗게 착색
시키고 있었다. 햇빛이 노랗게 끓는 거리에, 자주 멈춰
서서 침을 뱉으며 나는 중얼거렸다. 회충이 지랄을 하
나봐.

〈중국인 거리〉 중에서

소녀가 그린 중국인 거리는 검은빛 회색빛인데, 유난히 눈에 띄
는 빛깔이 있다. 바로 '노오란' 색. 그 시절 구충제 대용으로 해인초

과거와 현재가 공존하고 있는 차이나타운

를 끓여마셨다. 소녀가 도리질을 해대며 마시기 싫어했던 해인초
는 '노란빛의 회오리'를 만들어 봄바람을 노오랗게, 목소리도 같은
색으로 물들였다. 중국인 거리라는 낯선 동네로 이사와 앙칼지고
조숙하게 적응을 잘했지만 소녀의 내면은 공허했고, 어지러웠다.
소녀의 노란색은 어지러움과 동의어였다.

　　　이제 제발 동생을 그만 낳아주었으면 좋겠다고 생각하
　　　며 나는 처음으로 여자의 동물적인 삶에 대해 동정했다.
　　　어머니의 구역질은 비통하고 처절했다. 또 아이를 낳게
　　　된다면 어머니는 죽게 될 것이다.
　　　　　　　　　　　　　　　　　　　　〈중국인 거리〉 중에서

소녀는 어머니의 출산, 동생의 탄생을 기뻐하지 않았다. 오히려 두려워했다. 이뿐만 아니었다. 동생에게 남편을 빼앗기고 결국 쓸쓸하게 살다 죽은 할머니, 술 취한 흑인미군에 의해 내던져져 죽은 양공주 매기언니의 비극, 버려지는 매기언니의 딸 제니와 친구 치옥까지 소녀 주변에 있는 여성들의 삶은 참담하고 절망적이었다.

소녀가 보여주는 여인들의 초상화에는 잿빛 슬픔이 짙게 배어 있었다. 결국 소녀의 초상화가 될 수도 있다는 두려움이 그녀를 더욱 노오랗게 어지럽혔다. 그 시절 쇠락해 있던 차이나타운의 노오란 풍경은 곧 황폐화된 소녀의 내면 풍경이나 마찬가지였다.

소녀를 어지럽게 한 노란빛

그래도 자란다

소녀가 보았던 노오란 빛깔 대신 지금 차이나타운은 붉은색 천지였다. 많은 사람으로 번잡했다. 빈곤했던 흔적이 사라졌듯이 빛바래고 우중충하고 어지럽던 노란색도 찾기 힘들어졌다. 다행이다. 복잡한 거리를 지나 자유공원에 올랐다. 잘 다듬어진 나무와 조형물 사이로 그 위용을 자랑하며 맥아더 장군 동상이 우뚝 솟아있다. 소녀는 동상 주변 오리나무에 할머니의 유품을 묻었다. 처음엔 예순다섯 발걸음이었는데, 점차 발걸음 수가 줄었다. 그만큼 소녀는 자랐다.

    소녀보다 큰 어른이니 조금 덜 걸음 하며, 이 나무인가 저 나무
인가 찾아봤다. 나무 사이를 걷다 보니, 알 수 없는 슬픔으로 갑갑
했던 마음이 조금 풀렸다. 소녀도 그랬다. 어지러웠던 삶의 무게,
피할 수 없는 슬픔이 차오르면 자유공원에 올라 스스로 위로했다.

> 나는 따스한 피 속에서 돋아 오르는 순(筍)을 참을 수 없
> 는 근지러움으로 감지했다. 인생이란…… 나는 중얼거
> 렸다. 그러나 뒤를 이을 어떤 적절한 말도 떠오르지 않
> 았다. 알 수 없는, 복잡하고 분명치 않은 색채로 뒤범벅
> 된 혼란에 가득 찬 어제와 오늘과 수없이 다가올 내일들
> 을 뭉뚱그릴 한마디의 말을 찾을 수 있을까.
>
> 〈중국인 거리〉 중에서

    소녀는 자랐다. 그 소녀는 자라서 소설가가 되었다. 그리고 이
렇게 말했다. "스스로 아이도 어른도 아니라는 생각으로 성장의 공
포를 느낀 예민한 그때 낯설면서도 신기하고 가난한 사람들의 애
환은 많은 자극을 줬고, 작가라는 꿈을 꾸게 했고, 글 쓰는 원동력
이 됐다."고.

    어디에 내놔도 앞가림 잘할 야무진 계집애였던 소녀는 바로 이
곳 차이나타운을 견뎌냈고, 극복했고, 성장했다.

인천 차이나타운은 개항 전후인 1882년 청나라 군대와 함께 들어온 중국 상인들이 모여 살기 시작하면서 조성된 곳으로, 흥망성쇠를 반복하며 근현대사의 아픔을 고스란히 안고 있는 곳이다. 그러나 지금은 관광특구로 지정돼 관광명소로 거듭나고 있으며, 많은 사람이 모여든다. 대불호텔 터 바로 맞은편 신포로 23번길 102(중앙동1가 19번지)일대에서 오정희가 살았는데, 이곳이 바로 소설의 주요 무대다. 청일조계지 계단에서 일본인 거리 쪽으로 내려가면 차이나타운과는 대조적인 흑갈색의 목조건물이 펼쳐진다. 보존과 개발, 방치가 섞여 있어 소녀가 살았던 그때를 온전하게 느낄 수는 없지만, 기분은 묘하다. 조계지 계단을 오르면 1888년에 조성된 우리나라 최초의 서구식 공원인 자유공원이 나온다. 소녀는 이곳에서 뛰놀고 위로받았고 맥아더 장군의 동상에도 올랐다. 그리고 인생에 대해 생각했다. 조숙한 소녀처럼 인생에 대해 생각하지 못하더라도, 인천항이 훤히 보이는 자유공원 조망대에서 근사하게 낙조를 감상해 봐도 좋겠다. 이 밖에도 화교들의 사연과 자장면에 대한 이야기가 있는 자장면 박물관, 삼국지의 주요 장면을 묘사한 삼국지 벽화 거리도 빼놓을 수 없는 볼거리다. 일본인 거리 쪽으로 가면 일제강점기 당시 일본은행 건물이었던 곳들이 인천개항박물관, 근대건축전시관으로 탈바꿈하였다. 근대개항장문화지구로 인근의 한국근대문학관과 함께 둘러보면 그 당시 시대상을 조금이나마 느낄 수 있다.

까칠한 소녀가 화자였던 〈중국인 거리〉와 달리 현덕의 〈남생이〉는 일제강점기 후반의 도시빈민의 삶과 인천항의 모습을 개구쟁이 소년 노마의 시선으로 그린 유년동화이다. 노마는 항구에서 병에 술을 담아 파는 어머니가 선창가 사람들에게 귀염을 받는 걸 부러워했고, 소금을 나르다 골병이 든 아버지가 돌아가신 날에는 눈물을 흘리는 대신 그토록 오르고 싶었던 나무에 드디어 오르게 되었다. 두 작품은 시대는 다르지만 닮아있다. 비극적이고 암울한 현실 속에서 각자의 방법으로 성장하고 있는 소녀와 소년의 시선을 엿볼 수 있다.

자장면의 본고장에서 색다르게 월병을 먹어보자. 월병은 중국에서 추석(중추절) 날 달에 바친 다음 친척과 친지에게 선물한 과자다. 번화가에서 조금 벗어난 화산중산학교 앞에 있는 복래춘(032-772-3522)은 4대째 공갈빵과 월병을 굽고 있는 중국 전통과자점. 복래춘은 소설 〈중국인 거리〉 속 주인공 소녀가 살았을 그때에도 있었을 듯. 중국인 남자가 소녀에게 건넸을 과자도 월병 같다.

사라진 수인선의 기억

가장 쓸쓸한 풍경으로 향하는 열차

|

#윤후명 #협궤열차 #인천광역시 #남동구 #논현동 #소래포구_일대

윤후명은 1946년 강원도 강릉에서 태어났다. 1967년 《경향신문》 신춘문예에 시 〈빙하의 새〉, 1979년 《한국일보》 신춘문예에 소설 〈산역〉이 각각 당선돼 문단에 데뷔했다. 시집으로 《명궁》, 《쇠물닭의 책》 등이 있고, 소설집 《둔황의 사랑》, 《원숭이는 없다》 등을 출간했다. 장편소설로는 《약속 없는 세대》, 《협궤열차》 등이 있다. 정체 모를 상실감, 존재의 불안감, 고독, 절망, 결핍 등의 주제를 작가 특유의 감성으로 잘 그려냈다는 평을 받고 있다.

《협궤열차》는 1992년 발표된 작품으로, 1990년대 초반의 수인선을 배경으로 한다. 수인선을 오가던 협궤열차의 노선을 따라가 보면 과거와 현재, 생성과 소멸의 무대가 등장한다. 황량하고 쓸쓸했던 그곳에서의 사랑, 사라져가는 것들에 대한 아쉬움을 이야기했다. 한국 문학의 '독보적 스타일리스트'답게 시적인 문체와 독특한 서술방식이 인상적이다. 윤후명은 1983년부터 약 7년간 안산에 살며 《협궤열차》를 썼다고 한다.

사라진 수인선의 기억

가장 쓸쓸한 풍경으로 향하는 열차

글·사진 박성우

날숨의 연속이었다. 조금이라도 들이쉬면 그날의 냄새가 가슴을 타고 들어올 것만 같았다. 귀를 닫게 하고 눈을 멀게 했던 상처는 아물었지만, 그 내음은 아직도 슬픔으로 남아있다. 열차에 그녀를 떠나보낸 후 밀물처럼 다가왔던 포구의 비릿함. 그때부터 지금까지 주위엔 온통 그 냄새뿐이었다. 윤후명의 소설 《협궤열차》에서도 그렇게 애잔한 짠 내가 났다. 소설에 나오는 그와 류는 협궤열차에서 서로의 상처를 보듬었다. 떠나버린, 잊혀가는 것들에 대한 미련이었다. 마음껏 들숨을 쉬기 위해 소래로 가는 길이다. 누군가의 말처럼 아픔은 그것이 생겨났던 자리에 가야 치유할 수 있으니.

소래엔 소금을 먹고 사는 풀이 있다. 나문재다. 봄에는 발긋한 빛깔을 띠다 여름이면 초록빛으로 변하는 풀은 가을이 오면 다시 선홍색으로 물들어 온 갯가를 붉게 만든다. 짠 내에도 색이 있다면 진한 핏빛이라고 확신을 주었던 나문재. 황량한 벌판을 지키던 그 한해살이풀에게는 수인선 열차가 유일한 친구였다. 하루에 세 번 오가는 길이 외롭지 않게 궤도를 따라 나란히 풀길을 만들어 주었다. 협궤열차는 더 이상 철로를 달리지 못하지만, 나문재는 예전 모습 그대로 자리를 지키고 있다. 지금도 거친 바닷바람을 맞으며 두 량짜리 열차가 오기만을 기다린다.

그들의 거리, 76.5cm

76.5cm, 협궤열차의 궤도 간격이다. 딱 그 거리였다. 한 발의 중심을 뒤에 두고 나머지 발로 내디딜 수 있는. 그는 앞으로 나가고 싶었지만, 뒷발을 쉽게 떼지 못했다. 무슨 두려움이 남았는지 그 발은 항상 땅에 닿아 있어야 했다. 두 발을 모아 뛰었다면, 그렇게 류에게 다가갔다면, 그들의 이야기는 지금쯤 달라졌을까. 사라져 버릴 운명의 수인선처럼 그와 류는 한걸음의 거리를 두고 수인선 플랫폼에 올랐었다.

그 시절 협궤열차는 하루에 세 번 운행했는데, 그것 또한 연착이 잦았다. 그런 까닭에 열차가 제시간에 도착하지 않으면 기약 없

1 소래생태습지공원, 풍차   2 기다림이 익숙한 소래포구

는 기다림만이 존재했다. 승객이 적어져 간이역에 역무원이 사라진 지 오래였다. 오직 열차를 기다리는 사람들만이 빈 철로를 바라보고 있었다.

"열차가 안 오나 봐요."

《협궤열차》중에서

긴 침묵을 뚫고 류가 물었다. 여태까지와는 다른 존댓말이었다. 그들은 이 대화를 시작으로 시간을 거슬러 올라갔다. 협궤열차는 이들의 현재와 과거를 이어주는 매개체였다. 그와 그녀는 젊은 날에 활화산 같은 사랑을 했다. 하지만 류는 말없이 그의 곁을 떠났다. 그런 그녀가 몇십 년 만에 다시 나타났다. 그리고선 협궤열차의 느릿한 속도처럼 지난날을 이야기했다. 그는 류의 남편이 그해 오월의 아픔 때문에 한쪽 귀를 잘랐다는 이야기를 듣고 어둠처럼 차가운 처연함을 느꼈다. 그녀를 떠나보내고 본인의 과거만 불행하다고 생각했는데, 류와 남편은 더한 유리밭을 걸었던 것이다. 그녀에게로 가려던 뒷발을 다시 땅에 내려놓았다. 그들과 협궤열차의 첫 만남은 그토록 가슴 시렸다. 그날 열차는 「가장 먼 곳으로 사라져가는 눈물겨운 형상을 하고」(《협궤열차》중에서) 선로를 달렸다.

날숨은 한숨이 아니야

그들의 흔적은 남아 있지 않다. 협궤열차도 사라지고 없다. 다만 열차가 오갔던 소래철교만이 예전 모습을 간직하고 있다. 철교에 서면 현대식 전기철도가 보이는데 새로 개통된 수인선이다. 사람들은 그 전철을 타고 와서, 이 좁은 선로를 걸으며 과거로 돌아간다. 이렇듯 소래는 지난날과 오늘이 함께 어우러진 공간으로 변했다.

그도 마찬가지다. 과거에만 얽매여 있다, 류의 이야기를 듣고 현재를 찾는다. 사람들이 협궤열차를 잊지 않고 기억에 남겨두었듯이, 그도 가슴 한편에 류가 머물 공간을 만들었다.

한번 간 사랑은 그것으로 완성된 것이다. 애틋함이나 그리움은 저 세상에 가는 날까지 가슴에 묻어두어야 한다. 헤어진 사람을 다시 만나고 싶거들랑 자기 혼자만의 풍경 속으로 가라. 그 풍경 속에 설정되어 있는 그 사람의 그림자와 홀로 만나라. 진실로 그 과거로 돌아가기 위해서는 자신은 그 풍경 속의 가장 쓸쓸한 곳에 가 있을 필요가 있다. 진실한 사랑을 위해서는 인간은 고독해질 필요가 있는 것과 같다.

《협궤열차》중에서

철교 아래로 나문재가 보인다. 붉은빛을 띤 풀은 협궤열차가 오지 못하는 걸 알면서도 갯벌을 떠나지 않았다. 수인선이 폐선되던 날, 열차의 상처를 함께 나눴기 때문이다. 그래서 그 외로운 곳에서 꼼짝 않고 매해 피어나는 것이다.

깊게 숨을 들이마셨다. 또 깊이 숨을 내쉬었다. 한숨이었다. 그 안에 모든 아쉬움을 담아냈다. 지난 사랑은 그 사람을 바람에 실어 보낼 때 비로소 완성된다. 저 멀리에서 협궤열차가 그녀를 싣고 오는 것 같다. 이제는 들숨을 쉴 수 있겠다.

현재와 과거를 이어주는 소래철교

수인선은 경기도 수원과 인천 송도 사이에 부설되었던 단선 협궤철도였다. 일제 강점기 때 소금을 운반할 목적으로 가설했다. 1960년대 이후 편리한 교통편이 늘어나면서 점차 기능을 잃어가다 1995년 12월 31일에 경제성을 이유로 폐선됐다. 이후 17년 만에 복선전철로 새롭게 탄생했다. 협궤열차가 머물던 간이역은 모두 사라지고, 구송도역만이 유일하게 남아있지만, 그때의 흔적은 찾아볼 수 없는 창고로 변했다. 대신 안산 고잔역에 철로가 남아있다. 영화 〈건축학개론〉에 나왔을 법한 고즈넉한 철길이 기다린다. 잠시 나문재가 되어 오지 않는 협궤열차를 기다려보자. 옛 수인선이 남기고 간 추억은 특히 소래포구 일대에 가득하다. 소래역사관과 소래습지생태공원 등이 협궤열차의 추억을 나눠 가진 곳들이다. 소래역사관에 마련된 협궤열차는 아련한 향수를 자극한다. 열차 안은 시간을 과거로 돌아가게 하는 마법의 성이다. 좁은 의자에 앉아있으면 어느새 그녀가 다가와 마주 보고 있을 것 같다. 소래습지생태공원은 과거 폐염전이었던 지대를 습지 생물 군락지 및 철새 도래지로 복원한 곳이다. 무성한 갈대숲이 공원 곳곳에 자리하고 있다.

다른 작품을 엿보다

협궤열차는 그리움을 연상시키는 대명사가 되었다. 그와 류의 사랑을 비롯해 많은 이의 흔적이 고스란히 스며들어 있기 때문이다. 두 량짜리 열차는 수많은 사연을 싣고 녹슨 철길을 위태롭게 달렸다. 이가림의 시 〈내 마음의 협궤열차〉는 그런 열차의 아픔을 이야기하고 있다. 시인은 「측백나무 울타리가 있는 정거장에서 장난감 같은 내 철없는 협궤열차는 떠난다.」 라고 했다. 황량한 벌판을 달리던 열차가 생각나는 시다.

여행을 맛보다

유명 포구답게 싱싱한 해산물을 쉽게 접할 수 있다. 식당에 들어가는 것도 좋지만 소래종합어시장에서 횟감을 사다 바다를 바라보며 먹는 맛이 일미다. 각종 활어회는 해남수산(070-7645-4545)을 추천한다. 대게수산(032-434-1118)은 랍스터로 유명하다.

묻이었을까, 바다였을까……그 길은

그녀는 밀물이었다

|

#서하진 #소설_제부도 #경기도 #화성시 #서신면 #제부도

작가소개

서하진은 1960년 경북 영천에서 태어났다. 1994년 《현대문학》 신인상에 단편소설 〈그림자 외출〉이 당선돼 문단에 데뷔했다. 소설집 《책 읽어 주는 남자》, 《사랑하는 방식은 다르다》, 《라벤더 향기》, 《비밀》, 《요트》, 《착한 가족》 등과 장편소설 《다시 사랑한다 말할까》, 《나나》를 발표했다. 주로 여성과 가족의 근본적인 문제에 관심을 가지고 작품 활동을 하고 있다. 결혼이라는 제도와 여성의 삶이 부딪히는 갈등을 담담하게 표현한 작품이 많다.

작품소개

〈제부도〉는 1996년에 발행된 《책 읽어 주는 남자》에 실린 단편소설이다. '그'와 '그녀'의 지독한 사랑 이야기를 담고 있는 작품으로, 제부도의 바닷길을 작가 특유의 섬세한 감정선으로 표현해 평단의 좋은 평가를 받았다.

묻이었을까, 바다였을까……그 길은

그녀는 밀물이었다

글·사진 박성우

그녀는 밀물이었다. 저 멀리 수평선 너머에 자리하나 싶더니, 어느새 다가와 두 발을 적셨다. 그녀는 썰물이었다. 발목 위로 심장을 지나 목까지 차오르더니, 아무런 말도 없이 아득한 바다로 돌아갔다. 그리움이란 파편만 남겨 둔 채. 누구에게나 가슴 속엔 이별이 남긴 조각이 있다. 빼내려 하면 할수록 깊이 박히는 바늘이 돼 늘 그 자리에 있는 조각. 이런 열병 같은 사랑을 주제로 관광지에 지나지 않았던 제부도를 문학의 향기가 나는 여행지로 탈바꿈시킨 작품이 있다. 소설가 서하진이 "'그녀'와 그녀가 사랑하는 남자 '그'의 가슴 아픈 사랑 이야기"라고 말한 소설 〈제부도〉다. 소설 속 두 남녀의 사랑처럼 오늘도 제부도엔 바닷길이 열린다.

　　사랑과 이별 사이에는 통로가 존재한다. 헤어졌을 때만 보이는
길이다. 물이 빠지면 열리는 바닷길처럼 나타난다. 해수가 떠나버
린 제부도 바닷길을 걸어 본 적 있는지. 그곳에는 바닷물이 남기고
간 자취들이 고스란히 남아있다. 빈 껍질만 남은 조개며 썩어버린
해초 따위다. 이런 보잘것없는 것들은 썰물 때 같이 따라갔어야 했
다. 그런데 지천으로 널린 싸리꽃 마냥, 길가에 덕지덕지 온몸을 붙
이고 무언가를 기다린다. 소설 속 '그녀' 처럼. 어려서부터 첩의 딸
이라 놀림 받은 '그녀'와 유부남이었던 '그'는 처절하고 버둥거리
는 사랑을 했다. 그래서일까. 제부도 곳곳에서 묻어나는 그들의 흔
적은 짠 내 나게 애잔하다.

또 다른 이름, 싸리꽃

　몇 해 전 봄이었다. 연분홍빛 눈송이가 온 천지에 흩날릴 즈음이었다. 그날의 벚꽃은 함박눈의 또 다른 이름 같았다. 괜스레 설레흐드러진 벚꽃을 보며 무작정 밖으로 나섰다. 도착한 곳은 제부도가기 전, 사강쯤 어디. 양옆 도로 가장자리에 고운 색으로 단장한 벚꽃이 한가득 자리하고 있었다. 그때 한쪽 구석에서 기죽은 듯 눈치를 보며 피어 있는 꽃을 보았다. 흔하디흔한 싸리꽃과의 첫 만남이었다.

> 아무도, 싸리 꽃을 꺾어 봄을 맞으려 하지 않았다. 노란
> 개나리를 안 쓰는 물동이에 꽂아두거나 진달래, 철쭉을
> 따서 머리에 꽂아 보던 아이들도 싸리꽃에는 눈을 주지
> 않았다.
>
> 〈제부도〉 중에서

　그랬다. 봄만 되면 싸리꽃은 외로웠다. 진달래에 치이고, 철쭉에 치이고, 벚꽃에 치였다. 다른 꽃들은 봄의 전령사를 자처하며 화려한 자태를 뽐내기 바빴지만, 아무도 눈길 주지 않는 싸리꽃은 속으로 열병을 앓아야 했다. 여느 꽃보다 아름다워지고 싶은 간절한 열망이었으리라. 어쩌면 어려서부터 친구들에게 따돌림받던 '그녀'에게 싸리꽃은 본인의 모습이 투영된 물상이었는지도 모르겠다. 그래서인지 '그녀'도 봄만 되면 심한 열병을 앓았다.

열병 끝에 갈라져 딱지 앉은 입술을 달싹이며 주문처럼 되뇌이던 여자 애의 말소리. "나는 달아날 거야. 나는 달아나고 싶어. 달아나고 말거야."

〈제부도〉 중에서

아무도 몰랐다. 어린 '그녀' 안에 잠재돼 있던 절실한 욕망을. '그녀'가 할 수 있는 거라곤 빨리 싸리꽃이 지기만을 기다리는 것뿐이었다.

제부도의 계절은 '간절기'

늦은 더위가 찾아들 무렵 제부도를 다시 찾았다. 지천으로 깔렸던 싸리꽃은 '그녀'의 바람처럼 이미 져버린 후였다. 모든 장소엔 어울리는 계절이 있다. 김유정이 살아 숨 쉬는 춘천은 봄이 생각나고, 황순원의 작품이 진하게 스며든 양평은 여름에 가깝다. 〈제부도〉도 어느 한 계절을 떠올리게 한다. 계절과 계절이 만나는 무채색의 간절기다.

물이 차오르는 시간이다. 길 하나를 사이에 두고 갈라섰던 바다가 수 천 수만의 팔을 벋어 엉겨 붙으며 만나는 시간이다. 섬이 육지와 만나는 사이 바다는 서로 길 양

편으로 갈라서고 다시 바다가 만날 때 섬은 뭍에서 떨어

져 나간다. 이것은 영원한 이별일까. 계속되는 만남일까.

〈제부도〉 중에서

제부도에서 물때를 기다려 본 사람은 알 것이다. 바닷길이 열
릴 때 그곳엔 바다도 아닌, 육지도 아닌 공간이 만들어진다는 것을.
봄과 여름, 혹은 가을과 겨울 사이에 존재하는 이름 없는 시간처럼
말이다. 소설 〈제부도〉의 두 남녀도 그랬을까. 자신을 펼쳐 보이지
못하는 소극적인 '그녀'와, 사랑하지 않는 사람과 사는 '그'는 불륜
이라는 줄 위에 올라 아슬아슬하게 줄을 탄다. 하지만 아무리 뜨거
운 사랑도 시간이 지나면 차가워지기 마련이다. 더욱이 위험한 사
랑에는 비극적인 결말이 정해져 있다. '그'가 먼저 밀물이 들어오
는 바닷길에 몸을 감추었고, 후에 '그녀'도 '그'가 갔던 길을 따라
갔다. 둘은 자신들도 모르게 사랑과 이별의 중간 지점인 어느 곳을
찾고 다녔는지도 모르겠다.

제부도의 바닷길을 달렸다. 처음에 왔을 때는 서해안의 관광지
였다. 다른 섬들과의 차이는 하루에 두 번 열리는 바닷길이 있다
는 것뿐이었다. 어린아이 마냥 종일 바닷길에서 조개 따위를 주웠
고 물이 언제 차오르나 기다리며 설렘에 달뜨기도 했다. 그런데 다
른 섬에서는 늘 가슴 한켠이 불안감에 휩싸이고는 했다. '배가 뜨
기 전에는 벗어날 수 없다'라는 묘한 두려움이 내내 마음속에 자리
잡고 있었다. 섬에 가본 사람은 알 것이다. 그곳이 주는 폐쇄성. 밤
만 되면 사방이 암흑으로 둘러싸인 성 같다는 것을. 다행히도 제부

도는 시간이 되면 바닷길이 열린다. 계절과 계절을 이어주는 찰나의 시간처럼 바다가 갈라지며 길이 드러난다.

제부도 해안산책로

지독한 허상

〈제부도〉는 서하진 작가의 소설집 《책 읽어 주는 남자》에 수록된 열 편 중 한 작품이다. 소설집에서 작가는 여섯 편을 불륜으로 이야기하고 있다. 특히 《책 읽어 주는 남자》 속의 다른 작품인 〈그림자 당신〉에선 「아내가 안고 있는 남자, 내가 끌어안은 여자들이 서로 서로를 보며 웃고 있었다. 그 웃음은 소리가 없었고 아내도 나도, 여자들도 남자들도 얼굴이 없었다. 얼굴 없는 내가 나를 보고 웃고 있었다.」라고 표현한다.

《책 읽어 주는 남자》 출간 발표회에서 "왜 그리 불륜에 집착하느냐"고 묻는 기자의 질문에 "실체가 불분명한 존재들 사이의 불완전한 관계를 말하는 데 불륜에 기대는 것이 편했기 때문이다."라고 작가는 말했다. 보이지 않는 것을 쫓는 것 역시 허구라는 말이다. 〈제부도〉에 등장하는 두 남녀를 '그녀'와 '그'로 명칭 하는 이유도 마찬가지다. 일반적인 이름이 아닌 3인칭 대명사를 써서 소설의 중심에 있는 인물들 역시 분명하지 않은 존재로 만들었다. 서하진의 소설에서 불륜은 사회적 보편성인 도덕의 대상이 아니라 이야기의 개연성을 강조하는 장치이자 도구에 지나지 않는 셈이다.

그렇더라도, 아무리 허상을 이야기했다고 해도, 〈제부도〉 속의 사랑 이야기는 모질어도 너무 모질다. 두 남녀가 각자 바닷물 속으로 사라지는 결말은 차치하고서라도, '그녀'를 관찰하는 듯한 주변의 시선들은 여간 지독스럽지 않다. 특히 '그'와 같이 갔던 식당에 다시 그녀 혼자 갔을 때, 느낀 이런 - 「플라스틱 통에 꽂힌 수저들이 흰 종이 가면을 쓰고 나를 보고 있다.」, 「오목한 스테인레스에 비친 내 얼굴이 이지러진 눈으로 나를 본다.」, 「빈 술병이 검은 눈으로 나를 본다.」, 「손님 없는 탁자들이 오롯이 내 젓가락질을 보고 있다.」(〈제부도〉 중에서) - 감정들은 처절하고 위험하기까지 했다. 어릴 적부터 남의 눈치를 받으며 살았던 '그녀'에게 아무도 없는 공간은 그토록 낯설었던 것일까. 아니면 위험한 사랑에 대한 자책이었을까. 그것도 아니면 '그'의 기척이라도 느꼈던 것일까. '그녀'의 모습이 유난히 안타까운 이유다.

> 그가 갔던 길을 가보리라. 그가 사라진 곳으로 가리라.
> (중략) 앞 유리까지 밀려드는 파도를 와이퍼로 밀어내며
> 나는 물소리와 차의 끼륵거리는 신음소리, 그 가운데서
> 나를 부르는 그의 아득한 목소리를 들었다. 지금 가요.
> 나직이 내 앞을 막아서는 바다. 춤추는 바다를 나는 그
> 파도를 닮은 손짓으로 밀어내며 어둠 속으로 어둠 속으
> 로 빨려 들어갔다.
>
> 〈제부도〉 중에서

두 남녀가 바다로 떠났던 그 길 위에 서 있다. 지금은 뭍도 아니고 바다도 아니다. 그냥 썰물이 남기고 간 흔적들을 밀물이 돌아오기 전까지 기억해 주는 장소라고 해두자. 그래야 덜 외롭지 않겠나. 저 너머에서 아주 조금씩 밀물이 들어오는 것 같다. '그녀'도 같이.

제부도는 경기도 화성에 있는, 걸어서 한 바퀴 도는 데 1시간이면 족할 정도로 작은 섬이다. 이 섬의 매력은 하루에 두 번 열리는 바닷길이다. 이 바닷길은 소설의 주요 배경이다. 바닷길이 열리고 닫히듯 '그'와 '그녀'의 사랑 역시 마침표가 아닌 쉼표임을 이야기해주는 공간이다. 이 길에서 잠시 묻어 두었던 가슴속 조각을 꺼내 보자. 옛사랑의 기억이 밀물이 되어 가슴을 적실 것이다. 바닷길과 함께 제부도를 일주하는 해안산책로를 걸어보는 것도 좋다. 해안산책로는 선착장에서 탑재산을 지나 해수욕장까지 연결된 약 1km의 길로, 일몰 때 더욱 그 빛을 발한다. 해수욕장 끝에는 매의 형상을 한 매바위가 있는데 썰물 때는 도보로 바위까지 갈 수 있다. 제부도의 물 때 시간을 확인하는 일은 필수다. 화성시청 문화관광 홈페이지(http://tour.hscity.go.kr/Guide/jebudo_time.jsp, 1577-4200)를 참고하면 된다.

다른 작품을 엿보다

제부도의 산책로를 걷다 보면 마주하고 있는 섬이 보인다. 대부도. 지척에 자리하는 대부도와의 사이를 사랑하는 연인에 비유한 시도 있다. 이재무 시인의 〈제부도〉인데, 시인은 「사랑하는 사람과의 거리 말인가? 대부도와 제부도 사이 그 거리 만큼이면 되지 않겠나,/(중략)사랑하는 사람과의 만남 말인가? 이별 말인가? 하루에 두 번이나 되지 /(하략)」않겠느냐고 한다. 사랑하는 사람과 제부도에서 낙조를 바라보며 노래하고 싶은 시다.

여행을 맛보다

서해안의 유명 관광지답게 싱싱한 해산물을 내는 식당이 즐비하다. 대하횟집(031-357-7626)과 만선횟집(031-357-3666) 등은 조개구이집으로 유명하다. 논뚜렁 밭뚜렁(031-356-0961)은 간장게장과 보리밥이 일품. 제부도 하면 생각나는 바지락칼국수는 소라횟집(031-357-7835)을 추천한다.

드러낼 듯 드러내지 않아 더 애틋한

물안개는 꿈

|

#김인숙 #양수리_가는_길 #경기도 #양평군 #양서면 #양수리

작가소개
김인숙은 1963년 서울에서 태어났다. 1983년 20살 어린 나이에 《조선일보》
신춘문예에 〈상실의 계절〉이 당선돼 등단했다. 소설집 《함께 걷는 길》, 《칼날
과 사랑》, 《안녕, 엘레나》와 장편소설 《79~80 겨울에서 봄 사이로》, 《먼 길》,
《미칠 수 있겠니》 등을 펴냈다. 초기 활동에서는 '386세대 대표 작가', '운동권
작가'라는 수식어가 붙을 정도로 사회문제를 다룬 작품이 많다.

작품소개
〈양수리 가는 길〉은 1993년에 발간된 《칼날과 사랑》에 실린 단편소설이다.
이 작품으로 일상 속에서 꿈을 잃어버린 채 세상과 타협하며 살아가는 평범한
소시민의 심리묘사를 잘 해냈다는 평을 받았다.

드러낼 듯 드러내지 않아 더 애틋한

물안개는 꿈

글·사진 이정교

사람들은 저마다 마음속 액자에 꿈을 그리며 산다. 꿈이 있는 사람은 행복하다. 뽀얗게 피어오르는 물안개를 닮은 꿈을 가진 사람은 더욱 그럴 것이다. 소설 속 사내는 우연히 떠난 여행에서 예기치 않은 풍경을 만났다. 양수리를 지나던 버스 안, 창을 가득 메운 물안개는 온몸에 전율을 일으키듯 강렬했다. 그러나 녹록지 않은 세상살이에 지쳐 마음 한구석 서랍 속에 그 풍경을 넣고 조용히 닫아둔다. 언제든 꺼내 보고 싶지만 잘 열리지 않는 서랍이다.

소설가 임동헌은 말했다. 「모든 것이 불빛을 감추고, 오직 한밤의 물안개와 물소리만이 교유하는 시간이 다가올 때까지 양수리를 떠나지 말 일이다.」(《여행의 재발견》중에서)

양수리에 가면 물안개를 봐야 한다. 사내의 소심해진 가슴을 묘한 떨림으로 울렁이게 한 것처럼, 가슴에 진한 울림을 줄 테니.

가슴에 옹어리진 일 있거든
미사리 지나 양수리로 오시게
(중략)
아침안개 자욱한 한 폭의 대형 수묵화
이따금 삼등 열차가 지나는 무심한 마을
양수리로 오시게
그까짓 사는 일 한 점 이슬 명예나 지위 다 버리고
그냥 맨 몸으로 오시게
(하략)

박문재 시인, 〈양수리로 오시게〉 중에서

어중간한 시간

　한 사내가 면허시험장에서 아내를 기다리고 있다. 아내가 시험에 떨어지면 이참에 바람이나 쐬러 양수리에 갈 생각이었다. 3년간 동남아로 파견 간다는 말도 꺼내야 했다. 그런데 아내는 면허까지 딸 기세다. 자신의 차도 아내에게 넘겨줘야 할 판이다. 이 차로 아직 양수리도 다녀오지 못했는데.

　양수리는 사내가 늘 가고 싶어 하던 곳이다. 두 물이 만나 하나의 물길을 이룬다는 곳. 하지만 그가 양수리에 가고 싶어 하는 이유는 따로 있었다. 언젠가 만났던 지독하도록 짙은 물안개 때문이다. 그는 대학 시절 누구보다 열정적인 청춘이었다. 사회 불의에 대항할 줄 알았고, 청춘 그맘때의 객기도 있었다. 집시법 위반으로 연

행돼 구류생활을 한 후 조금씩 변하기 시작했다. 마냥 청춘일 수 없어 세상과 조금씩 타협했고, 타협한 자신의 이기심을 용서할 수 없어 자주 방황했다. 그 시절 청춘은 누구나 다 그랬다. 그즈음 속 초행 버스에 올랐다. 잠시 잠들었다 깼을 때, 양수리의 뜨겁고도 깊은 물안개를 만났다. 한 번 배어들면 절대 빠지지 않을 무게로 사내를 압도하던 물안개. 마치 청춘처럼.

이후 양수리는 그에게 '언젠가는 꼭 가야만 할' 꿈이 됐다. 동시에 '가고 싶으나 가지 못하는 곳'이 되기도 했다. 이미 「삶은 적당한 수준에서의 타협만으로도 안락하고 쾌적할 수 있다는 것」(《양수리 가는 길》 중에서)을 알아버린 탓이었다. 사내의 시간은 그렇게 오랫동안 어중간하게 흘렀다. 세상과 타협한 듯 타협하지 않은 듯, 꿈과 현실의 중간 즈음인 채로.

세미원의 소원나무

두 갈래 물길의 시간

> "난 어쩌다 이런 아줌마가 됐지? (중략) 나도 꿈이란 게
> 있었는데. 그런 시절이 있었는데⋯⋯그치? 우리도 꿈이
> 있었지? 그런 시절이 있었지?
>
> 〈양수리 가는 길〉 중에서

　아내는 눈물을 터뜨리고 말았다. 그녀에게도 사내와 같은 시절이 있었다. 뜨겁고 찬란했던 시간이 있었다. 지금 그녀의 시간은 정확히 현실을 향했다. 어쩔 수 없지 않은가. 누군가는 가족을 위해 전대를 차야 했다. 아내가 세상과 일찌감치 타협한 이유였다.

　인생은 꿈과 현실의 두 갈래 물길을 선택하며 지나는 시간인지도 모른다. 사내는 두 물길의 어느 지점에도 속하지 못했고, 아내는 현실에 철저하게 발을 디뎠다. 이런 '다름'은 「출세할 자신이 없으면 가정을 지킬 책임감은 있어야 하는 거 아냐? 무책임한 데다가 용기도 없어.」(〈양수리 가는 길〉 중에서)라는 아내의 푸념을 이끌었다.

　아내는 양수리까지 싫어할 지경에 이르렀다. 남편의 이도 저도 아닌 삶이 그만큼 싫었다고 하는 게 맞겠다. 사내가 서울에서 가까운 양수리에 좀체 가지 못했던 것도 이 때문이다.

　면허시험이 끝난 후 그들은 월미도로 향했다. 사내는 결국 양수리에 가지 못했다. 하지만 어디서든 꿈은 꿀 것이다. 다만 좀 더 견뎌야 할 뿐. 견디는 시간이 길어지는 만큼, 양수리의 물안개는 그의

마음에서 조금씩 더 짙어질 것이다. 사내에게, 어쩌면 아내에게도 양수리는 모질고 팍팍한 현실을 견디는 한 가닥 힘인지도 모르겠다. 사내는 무한히 꿈꾸며, 아내는 꾸준히 푸념하며, 그렇게 물안개는 짙어진다.

두물머리, 노 젓는 뱃사공

문학을 거닐다

양수리는 경기도 양평군 양서면에 있다. 이곳의 물안개를 보려면 새벽에 길을 나서야 한다. 일교차가 큰 봄이나 늦가을이 물안개를 만나기 좋은 시기다. 소설 속 사내는 마장동에서 속초행 시외버스를 타고 양수리를 지나가며 물안개를 봤을 게다. 지금 이 노선은 추억으로 사라져버렸다. 신비하고 몽환적인 물안개 풍경을 찍고 싶다면 물소리 1-1코스에 있는 물안개 쉼터를 찾아가자. 드라마나 영화는 물론 사진작가들에게 명소로 꼽히고 있다. 가까이에 있는 '세미원'은 한나절 코스로 적당하다.

물안개 쉼터

다른 작품을 엿보다

양수리의 수묵화 같은 풍경이 잘 그려진 시가 있다. 박문재 시인의 〈양수리로 오시게〉란 시다. 「가슴에 응어리진 일 있거든/미사리 지나 양수리로 오시게/(중략)/아침안개 자욱한 한 폭의 대형 수묵화/이따금 삼등 열차가 지나는 무심한 마을/양수리로 오시게/그까짓 사는 일 한 점 이슬 명예나 지위 다 버리고/그냥 맨 몸으로 오시게/(하략)」 일상에 지친 몸과 마음을 어루만져 주는듯한 시다.

여행을 맛보다

세미원을 나와 버스 정류장 가는 길에 세미원을 나와 버스 정류장 가는 길에 양평군 맛집으로 선정된 두물머리밥상(031-774-6022)이 있다. 주인장이 직접 기른 채소를 곁들인 쌈밥이 유명한 곳이다. 그리고 두물머리에 가면 꼭 연핫도그를 먹어보자. 매운맛, 순한맛 취향에 따라 골라 먹을 수 있다. 연핫도그를 먹으러 두물머리에 가고 싶을 정도다.

아린 만큼 깊은 울림

사랑니, 그 설레는 성장통

#황순원 #소나기 #경기도 #양평군 #서종면 #소나기마을

작가소개

황순원은 1915년 평안남도 대동에서 태어나, 2000년 9월 14일 84세를 일기로 사망했다. 1931년 시 〈나의 꿈〉을 《동광》에 발표하며 문단에 데뷔했고, 1940년 첫 단편집인 《늪》 발간을 시작으로 수많은 단편집을 내며 작가로서 기반을 닦았다. 평생 시 104편과 단편소설 104편, 중편소설 1편, 장편소설 7편을 남겼다. 절제되고 세련된 문체를 사용해 서정적인 아름다움과 소설이 추구할 수 있는 예술성을 충분히 발현한 작가로 꼽힌다.

작품소개

〈소나기〉는 작가 황순원이 1953년 5월 《신문학》지에 발표한 단편소설이다. 이 작품은 1959년 영국의 《엔카운터(Encounter)》지가 주최하는 단편 콩쿠르에 입상한 우리나라 최초의 영문 번역소설(번역:유의상)로, 오랫동안 교과서에 실려 '국민 단편소설'이란 애칭을 얻기도 했다.

아린 만큼 깊은 울림

사랑니, 그 설레는 성장통

글·사진 이지선

열여덟 살 무렵이었다. 사랑니가 난 것은. 이가 잇몸을 뚫고 나오는 욱신거리는 아픔에 며칠을 고생하다 보니 어금니 옆에 조그마한 이가 하나 톡 튀어나와 있었다. 사랑니였다. 엄마는 "이제 사랑할 나이인가보다."라며 웃으셨다. 몇 해 지나, 첫사랑과 헤어지고 사랑니를 뺐다. 사랑니가 깊숙이 난 까닭에 관리가 힘들다는 이유로. 퉁퉁 부은 얼굴로 며칠을 앓았다. 헤어진 첫사랑 때문인지, 사랑니 때문인지 알 수 없었다. 이제는 아득한 사랑니의 기억. 유난히 하늘이 푸르고 바람마저 멎은 듯한 오후, 양평에 있는 소나기마을로 떠났다. 가는 길 내내 이유를 알 수 없는 욱신거림이 뽑아낸 사랑니 자리에 가득했다.

햇살이 정수리 바로 위에서 내리쬐는 듯했다. 소나기라도 오면 좋을 성싶었지만, 비 예보는 없었고 비가 내릴 기미조차 보이지 않아 일찍이 마음을 비웠다. 널따란 잔디밭이 펼쳐진 소나기광장에 섰을 때, 쏴아—, 소나기였다. 어른, 아이 할 것 없이 갑자기 내린 비에 들떴다. 비를 피해 뛰는 어른들도, 옷이 젖는 줄 모른 채 뛰노는 아이들도 얼굴에 웃음이 가득했다. 정해진 시간이면 내리는 '스프링클러 소나기'라는 걸 알기까지 겨우 몇 분이 더 필요했다. 불현듯, 〈소나기〉 속 소년과 소녀가 떠올랐다.

소나기광장을 가득 채운 '스프링클러 소나기'

소녀의 울림, 소년의 시간

소년의 사랑은 사랑니를 닮았다. 어느 날 느닷없이 나타난 소녀는 갑작스레 소년의 마음에 들어왔다. 조약돌을 던지고, "이 바보."를 외치며. 그 하얀 조약돌을 집어 든 소년에겐 주머니 속 조약돌을 만지작거리는 버릇이 생겼다. 사랑니의 간헐적인 아픔처럼 소년에게 소녀는 어딘가 모르게 신경 쓰이는 존재가 되었다. 풋사랑이 시작된 것이다. 하지만 소녀는 소년에게 사랑니 같은 존재여서, 욱신거리는 기억만을 남긴 채 죽음을 맞이했다.

> 그런데 참 이번 기집애는 어린 것이 여간 잔망스럽지가 않어. 글쎄 죽기 전에 이런 말을 했다지 않어? 자기가 죽거든 자기 입든 옷을 꼭 그대루 입혀서 묻어 달라구…….
>
> 〈소나기〉 중에서

엉엉 울거나 질질 짜게 만드는 것이 아닌, 그저 슬쩍 눈물 맺히게 하는 마지막. 속눈썹 끝에 맺힌 이슬은 한순간에 코끝까지 싸하게 만들었다. 소년과의 추억을 간직하고 떠나려는 소녀의 '잔망스러운' 마음을 작가 황순원은 담담하게 전하고 있다. 그래서일까. 소설가 전상국은 황순원을 회고하며 "순수와 절제 미학의 완성"이라는 단어로 극찬했다.

소설은 자다 깬 소년이 우연히 부모님의 이야기를 듣고 소녀의 죽음을 알게 되는 것으로 막을 내린다. 그럼에도 '소년의 시간'은 흘러간다. 첫사랑의 죽음으로 한 단계 성장했을 소년은, '소녀'라는 사랑니의 욱신거림을 이겨내고 더는 소년 아닌 청년이 되었을지 모를 일이다.

바람결에 일렁이는 소나기 연가(戀歌)

> 어른들의 말이, 내일 소녀네가 양평읍으로 이사 간다는
> 것이었다. 거기 가서는 조그마한 가겟방을 보게 되리라
> 는 것이었다.
>
> 〈소나기〉 중에서

소설의 끝부분에 나온 이 문장이 인연이 되어 양평에 소나기 마을이 움트게 됐다. 소나기마을 구석구석에서 〈소나기〉를 떠올릴 수 있다. 특히 남폿불 영상관과 산책로가 돋보인다. 소년이 소녀를 회상하는 '그 날'이 상영되는 남폿불 영상관은, 내용에 따라 바람이 불고 비가 내리는 4D 방식으로 재미를 더했다. 피식~, 웃음이 났다. 소년과 소녀가 앉았을 법한 교실에서 '소나기 그 후의 이야기'를 온몸으로 듣는 일은 그렇게 휘파람 같은 웃음을 날리는 '첫사랑의 기억'이기도 했다.

산책로는 거니는 것만으로도 황순원의 작품 안에 들어간 느낌

을 받을 수 있다. 잠시 앉은 소나기광장 원두막 처마에는 맑은 햇살이 노란 소나기처럼 내렸고, 머리칼을 스치는 바람결에서는 소년과 소녀의 풋풋한 마음이 묻어나는 듯했다. '수숫단 오솔길'에서는 수숫단 사이로 몸을 숨겨봤고, '징검다리'를 건너며 소녀의 분홍스웨터를 물들인 황톳물 자국도 상상해보았다. 산책로는 단순한 길이 아니었다. 책 한 귀퉁이에 앉아 있는 듯 마음이 소나기를 흠뻑 맞았다. 맑은 여름날, 〈소나기〉가 부린 한줄기 소낙비 같은 마법이었다.

사랑니 자리의 욱신거림은 어느새 멎어있었다. 갑자기 맞닥뜨렸던 통증은 아마도 소년과 소녀의 풋사랑 영향일 거라고, 그저 짐작할 뿐이다.

소년과 소녀가 되어 수숫단 사이로 몸을 숨겨 보는 건 어떨까

경기도 양평군 서종면에 자리한 소나기마을은 작가 황순원의 대표작이라 할 수 있는 〈소나기〉를 모티브로 한 황순원문학촌이다. 〈소나기〉 말미의 한 문장에서 그 배경을 유추하여 양평에 조성되었다. 작가의 생애와 문학 전반을 한눈에 볼 수 있는 황순원문학관, 그의 대표작들을 음미해 볼 수 있는 산책로, 그와 부인 양정길 여사의 묘역 등이 어우러진 새로운 개념의 문학 공간이다. 〈소나기〉뿐만 아니라 《일월》, 〈목넘이 마을의 개〉, 〈학〉 등의 명장면을 재현해놓은 산책로도 만날 수 있다. 산책로는 둘러보는 데 한 시간이 채 걸리지 않는 부담 없는 길이다. 소나기 광장의 원두막에 앉아 희미해진 첫사랑에 대한 기억을 떠올리다 보면, 지금 곁에 있는 소중한 사람들에 대한 고마움까지 느낄 수 있을 것이다.

문학관 한 귀퉁이에는 방문한 이들의 소원이 남겨져 있다

다른 작품을 엿보다

작가 황순원을 존경하고 기억하는 작가들에 의해 〈소나기〉 이어쓰기'라는 취지로 발행된 뜻깊은 책이 있다. 황순원문학촌 소나기마을에서 엮은 《소년, 소녀를 만나다》이다. 이 책은 가슴 아프게 끝난 소년과 소녀의 사랑, 그 후의 이야기를 창의적으로 쓴 단편소설 아홉 편을 엮었다. 책에서는 소녀가 죽고 며칠 뒤의 소년, 중·고등학생이 된 소년, 청년이 된 소년은 물론, 노년이 된 소년의 이야기까지 폭넓게 다루고 있다. 톡톡 튀는 작가적 상상력과 각 작가의 개성 있는 필력을 엿보는 재미가 쏠쏠하다.

여행을 맛보다

양평군 서종면에는 맛있는 곳이 많다. 사각하늘(031-774-3670)에서 스키야키를 먹거나, 서종가든(031-773-6035)에서 두부전골로 허기를 달래보는 건 어떨까. 테라로사 서종점(031-773-6966)에서는 갓 볶아낸 커피 향을 느낄 수 있다.

'사각하늘'에서 맛볼 수 있는 스키야키

민낯임에도 신비롭게 아득한

시간을 견디는 은비령

\|

#이순원 #소설_은비령 #강원도 #인제군 #인제읍 #은비령_일대

작가소개

이순원은 1957년 강원도 강릉 산골에서 태어나, 대학 때 조세희의 〈난장이가 쏘아올린 작은 공〉을 읽고 소설 공부를 시작했다. 1988년 《문학사상》 신인상에 단편 〈낮달〉이 당선된 후, 지금까지 소설집 《그 여름의 꽃게》, 《얼굴》 등과 장편소설 《압구정동엔 비상구가 없다》, 《수색, 그 물빛무늬》, 《아들과 함께 걷는 길》 등을 냈다. 초기 작품들에 사회풍자적인 경향이 강했다면, 그 이후의 작품들에는 자신의 삶과 주변인을 통해 관계와 화해를 담으려 했고, 내면세계를 밀도 있게 반영했다. 더불어 고향인 강원도를 소재로 다양한 작품을 선보이고 있다.

작품소개

〈은비령〉은 1996년 발표된 중편소설로 이듬해 현대문학상을 수상했다. 주인공인 내가 죽은 친구의 아내를 사랑하는 이야기로, 이 작품으로 강원도 인제군의 이름 없는 고개가 은비령이라는 지명을 갖게 됐다. 이순원은 〈은비령〉을 쓸 때, 직접 답사하지 않고 지도만 보고 상상하며 썼다고 한다. 남녀의 사랑을 세속적인 잣대로 이야기하지 않고, '우주의 시간과 별의 시간을 견디는 사랑 이야기'로 탄생시켜 호평을 받았다.

민낯임에도 신비롭게 아득한

시간을 견디는 은비령

글·사진 정영선

은빛 도로였다. 안개비가 하얗게 내리던 날, 구름과 '밀당'을 하던 햇빛이 도로에 그려놓은 그 빛은 은빛이었다. 마치 2천5백만 년의 시간이 흐른다는 은비령(隱秘嶺)에 도달하기 위한 궤도 같았다. 은비령은 일부러 숨으려 하지 않았고, 오히려 무심하게 그곳에 있었다. 여느 관광지와 다름없이 있는 그대로 민낯을 보여주는데도 신비하게 더 아득해지던 곳, 낡은 스피커에서 흐르는 올드 팝송도 사람들의 움직임도 투명하게 잦아들던 곳, 은비령. 그곳에 별이 흐르면 다른 세계로 들어갈 수 있을지도 모른다. 영원과 순간이 만나는 곳이자, 그와 그녀가 아무 거리낌 없이 사랑할 수 있는 곳 말이다.

주인공 나와 친구가 머물던 은자당이 있었던 곳으로 짐작되는 필례약수

불발된 시간

가도가도 끝없는 길 위에 몸으로 가장 멀리 떨어져 있을 때 마음으로 가장 가깝게 나는 그녀를 느꼈다. 어쩌면 그때부터였는지 모른다. 나는 이미 여자를 깊이 사랑하고 있었다.

〈은비령〉 중에서

그녀와는 이루어질 수 없다고 예감한 것일까? 아니 단정해 버렸다. 그래서 죽은 친구의 아내인 그녀에게 사랑의 감정이 일렁거릴 때마다 일부러 피했다. 그녀와 만나기로 해놓고 격포로, 다시 은비령으로 길을 바꾼 것도 이 때문이다. 그 자신도 모르게 그녀에게

은비령으로 가는 길

걸음 하는 사랑의 감정을 붙잡아야 했으니까. 도망가야 했다. 그렇게 그녀와 가장 멀리 있을 때 마음이 편했다.

그가 그녀에게 붙여준 이름은 '바람꽃' 이었다. 여리여리하지만, 시들어도 독은 살아있다는 바람꽃. 가까이 다가오지 말라는 말보다 더 잔인했다. 사별한 여자와 별거 중인 남자의 사랑이 비난받을 이유도 없었을 텐데, 무엇이 그리 두려웠을까? 마치 도덕적 강박에 사로잡힌 것처럼 일정한 거리를 두고 머뭇거리는 두 사람. 좀처럼 내딛지 않는 그와 그녀의 사랑은 평행선이었다. 그들은 자신들의 사랑을 세속에 놓아둘 용기가 없었다. 안타깝게도 현실에서의 사랑은 늘 불발되었다.

별을 만나러 가는 시간

"이 세상의 일이란 일은 모두 2천5백만 년이 될 때마다
다시 원상의 주기로 되돌아가는 것입니다. (중략) 그래
서 지금부터 2천5백만 년이 지나면 그때 우리는 윤회에
윤회를 거듭하다 다시 지금과 똑같이 이렇게 여기에 모
여 우리 곁으로 온 별을 쳐다보며 또 이런 이야기를 하
게 될 겁니다."

〈은비령〉 중에서

별을 보는 남자가 말한 2천5백만 년이라는 시간 때문이었을
까? 은비령은 아득했다.

안개비가 아니었다면, 은비령으로 향하는 길에는 특별할 게 없었
다. 캠핑을 즐기는 무리도 있었고, 자동차도 여럿 있는 강원도 깊은
산골의 평범한 풍경이었다. 그런데 순간 소리가 들리지 않았다. 소리
를 흡수시키는 장치가 작동하는 것처럼 소리가 빨려 들어갔다. 마치
2천5백만 년의 시간이 흐르는 우주공간에 놓여있는 것처럼……

이순원이 은비령에 '사랑의 통로'를 세워놓은 게 분명했다. 은
비령에 다른 시간이 흐르게 했다. 가늠할 수 없는 시간 속에 그들
의 사랑을 놓아두면 현실과는 다르게 영원히 흐를 수 있을지도 모
른다. 그곳에선 사랑의 유효기간도, 세속의 도덕적 잣대도 없으니,
비로소 서로에게 다가갈 수 있고 마음의 불씨에 불을 붙일 수 있을
지도 모른다.

한발 먼저 내디딘 그녀가 말했다.

> "다음 생애를 위해서라도 지금 우리 운명을 바꾸어놓고
> 싶다는 생각을 하고 있어요. 이렇게 비껴 지나가는 별이
> 되고 싶지 않다는 생각요."
>
> 〈은비령〉 중에서

그녀는 영원한 사랑을 위해 순간을 간직하려 했고, 견디려 했다. 2천5백 만 년이라는 시간을 견디면 다시 인연이 되어 이루어지리라.

기다려야 할 시간

시인 원재훈은 이순원을 '별을 헤는 문학선비'라고 표현했다. 강원도 강릉 위촌리라는 산골에서 멍석에 누워 별자리도 보고 은하수도 보고 별들의 이름도 배우며 자랐기에, 어쩌면 〈은비령〉이라는 소설이 자연스럽게 그려진지도 모르겠다.

은비령은 특별하지 않았다. 다만 2천5백만 년이라는 시간이 흐르게 마법을 부려놓았을 뿐이다. 사랑도 소비되는 광속의 시대에 살면서 영원한 사랑을 꿈꾸게 했다.

아니다. 이순원에게 은비령은 특별하다. 책 서문에 밝혔듯이 그

는 '2천5백만 년 후에도 부디 이 별에서 우리 특별한 인연의 작가와 특별한 인연의 독자로 다시 만나'자 했고, "나는 이 땅에서 내게 주어진 삶을 다하면 그곳 은비령으로 갑니다. 아내에게도 아이들에게도 이미 말해두었습니다. 가서 묻히는 것이 아니라 그곳에 흰 뼛가루로 뿌려져 그곳의 밤하늘을 바라보며 하쿠타케 혜성처럼 한 번 떠난 다음 영원히 우리 곁으로 다시 돌아오지 않는 별을 기다릴 것입니다."라고 했다. 이보다 더 각별할 수 있을까? 은비령은 작가의 '유토피아'나 다름없다.

그와 그녀가 서로의 가슴에 별이 되어 2천5백 만 년을 기다리듯이 은비령 역시 이순원이 오겠다는 그 시간 동안 그곳에서 묵묵히 시간을 견디며 기다릴 것이다. 아직은 기다려야 하지만, 우주 속으로 흘러가는 그 시간은 그리 길지 않을 것이다.

지금은 카페와 식당으로 남아있지만 은비령은 묵묵히 시간을 견딜 것이다

소설의 무대인 은비령은 실제 존재하지 않는 고개로 공식 지명이 아니다. 한계령 고개 바로 아래 인제군 인제읍 귀둔리와 양양군 서면을 잇는 필례령을 말한다. 군용 도로로 오랫동안 비포장이었다가, 소설이 발표될 즈음 포장되었다. '은비령' 이란 명칭은 소설을 쓴 이순원이 직접 붙였고, 소설 덕분에 알려졌다. 한계령 휴게소에서 양양으로 500m 즈음 내려가다 오른쪽 '내린천 가는 길' 이정표를 보고 들어간 후 5.4km 정도 가면 필례약수가 나온다. 필례약수는 주인공 나와 친구가 고시공부를 하며 머물던 은자당의 무대다. 강원도 3대 약수인 필례약수 때문에, 은비령을 찾는 사람들이 끊임없이 이어지고 있는지도 모른다. 필례약수는 철분이 많이 녹아 있는 탄산수로 피부병과 위장병에 좋고 숙취 해소에도 탁월하다. 신령스러운 기운이 있다고 전해 내려 오는데, 물맛도 독특하다. 우주에 물이 있다면, 이런 맛이 아닐까?

소설 〈은비령〉의 흔적은 '은비령 카페'로 남아 있다. 필례식당 주인인 김월영 씨가 은비령 카페와 산장(033-463-4665)을 함께 운영하며 음식도 하고 민박도 친다. '은비령 산장'(구 해바라기 033-463-9446)이라는 펜션이 한군데 더 있다. 필례약수에서 나와 인제 방향으로 더 내려가면 인제 현리로 나뉘는 삼거리가 나오는데, 펜션은 삼거리 못 미쳐 있다.

약수터 위쪽 자작나무숲에서 영화 〈태백산맥〉을 촬영했고, 세트장이 있었으나 지금은 보이질 않는다. 대신 그때 쌓은 돌탑은 남아있어 은비령을 조금 더 신비스럽게 만들어준다.

은비령을 작은 한계령이라고도 부르기도 한다. 한계령하면 떠오르는 시는 문정희 시인의 〈한계령을 위한 연가〉. 은은하게 사랑을 이야기한 소설가 이순원과 달리 시인은 좀 더 대담하다. 기꺼이 못 잊을 사람하고 폭설에 묶이길 바랄 정도로 낭만적이다. 「한겨울 못 잊을 사람하고 / 한계령쯤을 넘다가 / 뜻밖의 폭설을 만나고 싶다. / 뉴스는 다투어 수십 년 만의 풍요를 알리고 / 자동차들은 뒤뚱거리며 / 제 구멍들을 찾아가느라 법석이지만 / 한계령의 한계에 못 이긴 척 기꺼이 묶였으면. / 오오, 눈부신 고립 / 사방이 온통 흰 것뿐인 동화의 나라에 / 발이 아니라 운명이 묶였으면. / (중략) 아름다운 한계령에 기꺼이 묶여 / 난생처음 짧은 축복에 몸 둘 바를 모르리.」 눈 내리는 겨울이 되면 한계령과 은비령을 찾게 하는 작품들이다.

필례약수터 바로 앞 필례식당(033-463-4665)은 음식 맛이 좋다. 이곳에서는 산채정식, 더덕구이정식, 산채비빔밥, 토종닭 한방약수백숙 등 다양한 토속음식을 선보인다.

망망대해에서 길을 묻는 이에게

보이지 않아
더 눈부신 검푸른 바다

|

#이경자 #천_개의_아침 #강원도 #동해시 #묵호진동 #묵호항

작가소개

이경자는 1948년 강원도 양양에서 태어났다. 1973년 《서울신문》 신춘문예에 단편소설 〈확인〉으로 등단했다. 1988년에는 여성 문제를 본격적으로 다룬 소설집 《절반의 실패》로 당시 사회에 큰 충격과 반향을 일으켰다. 주요 작품으로는 소설 〈혼자 눈뜨는 아침〉, 〈빨래터〉, 〈절반의 실패〉와 산문집으로 《딸아, 너는 절반의 실패도 하지 마라》, 《남자를 묻는다》 등이 있다. 한국가톨릭문학상, 고정희문학상을 받았다. 여성을 깊이 있게 탐구한 페미니즘 작품들을 선보여 왔다.

작품소개

《천 개의 아침》은 작가 이경자 자신의 첫사랑을 소재로 했다. 소설은 만남과 이별이 공존하는 작은 항구도시, 동해시 묵호가 배경이다. 이야기의 큰 줄기는 대학에 낙방한 후 묵호에서 선물의 집을 운영하는 수영과 한 번의 실수로 점점 깊은 수렁에 빠져드는 정환과의 사랑이다. 그러나 작품은 사랑 이야기를 넘어 묵호사람들 한 사람, 한 사람의 옷에 묻어있는 비릿하고 짠 내 나는 삶까지 섬세하게 담아낸다. 그렇게 소설 《천 개의 아침》은 여러 모습을 간직한 바다와 같이 다양한 삶의 이야기를 선보인다.

보이지 않아 더 눈부신 검푸른 바다

글·사진 박홍만

설렘과 두려움, 달뜸과 실망 사이. 빛을 이야기하면서도 남모르게 어둠 속을 서성였던 해무의 시간 스물아홉. 그 시간은 출항을 앞둔 어부가 먼바다를 응시하며 희망과 두려움을 함께 느꼈을 일렁이는 마음을 닮아있다. 새벽녘 바다에 나가 본 사람은 안다. 바다가 얼마나 두려우면서도 멋진 공간인지. 1985년 스물아홉 정환은 그렇게 인생이라는 바다 앞에 서 있었다. 어떻게 보면 검고, 달리 보면 푸른, 검푸른 바다 묵호. 그때나 지금이나 검푸른 바다 묵호는 잘 보이지 않아 그 어느 바다보다도 눈부신 바다였다.

독초이거나 약초이거나

　오징어잡이 배들은 밤에 출항한다. 그리고 한 치 앞도 보이지 않는 망망대해에서 조업을 시작한다. 신기하게도 위급한 상황에서 먹물을 쏘아대는 오징어들은 빛을 쫓아 모여들었다. 묵호에서 빛을 찾는 건 기실 오징어들만은 아니었다. 대학등록금을 마련하기 위해 도라지밭 한켠에 양귀비를 재배한 죄로 전과자가 된 정환 역시, 인생의 한 줄기 빛을 찾고자 묵호항으로 향한다. 묵호는 정환에게 두 가지 빛을 선사했다. 하나는 남파간첩 정민과의 인연이었고, 다른 하나는 '선물의 집 바다'를 운영하던 연둣빛을 닮은 여자 수영과의 만남이었다.

> "행복해지는 겁니다. 그게 사랑입니다. 만약 우리가 사랑한다면 지금 행복해야 합니다. 그러니 내가 까 준 새우를 먹어요."
>
> 《천 개의 아침》 중에서

　제아무리 날고 기는 뱃사람이라도 짙은 해무가 덮인 망망대해에선 물고기를 잡기 어렵듯, 가난과 마약사범, 전과자, 밀수업자, 아가씨 알선업자라는 부표가 떠다니는 검푸른 바다 위에서 정환의 인생은 표류하고 있었다. 그때 정환이라는 바다를 비추는 것은 정민이었다. 묵호에서 자신을 가장 잘 이해해주고, 삶의 등대가 되어줬던 남파간첩 정민은 정환을 한순간에 전과자로 만들어버린 또 하나의 화려한 양귀비였다. 마치 수연의 입장에서 정환이라는 남자와의 사랑이 때로 독초이고, 때로 약초였던 것처럼, 그 시절 정환의 사랑과 인연은 모두 양귀비를 닮아 있었다.

지금도 동문산 위에서 어두운 동해바다를 밝히는 묵호등대

당신께 예쁜 걸 사 줄 돈은 없지만
달빛을 엮어서 목걸이와 반지를 만들어 줄 순 있으리.
천 개의 언덕 위에 비친 아침을 보여주고,
입맞춤과 일곱 송이 수선화를 주리니.
(중략)
《천 개의 아침》중에서

안녕히 가세요

묵호항에서 묵호사람들은 '안녕히 다녀오세요.'가 아닌 '안녕히 가세요.'로 인사해왔다. 어느 때부터인지 정확히 알 순 없으나 바다로 나간 어부 중 묵호로 다시는 못 돌아오는 사람들이 있었기 때문이다. 아마도 그 시절 묵호사람들은 배를 타려는 사람들을 대할 때, 지금이 이생에서의 마지막 만남이라는 자세로 대했을 것이다. 내일이 없을 사람들처럼 순간을 살았을 것이다. 이렇게 항구는 망망대해라는 두려움을 통해 삶을 더 진실하게 직면시킨다. 그러나 1985년 정환에게는 가난이 망망대해보다 더 두려웠다. 소설 〈천 개의 아침〉의 제목도 가난한 청춘의 사랑을 노래한 브라더스

바다에서 태어나 바다에서 죽어간 명태

포(Brothers Four)의 노래 '일곱 송이 수선화'의 노랫말을 정환이 수영에게 알려주며 나온 말이다.

> 당신께 예쁜 걸 사 줄 돈은 없지만 달빛을 엮어서
> 목걸이와 반지를 만들어 줄 순 있으리.
> 천 개의 언덕 위에 비친 아침을 보여주고, 입맞춤과 일곱
> 송이 수선화를 주리니.
>
> 《천 개의 아침》 중에서

묵호항 호시절에는 물고기가 아주 많이 잡혀, 골목마다 바닥에 물이 흘러넘쳤다고 한다. 특히 묵호등대 아래에 덕장이 있던 시절, 덕장으로 향하는 지게에서 떨어진 물로 길은 진흙 범벅이 되어 있었다. 그래서인지 지금도 묵호에는 '마누라 없이 살아도, 장화 없이 못산다.'라는 말이 남아있다. 이제 논골담길 바닥엔 물도, 오징어와 명태를 지고 가던 지게도 사라진 지 오래지만, 마흔두 살 수영의 가슴 한켠엔 아직도 스물아홉 청년 정환이 살아 숨 쉬고 있었다. 묵호사람들 역시, 왜 내일을 알 수 없는 바다로 향하는 사람을 잡고 싶지 않았겠는가. '이번엔 나가지 마요.'라며 왜 한 번쯤 붙잡고 싶지 않았겠는가. 그러나 그들은 바다로 향하는 사랑하는 이를 향해 미소 지으며, 담담하게 말했을 것이다. "안녕히 가세요."

오징어는 묵호를 먹여 살려왔다. 화려했던 묵호의 전성기는 오징어 덕분이었다. 요즘은 '등대가 묵호를 먹여 살린다'는 말이 그 자리를 대신한다. 묵호는 영화 〈봄날은 간다〉와 TV 드라마 〈찬란한 유산〉 촬영지로 알려진 이후 여행자들이 꾸준히 느는 추세다. 일반적으로 묵호라 불리는 묵호항은 동해시 묵호진동에 있는 작은 항구이지만, 구경할 곳은 1970년대 묵호의 엄청난 어획량처럼 차고 넘친다. 묵호에 가면 가장 먼저 만나는 것은 묵호의 문화와 묵호사람들의 삶을 다양한 색감으로 그려낸 3개의 논골담길과 1개의 등대오름길 그리고 그 길들 끝에 자리한 하얀 묵호등대다. 현재 정환의 고향여인숙은 자취를 감추었지만, 묵호중앙시장과 정환, 수영의 약속장소였던 묵호역 등은 아직도 그 자리에 그대로 서 있다. 묵호역에서 멀지 않은 곳에 해변과 달리는 기차가 한 공간 안에서 만나는 아름다운 화평해변과 TV 애국가 첫 소절 배경지로 유명한 추암 촛대바위 역시 묵호를 여행한다면 꼭 둘러봐야 할 명소다.

다른 작품을 엿보다

읽고 나면 영화 한 편을 본 듯한 시가 있다. 2011년 발간된 이동순 시인의 시집 《묵호》에는 그런 시들이 담겼다. 69편의 시가 1970년대 전후의 묵호 사람들의 가난과 슬픔, 일상의 풍경을 노래하고 있다. 다 읽고 나면 1970년대에 제작된 한 편의 흑백영화를 본 듯한 잔상이 남을 정도로 따뜻함과 아픔이 동시에 느껴진다. 「덕장에서 종일 지게 짐 지고/ 울 아부지 품값으로 받아 오신 찬거리/ 어두컴컴한 부엌에선 엄마 혼자서/ 가마솥에 명태 몇 마리 넣고 고춧가루 슬슬 뿌려/ 간 맞추고 파 송송 썰어 넣으면/ 서럽게 우러나던 국물」(이동순, 시 〈명태〉 중에서) 이동순의 시를 읽고 있노라면, 묵호의 비릿한 바다 냄새와 고된 삶의 한숨 소리가 들리는 듯하여 괜스레 마음이 서글퍼진다.

여행을 맛보다

묵호에서 현지인들이 많이 찾는 회집은 동북횟집(033-532-7156)으로 복어탕과 물회가 유명하다. 현지인들이 추천하는 장(고추장)칼국수집은 오뚜기칼국수 (033-532-3868)이다. 멍게해초비빔밥과 생선구이, 게장 등 바다냄새 가득한 수림 (033-532-2702)은 현지인과 관광객 모두 엄지를 치켜세우는 곳이다. 묵호항활어 판매센터에서는 질 좋은 활어회를 부담스럽지 않은 가격으로 즐길 수 있다.

오늘도 따뜻했던

태양이 진 자리

ㅣ

#강석경 #내_안의_깊은_계단 #경상북도 #경주시

작가소개

강석경은 1951년 대구에서 태어났다. 이화여대 조소과를 졸업하던 1974년에 단편소설 〈근〉과 〈오픈 게임〉으로 월간 《문학사상》 제1회 신인상을 받으며 등단했다. 그의 소설 속 인물들은 예술 세계와 현실 세계의 경계에서 위태로운 모습을 보여주곤 한다. 특히 구원을 모색하는 인물상에 대한 섬세한 세부 묘사가 돋보인다는 평을 받고 있다. 녹원문학상, 오늘의 작가상, 21세기문학상, 동리문학상 등을 받았다.

작품소개

《내 안의 깊은 계단》은 1999년에 발표된 장편소설이다. 작품은 소멸과 재생이 되풀이되는 인생 여정을 마치 이승과 저승을 넘나들 듯 보여주고 있다. 경주라는 환상적인 고도에서 느낀 영감에서 비롯된 이 소설에서, 고고학은 물론음악 및 연극 등에 대한 저자의 뛰어난 식견을 엿볼 수 있다.

오늘도 따뜻했던

태양이 진 자리

글·사진 박한나

기차는 서울역에서 출발했다. 경주로 가는 가장 빠른 길. 초단 위로 얼굴을 바꾸는 서울을 피해 도착한 그곳은 오늘이면서 동시에 어제였다. 어제가 켜켜이 쌓이며 그려낸 능선에서 경주는 시작된다. 고분들이 이루는 유려한 곡선이 아늑했다. 어쩌면 고즈넉한 고분군의 어디쯤에는 '선덕여왕의 옷깃'이 닿은 흔적이 자랑처럼 남았을지도 모른다. 고도를 거니는 사이 흐느끼듯 이슬이 내려앉았다.

오늘도 따뜻했던 태양이 진 자리

태양이 진 자리

'강주'가 죽었다. 경주를 사랑하여 발굴 작업을 목숨처럼 여기던 사내가 스러졌다. 첩의 딸로 태어나 죄를 치르듯 살아가던 '소정'이 유일하게 의지하던 핏줄이었다. 소정의 친오빠 '강희'가 일으킨 차사고 때문이었다. 강주는 두려울 만큼 시커먼 터널 속에서 다시는 나오지 못했다. 소설 《내 안의 깊은 계단》이 그려내는 운명의 질곡을 엿보며, 삶이란 신의 은총인가를 문득 생각해 본다.

> "사라지는 건 슬프지만 영원한 건 없잖아. 우리도 언젠
> 가 떠날 건데. 그러니 사라진 것은 가슴 속에서 보내고
> 다시 시작해야지."
>
> 《내 안의 깊은 계단》 중에서

뻔뻔하다 해야 할지 악하다 해야 할지. 강희는 제 잘못으로 죽어버린 강주를 두고, 그의 연인 '이진'에게 청혼했다. 이진과 몇 번 마주쳤을 때부터 이미 제 짝이라 믿었다느니 떠들어 댔던 건 제 양심을 위한 변명일지 모른다. 강희의 뺨을 후려치고도, 강주의 아이를 잉태하고도 결국 청혼을 받아들이고 만 이진에게, 강희는 그 아이마저 제 자식으로 품어 키우겠다 속삭였다. 그러나 강희는 초야의 어둠 속에서 죽은 나뭇등걸 같던 그녀의 헛웃음까지는 견뎌내지 못했다. 강희의 애정이 사그라든 자리에 죄책감만이 흔적으로 남았다.

유복한 집에서 말괄량이 공주처럼 자란 이진이 강희의 세계에

유폐되는 데는 채 일 년이 걸리지 않았다. 그녀는 호박석 속의 작은 벌처럼 박제되어 버렸다. 결혼을 선택하지 않았더라면 그녀의 삶은 동화처럼 행복했을까.

> 이진은 불현 듯 마그리트의 그림이 생각나 밤에 새장 문을 열었다. 아프리카의 의사들은 밤에 새장을 열어 놓으면 도망쳐 나갔던 영혼이 다시 주인에게 돌아온다고 믿었다. 강주의 영혼도 그렇게 돌아올까. 육체는 덧없이 스러졌지만 바람 부는 날이면 그의 영혼도 가족이 그리워 돌아오지 않을까.
>
> 《내 안의 깊은 계단》 중에서

어느 까만 밤, 이진은 죽은 연인 강주의 영혼이 돌아오기를 바라며 새장의 문을 열었다. 그녀에게 가족이란 울타리는 강희가 아닌 강주였으므로.

어제로부터의 위로

소정의 삶은 잿빛이었다. 첩의 딸로 살아가야 했기 때문만은 아니다. 다른 여자의 남자를 사랑하며 시궁창 같은 그의 약속에 의지하던 나날, 그녀의 뱃속에 자리했던 두 생명이 흔적도 없이 스러져가던 나날, 그녀의 청춘은 생기를 잃었다.

> 불완전한 인간의 사랑이란 어차피 상처야. 그것이 신의
> 사랑과 다른 점이지. 수녀가 된 한 친구는 그렇게 말했
> 다. 사랑은 없다, 이게 내 결론이야. 시인으로 데뷔한 독
> 신 친구는 그렇게 말했다. 수녀도 되지 못하고 독신도
> 되지 못한 채 소정은 진정한 사랑을 찾아 대낮에 등불을
> 들고 다녔다.
>
> 《내 안의 깊은 계단》 중에서

캄캄한 삶을 더듬어 나가는 동안 소정이 찾은 위로는 어머니도, 친오빠 강희도 아닌 '강주'였다. 그녀는 힘이 들 때면 그가 있는 경주로 발길을 돌리곤 했다. 그의 곁에는 커다란 능금나무처럼 기대어 쉴 그늘이 있었다. 천년 세월의 굴곡을 견디고도 묵묵한 경주를 사랑한 나머지 그곳과 닮아버린 남자. 낭만적인 고고학도로 살면서 죽어서도 그 땅에 묻히리라던 사촌오빠. 갑작스러운 강주의 죽음에 소정이 경주를 찾은 것은 스스로의 상실감을 위로하고 싶어서였을지도 모른다.

노인은 말없이 소정의 왼쪽 운동화 끈을 묶어 주었다. 왼쪽 운동화 끈이 저도 모르게 풀려 있었다. "끈이 풀어지도록 어데를 그리 댕기노. 갈 길이 멀수록 단다이 매야지." (중략) 노인은 팔을 흔들며 언덕 같은 고분 사잇길로 사라졌고 소정은 그의 뒷모습을 지켜보다가 운동화로 시선을 돌렸다.

《내 안의 깊은 계단》 중에서

모든 게 무너진 듯 절망적일 때에도 삶은 이어진다. '모든 것이 뿌리 뽑힌 뻘밭' 같은 곳에서도 희망은 싹을 틔운다. 소정이 과거를 뒤로하고 진정한 사랑을 위한 길을 나선 것처럼, 이진이 강주의 죽음을 뒤로하고 그의 아이를 키워 나간 것처럼. 생이란 여전하며, 또한 꾸준하다.

시간 앞에서 인간은 참으로 무력하다. 그러나 어제의 죽음을 가슴에 품고도 그지없이 평화로운 경주는 오늘을 사는 이들에게 묵묵한 위로다. 짐작할 수 없는 시간을 산처럼 품은 그 땅이 전하는 것은 치열한 삶의 고통이 아니라, 그 어떤 시련도 마침내 먼지처럼 사라지리라 하는 약속이기 때문이다. 위로가 필요할 때면 경주의 꿋꿋한 땅을 홀로 거닐어 보는 것으로 충분하다. 세월이 보여주는 진실한 마법을 경험할 것이다.

어제로부터의 위로

신경주역에서 차로 10분이면 황오동이나 노서동, 노동동에 닿는다. 마을 곳곳에서 가지런한 고분들이 무리를 이루고 있는 고분군을 쉽게 만날 수 있는데, 강주가 매일같이 오가며 사색에 잠겼던 공간이자 소정과 함께 앉아 이야기를 나누던 장소이기도 하다. 최근 들어 재발굴을 진행하느라 출입을 막는 곳도 있지만 그곳의 고분들은 여전히 살아 숨 쉬는 땅의 일부로서 경주 시민들의 산책로 역할을 하고 있다. 대릉원은 신라시대의 독특한 고분군으로 천마총으로도 잘 알려진 곳이다. 거리에서 쉽게 만날 수 있는 여타의 고분군과 달리 특유의 고요를 품고 있는 곳이니 느린 걸음으로 한 바퀴 거닐어 볼 것을 추천한다. 머지않은 곳에 있는 쪽샘 유적박물관에서는 유적 발굴의 생생한 현장감을 느낄 수 있다. 강주가 한 평생을 바쳤던 고고학의 매력이 궁금하다면 놓치지 말자. 무덤 발굴조사 현장을 그대로 재현해 놓은 것은 물론, 발굴 진행의 전체 과정이 전시되어 있기도 하다.

다른 작품을 엿보다

불국사 삼층석탑은 석가탑, 혹은 무영탑으로도 불린다. 특히 무영탑(無影塔)은 그림자가 지지 않는 탑이란 뜻으로 석가탑을 만든 석공 아사달과 그 아내의 슬픈 사랑이 담긴 이름이다. 현진건의 역사소설 《무영탑》이 바로 이들의 전설을 모티브로 쓰였다. 현재 불국사에는 사랑의 숲이 조성되어 있는데 아사달과 아사녀의 사랑을 기리는 공간이다. 사랑의 숲에는 신기하게도 200년 된 소나무와 100년 된 느티나무가 한 나무처럼 얽혀 있는데, 더 놀라운 것은 그 근처의 나무들이 대부분 연리지를 이루고 있다는 거다. 천년 세월에 뿌리 내린 그들의 사랑 이야기는 단순한 전설이 아닌지도 모르겠다.

여행을 맛보다

황오동 태종로변에는 팔우정 해장국 거리가 있다. 터미널이나 경주역과 가까워서 잠시 들르기에도 좋다. 특히 할매해장국(054-741-1984)의 얼큰하면서도 담백한 닭계장은 속을 확 풀어주는 맛이다. 쪽샘 지구 정비 사업에 밀려 얼마 후면 역사 속으로 사라진다는 게 안타깝다. 그 외에도 서민식당(054-748-8281)의 숯불갈비와 간장새우밥 또한 놓칠 수 없는 별미이다.

아직도 사랑을 모르는 이를 위한

사랑을 배우는 시공간

ㅣ

#공지영 #높고_푸른_사다리

#경상북도 #칠곡군 #왜관읍 #왜관수도원

작가소개

공지영은 1963년 서울에서 출생했다. 1988년 계간 《창작과 비평》 가을호에 단편소설 〈동트는 새벽〉을 수록하며 등단했다. 주요작품으로 장편소설 《도가니》, 《즐거운 나의 집》, 《우리들의 행복한 시간》 등이 있고, 여러 편의 산문집과 기행문을 발표했다. 예리한 통찰력과 속도감 있는 문장, 뛰어난 감수성을 통해 독자로 하여금 멈추지 않고 글을 읽어나가게 한다는 게 그의 작품에 대한 문단의 평이다. 등단 이후 꾸준히 여성과 종교, 사회 문제 등을 소재로, 살아 숨 쉬는 글을 쓰며 독자와 호흡하는 한국을 대표하는 스테디셀러 작가다.

작품소개

《높고 푸른 사다리》는 2013년 《한겨레》 신문에 연재된 후 출간된 장편소설이다. 주인공 요한이 한 여자와의 사랑과 이별, 주변 사람들과의 관계를 통해 영원과 죽음, 사랑과 인생이라는 삶의 중요한 질문들에 대한 답을 찾아가는 과정을 그렸다. 남녀 간의 사랑, 동료와의 사랑, 부모와 자식 사이의 사랑, 신과 인간 사이의 사랑, 인류애적 사랑 이야기까지 여러 사랑 이야기가 모여 한 사람의 인생을 이룬다. 작품은 한국에서 가장 오래된 천주교 남자수도원을 배경으로 펼쳐지지만, 그 속에 담긴 사랑 이야기들은 손쉽게 수도원 담장을 뛰어넘는다.

아직도 사랑을 모르는 이를 위한

사랑을 배우는 시공간

글·사진 박홍만

인생에서 피해갈 수 없는 하나의 화두가 있다. 사랑이란 무엇인가에 관한 문제이다. 그 어떤 질문에도 답해주실 것 같은 학교 선생님들이나, 세상 그 무엇도 친절하게 설명해주시던 어머니도 '사랑'에 대한 답변에는 인색하셨다. 기껏 선생님의 첫 키스 이야기 정도가 우리가 궁금해하던 사랑에 대한 답변이었다. 술집과 교회에서의 사랑 이야기는 역시나 갈증을 풀어나가기에는 만족스럽지 않았다. 그 누구는 '사랑'이 '수업'으로 전수할 수 없는 것이라고 말할지 모르지만, 소설《높고 푸른 사다리》는 사랑의 여러 면을 성당의 스테인드글라스처럼 부드러우면서도 예리하게 다룬다. 그녀의 책을 다 읽은 후 소설의 무대 왜관을 찾았던 건 사랑, 순전히 그것이 궁금해서였다.

다른 역에서 내리는 사랑에게

　서울역은 북새통이었다. 다행히 무궁화호 기차 내부는 서울역 플랫폼과 달리 안락했다. 잠시 후 기차가 출발했다. 자연스레 차창 밖으로 눈이 갔다. 아쉽게도 차창 밖 아름다운 풍경은 마음을 줄 만하면 사라지기 일쑤였다. 문득, 매력적으로 다가와 흔적도 없이 사라지는 차창 밖 풍경이나, 잠깐 역에 머물렀다 바람처럼 떠나는 기차의 섭리가 소설 속 소희와 닮았다고 느껴졌다. 이런저런 생각을 하는 사이 기차는 작고 조용한 W(왜관)역에 도착했다. 소희와 요한이 만났다 헤어졌을 그 자리였다.

> 드디어 나는 당신을 보았습니다. 멀리 수도원의 담벼락
> 에서 당신이 뛰고 있더군요. 그런데 그때 저는 종소리를
> 들었습니다. 당신은 아주 잠시였지만 멈추어 서서 종탑
> 을 올려다보았습니다. 그 때 나는 알았습니다.
>
> 《높고 푸른 사다리》중에서

　두 사람이 서로의 눈을 처음 바라본 건 W역이었다. 오월의 활짝 핀 산목련을 닮은 두 젊은 남녀가 서로에게 반하는 데, 그리 오랜 시간이 필요치 않았다. 그러나 아쉽게도 이들의 만남 역시 수도원 정문 입구의 산목련꽃처럼 오래 피어 있지 못했다. 기차가 새로운 역에서 승객을 내려주고, 새로운 승객을 웃으며 맞이하듯 소희는 요한을 W역에 조용히 내려놓고 유유히 떠났다. 「"사랑이란……

요한, ……사랑이란 모든 보답 없는 것에 대한 사랑이다!"」(《높고 푸른 사다리》 중에서) 사랑의 종착역이 반드시 결혼은 아니라지만, 요한은 소희와 함께 결혼이나 영원이라는 기차역으로 가고 싶었을지 모른다. 그러나 소희가 내리는 역은 요한이 내리려는 역과 달랐다.

만남과 이별이 교차하는 왜관역

사랑은 그것을 행하는 사람에게 상처를 입혀요.
사랑은 자기의 가장 연한 피부를 보여주는 거니까요.
사랑은 자기 약점을 감추지 않는 거니까요.
사랑은 상대가 어떻게 해도 내가 사랑하는 거니까요.
사랑은 상처를 허락하는 것이니까요.

《높고 푸른 사다리》중에서

그 언젠가 부활절 전야에 왜관수도원은 불탔었다. 사람들은 말했다. 어떻게 부활절 전야에 수도원이 불 탈 수 있느냐고. 어떻게 그녀가 나를 떠날 수 있느냐고. 큰 불은 수도원과 요한의 가슴에서만 타올랐던 게 아니었다. 1950년 흥남부두에서 한순간에 남편을

1 왜관수도원 손님의 집
2 성 베네딕토상과 구 성당
3 수도원 산책로에서 바라본 구 성당

1
2 3

잃은 요한의 할머니도, 지옥보다 더 고통스러웠던 옥사덕수용소의 수도자들의 가슴 속에서도 여지없이 큰불이 타올랐다. 돌이켜보면 삶의 반은 이런 어처구니없는 일들로 가득 채워져 있다. 사랑의 모습도 크게 다르지 않았다. 아무것도 예측할 수 없는 것이 삶이고, 사랑이었다. 요한의 할머니는 요한이 어렸을 적, 해변에서 조개껍데기를 고르고 있는 어린 요한에게 물었었다.

> "요한, 네가 진정 간직하고 싶은
> 단 하나의 조개껍질은 무엇이니?"
>
> 《높고 푸른 사다리》 중에서

다시 수도원을 찾았을 때 수도원의 외형은 조금 달라져 있었지만, 왜관수도원 특유의 향기는 조금 더 그윽해져 있었다. 얼마 지나지 않아 그윽한 수도원 향기는 편안함을 잉태했다. 그저 성서의 어떤 상징을 그린듯한 스테인드글라스를 통해 들어오는 무지갯빛 자연광, 그 하나만으로도 많은 위로를 받았다. 무릇 세상은, 이처럼 마음에 평화가 찾아들 때쯤, 아름답게 빛나 보인다. 마치 1950년 12월, 흥남 부두에 정박해 있던 빅토리아 메러디스호에서 내려준 '푸른 그물망'을 하늘로 오르는 '높고 푸른 사다리'로 보았던 요한의 할머니처럼 말이다. 사랑과 인생에 대한 새로운 시선을 구한다면, 왜관으로 가 보라. 지금껏 보지 못한 우리 인생의 '높고 푸른 사다리'를 그곳에서 보게 될지도 모르기 때문이다.

왜관수도원은 수도자들만의 공간이 아니다. 수도원 정문이 열려 있는 시간이라면, 누구라도 종교와 성별에 상관없이 방문할 수 있다. 예약을 하면 '손님의 집'에서 일정 기간 머물며 조용히 자신의 마음과 영혼을 되돌아볼 수도 있고, 수도원 사제(신부)와의 면담 및 고해성사도 가능하다. 수도원을 천천히 산책하는 데 20여 분이면 충분하다. 산책할 때, 이곳이 천주교 남자 수도자들이 자신의 모든 삶을 하느님께 내맡기고 수도(修道)하는 공간임을 잊지 않았으면 좋겠다. 왜관역에서 왜관수도원까지는 약 800m. 도보로는 10여 분, 자동차로는 약 3분 정도의 거리이다.

더불어 《높고 푸른 사다리》의 모든 장소를 둘러보고 싶다면, 요한이 소희를 처음 보았던 경기도 남양주시 불암산 아래 '성 베네딕도회 요셉수도원'과 요한과 요한의 할머니가 찾았던 파주의 '참회와 속죄의 성당' 등을 방문해 볼 수 있다. 성 베네딕도회 왜관수도원은 홈페이지(www.osb.or.kr) 및 문의전화(054-970-2000)를 통해 방문 및 피정을 안내받을 수 있다.

왜관수도원 구 성당

왜관수도원에는 기차로 가는 것을 권한다. 왜관역과 수도원이 가깝기 때문이기도 하지만, 두 곳 다 '기다림'이라는 공통분모가 있기 때문이다. 왜관 출신의 시인 김주완은 〈왜관역〉이라는 시를 통해 기다림과 만남을 노래했다. 「(상략) 시커멓게 몸집 큰 열차가 때마다 들어오고/ 마지막 승객까지 출찰구를 빠져나와도/ 끝내 보이지 않던 사람 하나,/ 작은 역사는 한여름 더위에도 서늘하고 아득했다」 아무리 시간이 흘러도 기차역에서 약속하지 않은 누군가를 기다리는 일은 참 멋진 일이다.

왜관읍은 기차역과 미군 부대를 중심으로 독특한 음식들을 맛볼 수 있는 여행지다. 미군 부대 앞에는 부드러운 수제 함박스테이크로 유명한 아메리카 레스토랑(054-974-0210)과 30여 년 전통의 수제버거 전문점 한미식당(054-974-0390)이 있다. 두 곳 다 왜관수도원에서 택시로 기본요금이면 닿을 수 있는 곳에 자리한다. 왜관수도원에서 걸어서 약 5분 거리에 있는 대창순대(054-975-1996)는 손으로 빚어낸 순대로 유명하다.

찝찝하고 꿉꿉하지만 무언가 아쉬운

쪽–팔림의 회상

|

#전경린 #밤의_서쪽_항구 #경상남도 #통영시

전경린은 KBS에서 음악 담당 객원 PD, 방송 구성작가 등으로 일하다 운동권이었던 남편을 만나 평범한 주부로 살았다. 둘째를 낳은 후인 1993년부터 습작을 시작해, 1995년 《동아일보》 신춘문예 중편소설 부분에 당선되어 본격적인 작품활동을 시작했다. 섬세하고 절제된 문장을 통해 강렬한 이미지를 묘사하는 작가로 잘 알려져 있다. 베스트셀러 《내 생에 꼭 하루뿐일 특별한 날》은 2002년 변영주 감독에 의해 영화화되기도 했다.

〈밤의 서쪽 항구〉는 2014년 11년 만에 출간한 소설집 《천사는 여기 머문다》에 실린 단편소설로, 젊은 날의 추억을 공유한 '나'와 P 그리고 정흔이 함께한 서쪽 항구 여행의 기록이다. 젊은 날의 추억을 공유한 그들의 이야기가 전경린 특유의 상실감을 담아 담담하게 펼쳐진다.

쪽-팔림의 회상

글·사진 신지영

어느 새벽 전날 마신 술로 숙취에 시달리며 잠에서 깬다. 지끈거리는 머리를 누르며 벌컥벌컥 냉수를 들이켠다. 차가운 물 한 잔에 끊어진 줄 알았던 기억이 급작스럽게 떠오르면 "아- 내가 미쳐."라는 탄식이 절로 튀어나오고, "쪽팔려."를 연발하며 이불 속에서 몸부림친다. 그리고 이내 '사람이 살다 보면 그럴 수도 있지, 술은 취하라고 마시는 거잖아.'라며, 쪽팔림을 정당화시킨다. 그렇게 자기 합리화는 성공했으나 내심 켕기는 건 어쩔 수 없어, 망각하기 위해 기억의 서랍 어느 한 곳에 단단히 처박아 둔다. 주인공 '나'에게 10년 전쯤 어울려 다니던 정흔과 선우는 그런 기억이 아니었을까. 마냥 좋은 시절로 기억할 수 없는, 떠올리면 아련하다가도 부끄럽고 조금은 껄끄러운 그런 기억 말이다. 그때는 분명 이유

있는 행동이었음에도 막상 떠올릴 때면 온몸이 오그라들다 못해 먼지가 될 것 같고, 왜인지 양심에 털 날 것 같다. 추억으로 미화시킬 만큼의 뻔뻔함도 없고, 그 시간과 기억을 공유한 인간들이 있어 없는 셈 지울 수도 없다.

〈밤의 서쪽 항구〉는 그런 기억을 공유한 주인공 '나'와 정흔의 여행 이야기다. 거칠고 모났던 시간을 지나, 10년 전쯤의 그 무엇을 찾고 싶은 '나'의 이야기다.

항구에서 마주친 눈썹달

기시감

소설 〈밤의 서쪽 항구〉는 낯설지 않았다. 어디선가 본 것 같고, 들어본 것 같다. 주인공 '나'의 심리상태가 누군가와 닮은 듯해 잊은 줄 알았던 기억을 자꾸만 들춰낸다. 갑자기 밤의 서쪽 항구가 보고 싶었다. 모래알갱이처럼 흩어진 오래된 기억들이 햇살 하나, 바람 한 토막에 실려 와 어딘가로 자꾸 재촉하는 것만 같았다. 무작정 버스를 탔다. 지금 이 시각쯤 'P'가 '나'에게 전화를 했을지도 모른다. 심야의 버스 안에서 의자에 앉아 가만히 눈을 감고, 머릿속으로 책을 펼친다. '나'와 'P'가 약속을 정하는 수화기 너머로 '정흔'의 목소리가 들리는 듯하다.

이렇게 갑자기 가는데 볼 수 있을까…….

〈밤의 서쪽 항구〉 중에서

만나지 못할까 봐 조바심을 내는 건지, 두려움에 만나지 않았으면 하는 건지 그 의미는 잘 모르겠다. 다만, '정흔'의 한마디가 기억 저 깊은 곳 가장 안쪽 서랍에서 익숙한 느낌을 찾아 꺼낸다. 그리고 화들짝 놀라 감았던 눈을 떴다. 흔들리는 버스 안에서 잊고 있었던 기억의 단편들이 하나둘 맞춰지고 '나'와 '정흔'과 '선우'가 겹쳐진다.

해뜨기 전 도착한 통영은 어둠이 잔뜩 이라 아침을 향해 가는지 한밤중인지 가늠이 되지 않았다. 소설 속에는 주인공 '나'와 정흔 그리고 '선우'와 관련된 여행지가 나오지 않는다. 다른 소설의 배경이 되는 장소와 관광지만 잔뜩이다. 소설 속 '나'와 정흔, 그리고 선우를 만나고 싶은 장소를 찾을 수 없어 오는 버스 아무거나 잡아탄다. 마음에 드는 곳이 있으면 내릴 생각으로 창밖을 내다보지만, 아무것도 보이지 않는다. 까만 밤 위의 구불구불한 2차선 도로 위를 달리는 버스는 어딘가 현실감이 없다.

P와 약속을 정하던 중 들리던 '정흔'의 목소리가 '나'에게는 현실감이 없었던 것처럼.

다시 만난 그들은 내내 서로 딴짓이다. 그 흔한 "그땐 그랬는데"라는 웃음 섞인 장난의 말도 없다. 그저 '나'가 맡은 다큐멘터리프로그램에 충실하게 내비게이션이 가리키는 장소로 이동하고, 각자 여행하는 게 전부다. 박경리 선생을 주제로 한 대화가 가장 길고 많았는데, 그나마도 정흔이 박경리 선생을 만난 적 있다고 했기 때문이다.

내가 아직 여자였을 때였어…….

〈밤의 서쪽 항구〉 중에서

박경리 선생을 만난 적 있다는 정흔의 애교 같은 거짓말을 받아치는 정도의 농담이 전부였다. 'P'는 줄곧 사진을 찍어댔고, '나'는 '정흔'을 추억했다.

1 동피랑 벽화 2 동피랑 마을 어느 카페에서의 기다림……

도마뱀 꼬리

 '나'와 '정흔'이 처음 만났을 때는 이미 가슴을 절제한 후였다. '정흔'은 연하의 남자들과 연상의 여자들, 클래식 음악과 맥주와 영화에 기대어 살았다. '나'가 기억하는 '정흔'의 30대는 가슴 절제 수술과 투병, 그리고 방황으로 점철된 시간이었다. 스스로가 여자를 거세당했다고 했던 만큼 그녀의 방황과 투병은 길고도 아팠을 것이다. 삶에 애착이 없는 것도 같았고, 매사 권태로워 보이기도 했다.

 여행을 계속하며 '나'에게는 정흔에 대한 옛 기억이 점차 늘어간다. 타이어를 갈아주던 일, 아침까지 번갈아 가며 술을 마셨던 일, 어느 맥줏집에서 불로 지져 뭉개버린 듯 흔적만 남은 '정흔'의 절벽 가슴을 보고 울어버린 일……. 하지만 신기하게도 그녀와 멀어지게 된 시간은 떠오르지 않는다. 박경리전시관을 마지막으로 그들의 여행은 끝난다. 대신, 통영에 여행 왔다가 눌러앉아 버린 '신해'라는 여자를 불러 술을 마시러 간다. 한잔 두잔 쌓이고 또다시 새벽을 맞이하며 까지 그들은 마신다. 그리고 '나'만 취한다. 그날 새벽, 환하게 불 켜진 호텔 방에서 내던져진 옷가지처럼 널브러진 채로 '나'는 눈을 뜬다. 점점 또렷해지는 정흔과의 기억은 연하 남자 친구였던 선우와 관련된 어느 날 밤에 도달한다. 술에 취해 '나'의 집에 찾아온 '정흔'과 '선우'. '정흔'의 옆에서 '선우'와 잤던 '나'.

정흔이 남자여도 여자여도 상관없었다. 그냥 정흔과 얼굴을 마주 댄 채 코끝에 서로의 호흡을 느끼며 잠들고 싶었다.

<밤의 서쪽 항구> 중에서

그 밤, 자신을 찾아온 '정흔'에 대한 의문이 잠시 일었지만, 알 수 없는 그 밤의 의문 따위 10년이 지난 지금 그냥 웃으며 얘기하고 싶었는지 모른다.

멜랑콜리 또는 중 2병

한동안 절벽만 보이더니 갑자기 항구가 보인다. 여기다! 재빠르게 "아저씨!"를 외쳤다. 내린 곳은 작은 항구였다. 밤의 항구. 실은 새벽의 항구였지만, 해가 뜨지 않아 밤처럼 캄캄하던 작은 항구에는 크고 작은 배들이 파도에 흔들린다.

'나'와 정흔과 P의 모습은 어딘지 익숙하다. 사춘기의 모습 같기도 하고, 스무 살 치기 어린 시절의 모습 같기도 하다. 서른쯤 살아온 시간을 돌아볼 때 오는 권태와 우울증 같기도 하고, 생리 전의 송곳 같은 정신 상태와도 비슷하다. 중 2병의 대부분이 그랬듯 고집이 자존심인 양, 포기하는 것이 배려인양 아무것도 시도하지

않은 채 '나'는 호텔에서 혼자 나온다. 기억의 가장 안쪽 잠시 열렸던 서랍은 다시금 '나'로 인해 닫힌다.

이른 시간, 벌써 항해를 시작한 배가 조용한 시간을 가르며 선착장으로 들어온다. 이렇게 고요하다니. 물 위에 뱀이 미끄러지듯 스르륵 소리 없이 배가 선다. 닻을 내리고 밧줄을 묶는다. 조용하게 부산스런 사람들의 움직임을 가만히 바라본다. 그사이 까만 밤의 항구에 깨진 노른자가 번지기 시작했다.

찬바람이 온몸을 훑고 지나간다. 콧물이 흘러 시종일관 훌쩍거렸고, 귀가 시려 귀마개로 소리를 막았다.

'나'의 서랍은 닫혔지만, 언젠가 용기를 내어 한 발 내 디딜 때가 오겠지……. 아직 끝나지 않은 이야기가 있으니 분명 행복하고 따뜻한 끝이 있을 것이다. 사춘기도 중2병도 불치병은 아니니까, 끝은 분명 발랄하고 행복하게.

1

바다에 그려진 햇살이 한 조각 기억과 닮았다

멜랑콜리 또는 중 2병

너의 곁을 맴돌다⋯⋯

이 단편소설 한 권이 하나의 여행 안내서가 될지도 모르겠다. 〈밤의 서쪽 항구〉에서는 주인공 '나'의 지역 공감이라는 다큐멘터리 프로그램을 위해 오랜만에 만난 정흔과 P와 함께 통영을 여행한다. 통영에는 예전부터 문인, 화가 등 예술적 자질이 돋보이는 인물이 많기로 유명해서, 주인공 '나'가 잡은 컨셉이 문학기행이었다. 박경리의 소설 《김약국의 딸들》을 주축으로 유치환, 이중섭, 백석, 김춘수 등 여러 예술가와 관련된 관광지가 쉴 틈 없이 나온다. 동피랑이나 미륵도 또는 강구안 등 소설에 등장하는 순서에 따라 여행한다면, 여행하기 수월하기도 하고, 색다른 재미도 느낄 수 있다.

통영에는 청마 유치환 선생이 연애편지를 나눴던 우체국이 있다. 비록 아내가 아닌 다른 이에게 보낸 연애편지였지만, 지금도 많은 이에게 사랑받는 아름다운 시다. 우체국 근방으로 청마 거리를 걸으며 그의 시를 떠올려 보자.

「그리운 이여 그러면 안녕! 설령 이것이 이 세상 마지막 인사가 될지라도 사랑하였으므로 나는 진정 행복하였네라」(유치환, 〈행복〉 중에서)

동피랑 입구에 The 통영피자(055-645-5522)는 듬직한 총각(?)이 피자를 굽는 곳이다. 피자와 파스타, 과일 맥주를 파는데, 맛도 좋고, 인테리어도 재미있어 편하게 놀며 먹기 좋다. 통영의 명물 욕 카페 울라봉(055-649-3824)도 있다. 노약자, 임신부, 미성년자를 제외하고 호구조사를 통해 커피에 욕을 써준다. 커피 맛도 맛이지만 '욕' 맛에 들고 나는 이가 많은 인기 있는 곳이다.

찰나마저 유감스러운

스치는 달팽이 걸음걸음

|

#박경리 #토지 #경상남도 #하동군 #악양면 #평사리

작가소개

박경리는 1926년 경상남도 통영에서 태어나, 1955년 작가 김동리의 추천으로 월간 《현대문학》에 단편소설 〈계산〉을 발표하며 등단했다. 작가는 6·25전쟁을 겪으며 남편과 아들을 잃고, 먹고 살기 위해 글을 썼다고 했다. 그가 "나의 삶이 평탄했더라면 나는 문학을 하지 않았을 것입니다. 나의 삶이 불행하고 온전치 못했기 때문에 나는 글을 썼던 것입니다."라고 했던 이유다. 파란만장하고 굴곡진 삶은 50여 년간 《시장과 전장》, 《김약국의 딸들》, 《파시》 그리고 21권의 대하소설 《토지》 등에 문학적 뿌리가 됐다. 2008년 폐암으로 생을 마감했다.

작품소개

《토지》는 1897년 한가위로 시작해 1945년 8·15 광복에 이르기까지, 경상남도 하동의 평사리를 포함한 한반도와 중국, 일본 등지까지 격동의 한국 근현대사를 그린 대하소설이다. 만석꾼 최참판댁의 4대에 걸친 가족사를 중심으로 우리 민족의 굴곡진 삶과 역사를 다룬 한국 문학사의 기념비적인 작품으로 꼽힌다. 역사학자 강만길은 "역사보다 더 역사적인 소설"이라고도 했다. 《토지》에는 박경리의 상상력에 의존한 700여명의 등장인물이 원고지 3만 1,200장에서 살아 숨 쉰다. 작가는 1969년 8월 1부 집필을 시작해 1994년 8월까지, 25년이라는 긴 호흡 끝에 총 21권으로 이야기의 마침표를 찍었다. 총 5부에 걸친 이야기 중 1부는 경상남도 하동군 악양면 평사리를 무대로 펼쳐진다.

찰나마저 유감스러운

스치는 달팽이 걸음걸음

글·사진 유영미

어디쯤에서 나지막한 목소리가 들렸다. 「이보세요, 당신은 시간이 앞으로 나아간다는 걸 유감스러워하는 것 같아요.」(밀란 쿤데라, 소설《느림》중에서). 달리기 같은 시간은 언제나 유감이었다. 삶이란 하나의 바통을 건네주면 또 하나의 바통이 저 건너에 있는 무한 계주였다. 유난히도 퍽퍽하고 고단했던 어느 날, 찰나의 속도로 지나가는 모든 것이 힘겨웠다. 그럴 땐 잠시 멈추고 떠나야 했다. 달팽이의 느린 걸음에도 스치는 순간까지 기억할 수 있는 곳. 박경리가 오랜 걸음으로 25년에 걸쳐 담아낸 대하소설《토지》의 공간으로 들어갔다. 그 속에서 나만의 속도로 천천히 걷고 싶었다.

손끝에 스친 느낌으로

　평사리에는 박경리의 흔적이 거의 없다. 작가 인생의 시작과 마감은 통영이었고, 《토지》를 써 내려 간 장소는 원주였던 까닭이다. 그래서 평사리에는 그가 쓴 이야기만이 있을 뿐이다. 작가는 소설 《토지》 서문에서 "지도 한 장 들고 한번 찾아와 본 적이 없는 악양면 평사리"라고 말했다. 대하소설을 쓴 다른 작가들과 박경리의 가장 큰 차이가 바로 이것. 많은 대하소설 작가가 글을 쓰기 전 소설의 무대를 먼저 발로 취재했다. 조정래의 《태백산맥》, 김주영의 《객주》, 최명희의 《혼불》이 모두 그랬다. 아마도 원고지 1만 장 이상의 대장정을 생생하게 담기 위해서는 필수 코스였을 거다. 하지만 박경리의 생각은 조금 달랐다. "생생한 현장이 작가의 상상력을 저해하는 요소가 되는 것도 사실"이라며, 토지를 집필하는 동안 일부러 평사리를 답사하거나 취재하지 않았다고 했다.

　그는 소설 《토지》를 구상하던 시절, 딸의 탱화 자료 수집을 위해 쌍계사 일대를 여행하던 중, 우연히 악양을 지나며 평사리를 무대로 삼기로 했다. 훗날 그는 "평가리를 감싸 안은 지리산과 섬진강이 지닌 역사적 자취, 경상도 땅에선 좀처럼 보기 힘든 넓은 들녘이 구상중인 《토지》의 배경에 더없이 어울려 보였다"며 이유를 밝혔다. 그리고 치밀한 자료조사와 상상력으로 한국부터 일본, 만주 등 동아시아 곳곳의 땅에 700여 명의 인물을 심으며 《토지》를 일궈나갔다. 작가는 잠시 스쳐 가는 일꾼이라도 결코 소홀히 대하지 않고 생명을 불어넣었다. 각 등장인물이 파란만장했던 한국 근현대사 속에 저마다 존재했을 법한 인물로 생생하게 재현할 수 있었던 이유다.

우연히 평사리 땅으로부터 시작된 《토지》. 소설 속에서 50년 남짓 한국 근현대사가 지독하게 흘러갈 동안, 글을 써내려간 작가의 삶 또한 가혹했다. 그는 1부를 쓰던 당시 유방암 선고를 받았고 수술 후 붕대를 동여맨 상태에서 원고지를 채워나갔다. 이후에는 원주에서 외부와 철저히 단절하며 외롭게 토지를 써내려갔다. 수많은 등장인물, 광활한 공간, 풍부한 역사적 사건을 꿰맞춰 녹여내기 위해서 작가는 스스로 고립을 선택할 수밖에 없었다. 원고지의 네모 칸이 채워질수록 그의 삶도 《토지》의 속도에 맞춰 흘러갔다. 40대 중년에 첫 문장을 쓰기 시작해 머리가 희끗희끗한 60대 노년의 작가가 돼서야 비로소 마지막 문장을 적을 수 있었다.

> 외치고 외치며, 춤을 추고, 두 팔을 번쩍번쩍 쳐들며, 눈
> 물을 흘리다가는 소리 내어 웃고, 푸른 하늘에는 실구름
> 이 흐르고 있었다.
>
> 《토지》 중에서

1994년 8월 15일, 드디어 해방이 찾아왔다. 25년이 흐른 후였다. 그러나 아이러니하게도 작가는 이 순간을 이렇게 표현했다. "그때도 나는 해방감 성취감을 느끼지 못했다. 그냥 멍청히 앉아 있었다. 방향조차 잡을 수 없었고 막막했던 길 위에서, 폭풍이 몰고간 세월이 끔찍하여 그랬을까." (《토지》 서문 중에서) 아마 긴 세월 끝의 허망감이었을 것이다.

서러움, 그럼에도 불구하고 따스한

> 30여 년이 지난 뒤에 작품의 현장에서 나는 비로소 《토
> 지》를 실감했다. 서러움이었다. 세상에 태어나 삶을 잇
> 는 서러움이었다.
>
> 《토지》 서문 중에서

2001년에 최참판댁이 복원된 후 토지문학제를 찾은 박경리의 솔직한 감정이었다. 작가가 서러웠던 이유는 우리 역사 속에서 지리산이 가진 아픔 때문이었을 것. 그의 말에 따르면 지리산은 '사람들의 한과 슬픔을 함께 해왔으며, 핍박받고 가난하고 쫓기는 사람, 각기 사연을 안고 숨어드는 생명을 산은 넓은 품으로 싸안았고 동족상쟁으로 피 흐르던 곳'이었다. 《토지》 속에서 구천이가 별당

소설 《토지》 속으로 들어간 듯한 평사리 최참판댁

아씨와 숨어든 곳도, 동학당이 독립운동으로 죽어간 곳이 모두 지리산이었다. 지리산 자락이 길게 내려와 섬진강과 이어지고, 옆으로 들판이 펼쳐지는 곳 평사리, 그곳에서 박경리에게 서러움을 불러일으킨 공간, 최참판댁을 먼저 찾았다.

최참판댁에 들어서자 과거 속에 시간이 멈춘 듯했다. 박경리가 소설 《토지》를 원고지에 세웠다면, 하동에서는 2001년에 관광용으로 최참판댁을 재현했다. 《토지》의 실제 장소는 아니지만, 독자들이 실감 나게 소설 속으로 빨려 들어가기엔 충분한 공간이었다. 솟을대문을 지나자 우측 사랑채에서 최치수의 기침 소리가 들리는 듯했고, 그 장단에 맞춰 마당을 쓸고 있는 길상이와 다른 노비들이 떠올랐다. 별당채로 들어가니 연못을 내려다보며 어머니 생각에 울고 있는 서희와 이를 다독이는 봉순이가 보이는 것 같았다. 다시 안채를 지나 사당으로 가는 담장 앞에 섰다. 대나무숲 뒤로 해가 넘어가고 있었다. 반짝-. 노란빛 햇살이 눈 위로 사부작거렸다. 가을바람이 넘어가는 해를 포근하게 받치는 중이었다. 찬란했던 최참판댁 일가가 무

너져가는 장면이 떠올랐다. 긴 세월 동안 일생을 걸고 다시 평사리 땅을 찾기까지 서희의 삶은 굴곡지고 애달팠을 것이다. 분홍빛 노을을 따라 다시 사랑채로 내려와 대청마루에 올라섰다. 다시 찾은 평사리 들판을 내려다본 서희는 과연 행복했을까. 아니, 허무했을지도 모르겠다. 《토지》를 완성한 후의 박경리의 마음처럼. 그럼에도 들판이 전하는 금빛 수채화는 따스함으로 전해졌다. 「사람들은 익어가는 들판의 곡식에서 위안을 얻기도 한다.」《토지》중에서). 풍경은 바쁜 일상 속에 지친 마음에 밝은 조명을 켜주는 듯했다.

　《토지》속에서 작가가 그린 평사리는 어쩌면 서러움과 한(限)의 색채였는지도 모르겠다. 하지만 그와 무관하게 현실 속 평사리는 따스한 가을 햇살을 받아 넉넉함과 풍요로움으로 짙어져 가고 있었다.

서희와 길상이를 닮은 부부송

느린 음표로 그리는 감성화음

　빠르게 지나던 시간은 바람이 훑어간 듯 했다.《토지》속에서의 치열하고 폭풍 같았던 긴 세월과《토지》를 써 내려 간 박경리의 독한 시간이 끝난 후 찾아온 시간처럼 말이다.《토지》는 박경리의 삶 자체였고, 소설을 그대로 안고 있는 평사리는 그를 떠올리기에 충분했다. 고소산성에서 바라본 끝없이 펼쳐진 네모 반듯한 논은 원고지와 닮아 있었다. 익어가는 가을, 농부들은 그들만의 속도로 네모난 무덤이들에 생명을 잇고 있었다. 작가가 온 힘을 다해 3만 여 장 원고지 위에 대하소설《토지》를 차곡차곡 채운 것처럼.

　최참판댁으로 내려와 주막 옆, 소설《토지》의 주 무대가 된 '토

고소산성에서 바라본 평사리 들판

토지길에서 만난 정겨운 풍경들

지길 1코스'의 시작점에 발을 올렸다. 박경리가 25년간 치열하게 달려온 외길이 펼쳐지는 듯했다. 그 어떤 작품보다 긴 호흡으로 지탱했을 터였다. 그가 지나온 삶은 닮은 길을 누구보다도 천천히 걸었다. 뜨거웠던 지난여름을 보내며 달게 여문 대봉감들이 푸른 하늘 위에 별처럼 반짝였다. 과거 실제 하동의 만석꾼 집안이었다는 조 씨 고가를 거쳐 평사리 들판으로 향했다. 섬진강을 돌아 나온 가을바람이 무거워진 벼 이삭을 가만가만 흔들었다. 황금빛을 가득 머금은 따뜻한 바람은 여행자의 짙은 마음을 토닥토닥 위로하고 있었다. 토지길에는 느림의 발자국이 풋풋하게 내려앉고 있었다. 달팽이가 걸음을 옮기듯 두 발이 스치는 모든 순간을 기억하기 위해 최대한 느릿느릿 걸어나갔다. 자박자박…… 하동 땅은 느린 울림을 퍼뜨리고 있었다. 《토지》를 사랑하고 느림을 추구하는 이들의 발걸음이 '진짜' 토지와 맞닿아 만들어낸 감성의 소리였다.

하동에는 소설 《토지》의 공간이 넓게 펼쳐져 있다. 시작은 고소산성에 오르는 것을 권한다. 고소산성은 지리산과 섬진강, 무딤이 들판을 한눈에 내려다볼 수 있는 최고의 전망대다. 최참판댁(매표소 055-880-2960)은 하동군에서 관광 목적으로 소설을 재현한 공간이며, 드라마 〈토지〉의 세트장과 박경리문학관(09:00~18:00, 최참판댁 매표소 문의)까지 함께 둘러볼 수 있다. 문학관 앞 작가의 동상이 인상적이다. 유고시집 《버리고 갈 것만 남아서 참 홀가분하다》 위에 선 박경리는 평사리 들판을 내려다보고 있다. 그의 시선으로 평사리를 내려다보면 작가가 왜 소설의 배경으로 그 공간을 선택했는지 느낄 수 있다. 문학관 내에는 작가가 생전에 말한 삼대 보물 중 국어사전과 재봉틀이 전시돼 있으며, 《토지》의 육필원고 및 연재본이 다양하게 자리하고 있다. 소설을 좀 더 다채롭게 느끼려면 '토지길'을 걸어보자. 토지길은 1코스부터 3코스까지 있다. 토지길을 걷다 만나는 조 씨 고가는 박경리가 소설 속 최참판댁의 모델로 썼다는 말도 전해지지만, 인터뷰에 따르면 작가는 《토지》를 집필하고 나서야 하동에 조 씨 고가가 실제로 있다는 사실을 독자에게 전해 들었다고 한다. 이외에도 섬진강과 지리산 일대는 소설 속 배경으로 자주 묘사되는데, 토지길을 걷는 동안 지리산 자락과 섬진강은 길벗이 되어준다.

다른 작품을 엿보다

박경리는 평사리를 다녀간 뒤 「《토지》에 나오는 인물 같은 평사리마을의 할아버지, 할머니, 아주머니, 그리고 아저씨들의 소박하고 따뜻한 인간의 향기뿐 아무 것도 없다.」(《토지》 서문 중에서)고 했다. 작가가 느낀 시선처럼 평사리의 소박한 일상을 느껴보고 싶다면 악양 면장이자 작가인 조문환의 《평사리 일기》를 펼쳐보자. 토지길을 거닐며 만났던 풍경과 주민들이 따뜻한 시선으로 그린 책이다. 시인 최영욱은 《평사리 봄밤》에서 「신이 게으름 피운다는 윤이월 봄밤에 / 평사리가 참 쓸쓸하다.」고 쓰기도 했다. 가을의 평사리는 그저 넉넉할 뿐인데, 봄밤에 평사리는 과연 쓸쓸한 모습일지 궁금해진다.

여행을 맛보다

최참판댁 입구에 식당이 즐비해 쉽게 먹거리를 찾을 수 있다. 최참판댁 순두부 (055-882-3535)에서는 입맛에 따라 다양한 순두부찌개를 맛볼 수 있다. 주인이 직접 만든 고소한 순두부와 국내산 재료로만 정갈하게 맛을 낸 나물 반찬은 한 끼 식사로 든든하다. 식사 후에는 요거프레소 하동 평사리점(055-883-5608)에서 커피 한 잔의 여유를 즐기는 건 어떨까. 야외 테라스의 테이블에 앉으면 따사로운 햇살 아래 평사리의 무딤이들과 부부송이 한 폭의 그림으로 다가온다.

허상과 실상이 버무려진 이곳

내 세상이 궁금해?
네 세상을 말해줘

—

#박솔뫼 #머리부터_천천히 #부산광역시 #중구 #중앙동 #광복동

작가소개

박솔뫼는 1985년 광주에서 태어났다. 한국예술종합학교 시절 소설가 김영하의 강의를 들은 후 본격적으로 글을 써야겠다는 생각을 가지게 되었다. 2009년 자음과 모음 신인문학상에 《을》이 당선되어 작품 활동을 시작했다. 소설집 《그럼 무얼 부르지》, 장편소설 《을》, 《백 행을 쓰고 싶다》, 《도시의 시간》, 단편소설 〈누가〉, 〈겨울의 눈빛〉 등을 펴냈다. 기존의 익숙한 문학적 서술방식들을 과감하게 무너뜨리거나 변주하며, 새로운 문학코드를 설득력 있게 창조해냈다는 평가를 받고 있다. 문지문학상, 김승옥문학상, 이효석문학상, 문학동네 젊은작가상 등을 받았다.

작품소개

《머리부터 천천히》는 2016년에 발표된 박솔뫼의 네 번째 장편소설이다. 작가는 나, 병준, 우경의 이야기를 총 8개의 부분으로 나눠 현실 세계와 비현실 세계를 모호하게 구분하면서 작품을 이끈다. 익숙하지 않은 근육을 쓸 때 불편함을 느끼듯이 《머리부터 천천히》를 처음 접할 때 비슷한 감정을 느낄 수 있다. 「하지만 내 전체는 그보다 더 단단하게 뭉쳐져 한길을 가고 있었다.」《머리부터 천천히》 중에서) 라고 그녀가 말하듯 작가 특유의 웅얼거림의 바다 속에 깊이 빠지면 빠질수록 그녀의 말을 오롯이 건져 올릴 수 있다.

허상과 실상이 버무려진 이곳

내 세상이 궁금해? 네 세상을 말해줘

글·사진 여미현

부산스럽다. 부산스럽게 주위를 맴돈다. 박솔뫼의 《머리부터 천천히》는 반복되고 마침표 없는 문장으로 부산하다. 왁자지껄하고 경쾌한 느낌이 나는 부산(釜山)스럽다. '병준'과 '우경'이 맴돌았던 부산 그리고 부산함이 무엇인지 궁금해졌다. 그곳에 가면 병준과 우경이 '나'에게 하고픈 말을 들을 수 있을까. 귤껍질을 태운 어느 날 아침, 부산이 그리는 세상을 찾아 떠난다. 스프링보드에 서서 크게 심호흡한 후 머리부터 천천히 물속으로 풍덩 빠져본다.

지도 속 그곳을 찾아

　부유한다. 글을 쓰는 '나'도, 큰 사고를 당해 중환자실에 누워 있는 '병준'도, 5년 전에 헤어진 병준의 옛 애인 '우경'도 꿈인지 현실인지 알 수 없는 시간과 공간에서 부유한다.

　혼수상태에 빠졌다가 깨어나기를 반복하는 아버지는 소설가인 나를 보며 속리산에서 빨래를 하는 할머니 이야기를 소설로 써야 한다고 말한다. 어쩌다 깨어 있을 때만, 정신이 갑자기 들 때만 얘기하는 아버지. 침대 같은 소파에 눕듯이 앉아 있는 아버지는 중환자실 여기저기에 끊임없이 할머니 이야기를 뿌린다. 비 오듯 쏟아진 아버지의 이야기를 쫓아 여기저기를 헤매는 나. 이미 할아버지가 돼버린 아버지가 주절주절 말하는 할머니는 정말 속리산에 살고 있을까. 결국, 나는 소설을 쓰지 못했고, 그해 여름은 그렇게 지나갔다.

> 내가 언제나 듣고 싶은 이야기는 어떻게 그해 여름이 지나갔느냐 하는 것인데 이건 내가 듣고 싶은 이야기이지만 내가 하고 싶은 이야기이기도 하고 그해 여름은 매해 여름으로 나는 늘 여름이 어떻게 지나갔는가 하는 것을 집중해서 떠올린다.
>
> 《머리부터 천천히》 중에서

용두산 공원에서 바라본 중구 모습

어쩌면 나는 꼭 소설을 쓰고 싶었던 건 아니었을 지도 모른다. 중환자실에 누워 있는 아버지의 말을 따라 아버지의 꿈인지 현실인지 모를 그곳을 쫓아다녔을 뿐일지도. 그리고 여기, 여름에, 중환자실에 누워 있는 병준과 그를 지켜보는 우경.

우경은 「혼수상태에 빠진 환자들이 어디를 헤매는지 지도로 확인시켜 준다는 것을」(《머리부터 천천히》중에서) 중환자실에 와서야 알게 된다. 그리고 찾게 되는 병준의 지도.

> 중환자실 뒤쪽 벽에는 지도가 붙어 있었다. 지도에는 환자들의 이름이 씌어져 있었다. 지도에서 병준의 이름은 두 군데였다. 앞으로는 어떻게 될지 모르겠지만 아직까지는 오키나와 부산 그 두 군데였다.
>
> 《머리부터 천천히》중에서

병준은 중환자실에서 자신의 과거를 비현실적으로 체험한다. 하지만 병준이 가고자 하는 곳은 지도에 명확하게 표시되어 있다. 소설가인 나도, 병준도 마음 속 지도 하나는 가지고 있는 것이다. 그리고 알고 있다. 비록 주변을 기웃기웃 두리번거리더라도 결국 도달하게 되는 그곳이 단정하지 않은 주절거림 속에 숨겨져 있다는 것을.

휘적휘적 헤매다 도착한 장소

　시인지 소설인지 알 수 없는 무언가를 쓰던 병준은 여름의 부산 거리를 걷다가 그곳에서 도미, 전구, 의자, 물고기, 단발머리 여자애를 만나 자신의 이야기를 나눈다. 몽유병 환자처럼 잠꼬대하듯 웅얼거린다. 사물과의 대화, 물고기와의 대화가 조금 어색할 뿐 자연스럽게 흘러간다. 병준의 말소리는 날개를 달아 우경에게 살포시 날아든다. 그리고 병준에게 중요한 일 중 하나. 병준은 도미를 소중하게 가방에 넣는다. 우경과 함께. 도미의 머리부터 천천히.

　우경은 병준이 헤맨 도시, 부산이 궁금해졌다. 그 동네, 그 골목, 그 길까지.

부산한 국제시장 거리

우경은 주말에 시간을 내 병준의 이름이 적힌 지도 위
장소 중 부산의 작은 동네부터 찾아가 보기로 한다. 병
준은 우경을 걸어가게 하고 있었다. 좀 더 먼 곳으로. 그
먼 곳은 전적으로 거리에 의한 것은 아니었다. 이어지는
길들을 걸었다. 보이는 모든 골목에 들어갔다. 우경은 스
스로가 정말 무얼 하고 있는지도 모르겠지만 계속해서
걷는 것에 아무런 의심이 없었다.

《머리부터 천천히》중에서

그곳이 꿈속이든, 현실속이든 세 사람에게는 중요해 보이지 않
는다. 단지 어떤 시간, 어떤 공간에서 말할 수 있다는 사실에 만족
할지도 모른다. 어쩌면 부산이 아니어도 괜찮을지도. 어쩌면 꼭 부
산이어야 할지도.

말하고 싶은 것을 말할 때까지

주절거린다. 말을 던진다. 단정하지 않은 말을 계속 던진다.

아버지는 정말 아버지일까요? 이 사람이 십몇 년 전에
어떤 여자와 아버지가 될 만한 일을 하고 어떤 여자는
나를 낳고 그리고 나는 시간이 흘러 이 자리에 앉아 그

남자를 깨우고 있는 걸까요?, 너는 모르지 병준. 다른 시
간이 찾아올 거야. 너는 몇 년 후 크게 다치게 되고 나는
그때 너를 지금처럼 그저 내려다만 보다 집으로 돌아오
게 되는데 그런 게 미래라면 미래는 정말 지겹지? 아니,
아닌가? 너는 언제나 모든 것을 맛보고 싶어했지?

《머리부터 천천히》 중에서

그리고 반복한다. 스스로의 존재를 확인하려고 끝없이 말을 이
어간다.

그치지 않는다. 내가 누구인지, 어느 곳으로 가려하는지 너에게
알릴 수 있는 단 하나의 방법이 말하는 것인 양. 「이상한 말을 마구
함으로써 이상한 말을 보호하고」(《머리부터 천천히》 중에서) 싶은
것일지도 모른다.

나는 누구이며 어디를 향해 가는가. 박솔뫼는 소설 속 세 명에
게, 주변 사물에게 끊임없이 말을 걸어 또는 말을 하게 하면서 지
금 우리의 삶을, 나의 삶을 돌아보게 한다. 말의 길을 따라가다 보
면 방향을 잃기도, 엉뚱한 곳으로 빠지기도 하지만 일상에 쫓겨 이
러한 고민조차 하지 않는 사람이 많을 테니까. 물 흐르듯 흘러가다
보니 어느 새 물 밖으로 나와 버린 물고기처럼, 말을 따라 흘러가
다 보니 어느 새 말 밖으로 나와 버린 그녀의 말을 찾으라는 듯이.

작가는 《머리부터 천천히》에서 이렇게 종잡을 수 없는 수많은
질문을 당연하고 담담하게 말한다. 마치 오늘 일어난 일처럼. 부산
스럽게 이곳 부산에서.

문학을 거닐다

부산역에 내리면 걸어서 10분 거리에 부산여객터미널이 있고, 소설 속 배경이 된 중앙동과 광복동까지도 가까운 거리에 있다. 병준이 가고 싶어 했던 오키나와의 국제거리는 부산여객터미널에서 출발할 수 있고, 국제시장은 부산역에서 버스나 지하철로 서너 정거장 안에 있다. 중앙동에는 우경이 쉬었던 것과 같은 카페도 많지만, 놓칠 수 없는 장소는 역시 40계단이다. 한국전쟁 당시 피난 중 헤어진 가족들의 상봉 장소로 여겼던 애틋함이 묻어 있는 이곳은 여러 영화의 촬영지로 유명세를 떨치기도 했다. 부산 시내를 전망하려면 용두산공원에 올라보자. 사방이 탁 트인 공간에서 부산 시내를 파노라마처럼 한눈에 담을 수 있다.

다른 작품을 엿보다

박완서는 남편과 자식을 잃은 후 겪은 상처의 기록을 《한 말씀만 하소서》에서 남겼다. 부산의 분도수녀원(현재 올리베따노 성 베네딕도 수녀원)에 머물면서 당시의 힘들었던 심정을 일기로 남겼고, 훗날 작품집으로 출간했다. 분도수녀원 안의 소박하고 소담스러운 산책로를 걸으며 삶의 고통을 덜어내고 생에 대한 의지를 조금씩 가졌으리라. 극한의 고통을 감내하고 이겨낸 작가의 의지가 이 길 어딘가에 녹아 있을지도 모르겠다. 소설 속 산책로는 가을 풍경이지만, 어느 계절에 찾아가도 어딘지 모르게 쓸쓸하다.

여행을 맛보다

광복동 먹자골목과 남포동 비프광장(BIFF광장)에는 눈요기뿐만 아니라 간단한 요깃거리가 넘쳐난다. 뜨거운 물로 당면을 데쳐낸 후 플라스틱 그릇에 붓고, 그 위에 몇 가지 고명과 양념을 얹은 비빔당면. 다닥다닥 붙은 간이의자에 앉아서 먹는 비빔당면에서는 싱싱한 바다 냄새와 부산 특유의 투박함이 느껴진다. 어떤 의자에 앉아 먹어도 맛은 비슷하다.

씨앗 속에 파묻힌 호떡도 부산에서 즐기는 별미이다. 투명한 바닷물 같은 기름에 바로 튀겨서 갖가지 씨앗을 쏙쏙 넣어주는 씨앗호떡을 입에 물고 낯선 거리를 배회해도 좋다.

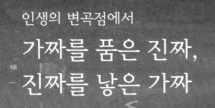

인생의 변곡점에서

가짜를 품은 진짜,
진짜를 낳은 가짜
|

#천운영 #눈보라콘 #부산광역시 #영도구 #신선동

작가소개

천운영은 1971년 서울에서 태어났다. 2000년《동아일보》신춘문예에 단편소설〈바늘〉이 당선되어 작품 활동을 시작했다. 소설집《바늘》,《명랑》,《그녀의 눈물 사용법》등과 장편소설《잘 가라, 서커스》,《생강》등을 발표했다. 인간의 몸과 욕망의 문제에 관심을 가지고, 자신의 욕망에 따라 정체성을 찾아가는 과정을 그려냈다. 작가의 소설에는 독특한 직업이나 지역이 등장하는데, 이를 바탕으로 특유의 간결한 문체와 극단적인 묘사를 표현한 작품이 많다.

작품소개

〈눈보라콘〉은 2001년에 발행된《바늘》에 실린 단편소설이다. 1970년대의 영도구 신선동을 배경으로 아버지를 일찍 여의고 어머니와 생활하는 한 소년의 성장 이야기다. 사회적 성장 과정을 소년의 성장 과정에 투시해 욕망과 행복이라는 근원적 질문을 던진다. 우리가 아는 '실제'와 '허상'의 개념을 곱씹게 하는 작품이다.

가짜를 품은 진짜, 진짜를 낳은 가짜

글·사진 여미현

뱃고동에 올라탄 비릿한 바다 냄새. 남항동 영도다리를 지나 신선동으로 들어선다. 신선이 살았다는 동네는 오르고 올라도 쉽게 정상을 내보이지 않는다. 중복도로를 끼고 왼쪽으로 돌면 오른편으로 바다가 보이고, 산복도로를 타고 다시 오른쪽으로 돌면 왼편으로 바다가 보인다. 바다로 둘러싸인 콘크리트 섬과 같은 동네, 신선동. 천운영의 〈눈보라콘〉 속 용수가 콘크리트 담 위에 올라앉아 눈보라콘을 핥으며 하염없이 바라본 것은 이 바다였을까, 바다가 품은 어머니였을까 아니면 그 자신이었을까. 다닥다닥 붙어 있는 집 사이 옹색한 골목으로 사뿐사뿐 내려선다.

사각사각 녹꽃을 흩날리며

　어머니가 온다. 보드라운 손을 안고 다가온다. 망치를 들고 선박의 녹을 제거하는 거친 일을 하는 어머니. 보조이발사였던 아버지가 일찍 세상을 떠났지만, 그래도 함박눈이 내리는 듯 나긋나긋한 목소리를 품고 있는 어머니.

　　얼음도 그렇지 않니? 막 내린 눈과 사람이 밟아 단단해진 눈을 치우는 건 다르거든. 녹꽃은 살짝 긁어내야 하는 거야, 성긴 눈처럼. 끌로 끌어내면 사박사박 눈 밟는 소리가 나. 파도가 만든 녹덩이는 얼음을 가르듯 일격에 금을 내야 해. 무조건 두들겨 팬다고 되는 게 아니거든. 차가운 것일수록 더 세심한 배려가 필요한 법이란다.

　　　　　　　　　　　　　　　　　　　　　〈눈보라콘〉 중에서

　어머니의 목소리에서, 녹을 다루는 손길에서 용수는 눈보라콘을 떠올린다. 어머니의 목소리와 손은 눈보라콘의 부드러운 속살 같다.

　　원뿔 모양의 콘을 두 손으로 꼭 쥐었다가 껍질을 벗기고 맨 위 땅콩 한알을 이빨로 조심스럽게 들어낸 다음 아이스크림을 먹는다. 눈보라콘은 내게 부라보콘의 달콤함과 하얗게 휘몰아치는 눈보라를 동시에 맛보게 해준다.

그리고 어머니의 녹꽃 긁는 소리도 듣는다. 사박사박.

〈눈보라콘〉 중에서

용수는 눈을 감는다. 녹꽃 긁는 소리가 들린다. 눈을 뜬다. 달린다. 좁은 골목을 내달린다. 눈보라콘을 닮은 어머니를 찾는다.

1 신선초등학교에서 바라본 영도 바다
2 녹꽃이 떨어지는 배

덜컹덜컹……, 흔들흔들……

영도다리를 건너 광복동 복잡한 거리에 용수와 하봉이 나타난다. 힐끗 쳐다본다. 앞머리가 벗겨진 늙은 운전사는 두 녀석의 표적이 된다. 하봉이 슬쩍 다리를 들이민다. 끼이익……. 천 원짜리 지폐 몇 장을 들고 문방구로 향한다. 가짜 환자, 가짜 나이키 상표, 가짜 부라보콘, 영도다리를 떠받치는 커다란 담치 그리고 거짓말.

> 눈보라콘 속에는 부라보콘을 향한 욕망과 열망이 들어 있
> 다. 눈보라콘도 나처럼 부라보콘을 숭배하고 있는 것이다.
> 눈보라콘이 부라보콘의 대용물밖에 될 수 없겠지만 그래
> 도 눈보라콘에는 다른 가짜들과는 구분되는 무언가가 분
> 명히 존재한다. 나는 눈보라콘에게 동지애까지 느낀다.
>
> 〈눈보라콘〉 중에서

부라보콘을 살 돈이 충분하지만 용수는 눈보라콘을 산다. 부라보콘을 대신할 뿐, 눈보라콘은 부라보콘이 아님을 알지만 용수의 행복은 어쩌면 눈보라콘 속에 있다. 그리고 그 눈보라콘으로 용수를 유혹하는 점집 가시나, 그 소녀. 콘크리트 담 위에서 점쟁이 어머니를 기다리는 소녀는 녹은 부라보콘을 한입 베어 물고 한참 동안 바다를 바라본다. 소녀의 입가로, 손등으로, 팔뚝으로 흘러내리는 아이스크림. 용수가 소녀의 부라보콘에 탐닉할수록 헤어 나올 수 없는 깊은 늪으로 빠져든다.

손가락 한마디쯤 되는 부라보콘 뿔을 입에 넣는 순간 정신의 한 부분이 내 몸을 이탈해 무한한 공간 속으로 빨려가는 것 같다. 그러면서도 한편으로는 어머니의 젖꼭지를 물고 있는 듯 편안해지기도 하는 것이다. 아쉬우면서도 만족스러운 마지막 한입, 그 허망하면서도 풍만한 달콤함. 별안간 사타구니가 뜨뜻해져온다. 팬티가 축축하다.

〈눈보라콘〉 중에서

신선동 모습

산복도로

챙……챙……챙……

　용수를 현실로 이끈 심벌즈 소리. 그것은 어머니의 울음소리였고, 비뚤어지려는 용수를 다잡기 위해 '진짜' 아빠를 만들어주고 싶은 어머니의 마음소리였고, 소년의 욕망을 깨우는 찬 바람소리였다. 또한, 가짜 세상에서 진짜 세상으로 한뼘한뼘 나아가는, 소년 시절과 작별을 고하는 용수 내면의 묵직한 울림이었다.

영도대교(영도다리)

약간만 가짜면 가짜가 아닌 진짜라고 생각한 용수. 복천사 늙은 중에게 몸 보시를 하면 집 나간 아부지가 돌아온다는 거짓말을 믿는 하봉. 가짜가 지배한 진짜 세상. 그러나 우리가 놓친 한 가지.

　　　"니 가짜 휘발유에 젤 많이 들어간 게 뭔지 아나?"

　　　"물 아이가?"

　　　"그라믄 어떻게 차가 가겠노? 그랬다가는 당장 들통나
　　　뿌는데. 그 속에 젤로 많이 들어 있는 거는 진짜 휘발유
　　　다. 무슨 얘긴 줄 알겠나?

　　　　　　　　　　　　　　　　〈눈보라콘〉 중에서

　　눈보라콘을 부라보콘보다 좋아하던 용수도, 영도다리를 거대한 담치가 떠받치고 있다고 생각한 하봉도, 부라보콘인 줄 알았으나 사실은 눈보라콘을 먹던 점집 소녀도, 이젠 알 것이다. 영도다리를 지탱하고 있는 것이 검은 담치 등이 아닌 회색빛 콘크리트라는 것을. 가짜와 진짜 속에서 우리는 성장했다는 것을. 다리인 듯 다리가 아닌 듯, 영도다리는 그렇게 열리고 닫히기를 반복한다.

신선동은 부산 영도구에 있는 마을로, 봉래산이 병풍처럼 동네를 에워싼다. 작가가 〈눈보라콘〉 속에서 묘사했듯이 「잔교를 건너 남항동 철공단지를 나와 신선초등학교 높은 담을 따라 지금 집으로 오고 있다. 낡은 차들이 검은 연기를 쿨럭이며 겨우 올라오는 가파른 길」이 즐비한 언덕마을이다. 용수가 광복동으로 가기 위해 건너간 영도다리(현재는 영도대교)는 중구와 영도구를 연결하는 다리로, 하루에 한번 개폐하는 도개식 교량이다. 영도대교 이음새 부분에 서면 주변 차량의 덜컹거림으로 심하게 요동치는 다리의 흔들림을 느낄 수 있다. 흔들리던 용수의 어린 시절처럼.

서정인은 중편소설 〈물결이 높던 날〉에서 폭풍을 맞은 송도 바다를 묘사한다. 산업화 시기의 부산은 때때로 혁명의 도시로 묘사되기도 하는데, 서정인은 4·19 혁명의 열정과 순수함을 송도 바다의 폭풍 앞에 서 있는 상황으로 묘사했다. 박솔뫼의 《머리부터 천천히》는 복잡하고 분주한 광복동 거리를 할 말 많은 작가의 필체로 그려냈다. 《머리부터 천천히》에 등장한 중앙동, 국제시장, 광복동 거리는 〈눈보라콘〉 속 용수가 친구 하봉과 쏘다니던 그 골목이다.

영도와 남항동 일대에는 곳곳에 재래시장이 있는데, 남항시장은 규모가 큰 편이다. 이곳에서는 돼지국밥, 옛날 통닭, 밀면, 부산어묵 등 향토색 짙은 음식을 골고루 맛볼 수 있다. 남항동 공장지대 근처로 들어서면 오래된 청도식당(051-412-8190)이 있다. 공장 노동자들의 주린 배를 든든하게 채워주는 이 작은 식당은, 점심시간에 맞춰가야 메뉴판 없는 가정식 백반을 먹을 수 있다. 혹 끼니때를 놓친 사람이라면, 슬쩍 라면 한 그릇을 부탁해도 좋다. 부산 아지메 특유의 무뚝뚝함과 투덜거림 너머로 받아든 김이 모락모락 피어오른 라면은 별미이다. 매서운 바닷바람도 이겨낼 만큼 따뜻한 한 끼이다.

삐걱거리며 흘러간

낡은 공간 안,
옹이 같은 시간

#채만식 #탁류 #전라북도 #군산시

작가소개

채만식은 1902년 전라북도 옥구군 임피면 축산리 계남마을에서 태어나, 1950년 6월 폐결핵으로 생을 마감했다. 집필활동을 한 27여 년 동안 70여 편의 단편소설과 15편의 중·장편소설을 발표했으며 〈치숙〉, 〈레디메이드 인생〉, 《태평천하》, 《탁류》 같은 작품들을 남겼다. 주로 특유의 풍자와 걸걸한 비웃음으로 당대의 울분과 부조리를 고발했는데, 그의 신랄한 풍자는 《탁류》에서 정점을 이룬다. 금강하굿둑에 그를 기리는 문학관이 조성돼 있고, 고향인 계남마을에 묘지와 집필가옥이 있다.

작품소개

《탁류》는 1937년 12월부터 1938년 5월까지 《조선일보》에 연재한 장편소설이다. 일제강점기 군산을 배경으로, 미두장에 빌붙어 살아가는 정주사의 몰락과 그의 딸 초봉의 기구한 삶을 그리고 있다. 표면적으로는 여성 중심으로 진행되는 이야기지만, 일제강점기 민중이 겪었던 생존의 문제와 정신의 황폐화를 집중 조명했다. 입심이 좋고 상황 묘사가 구체적인데다, 사투리 또한 질편하게 구사해 일제강점기 국내 문단을 빛낸 수작으로 평가받는다.

삐걱거리며 흘러간

낡은 공간 안, 옹이 같은 시간

글·사진 이시목

습관처럼 눈을 비벼도 풍경은 쉬이 선명해지지 않았다. 오히려 조금씩 더 몽롱해지는 느낌, 탁류였다. 부여에서 흘러온 맑은 백마 강이 군산의 바다와 뒤섞이며 탁해지는 자리, 금강 하구. 그 맑지 않은 강가에선 가끔 기차 지나는 소리가 들렸고, 철새들 떼 지어 나는 소리 들렸다. 문득, 정지된 듯 흐른 시간의 파편들이 궁금해졌 다. 그래서 찾은 길 끝이 《탁류》의 무대 군산이다. 무겁고 칙칙한 그 공간 안에는 '몹시도 삐걱거리며 흘러간' 군산의 근대가 옹이처 럼 박혀 있었다.

생각해보니 이 도시는 늘 무채색이었다. 빛바랜 흑백 사진처럼 펼쳐놓은 풍경이 하나같이 낡아, 걸을 때마다 잠든 시간 속을 걷는 듯했다. 길도 낡았고 선착장도 낡았고, 심지어는 가옥마저 낡아 도무지 현재의 도시라고는 느낄 수 없었던. 기억 속의 군산은 그렇게 낡아 형편없었다. 하지만 어느 도시엔들 상처란 게 없겠나. 군산은 지워내기 힘든 역사의 그늘을 가진 땅이다. 행복한 시간이 희박했을 근대라는 시간을 고스란히 견뎌낸 땅이다. 군산은 그 아린 시간 속을 거칠게 흘러와 지금이란 시간 안에 놓였다. 채만식의 소설《탁류》또한 그 지점에 놓인다. 아파 더 마음 쓰이는 '옹이 같은' 시간, 그 낡은 공간 안에.

거칠어 더 아픈 삶

　문학관에서도 마음은 크게 변하지 않았다. 그도 그럴 것이, 채만식의 치열한 삶의 여정을 시대에 맞춰 소개하고 있는 채만식문학관에서 만난 그의 삶은 꽤나 아렸다. 동경 유학을 보낼 정도로 부유했던 집안이 급격하게 기운 후, 그의 삶은 뼈저린 가난의 연속이었다고 한다. 머리맡에 원고지를 잔뜩 쌓아놓고 글을 써보는 것이 소원이었을 정도로. 그렇다고 그가 '지지리 궁상'의 모습일 거라고는 단정 짓지 마시라. 액자 속의 그는 가난했지만 품위를 잃지 않은 '불란서 백작'의 모습으로 웃고 있었다. 하지만 어쩐지 해사하게 웃는 그 모습이 더 슬펐다. 그의 육필이 담긴 원고지를 보는 순간 밀려드는 저릿함이란. 그렇게 소설《탁류》를 지배하는 풍자적인 표현기법은 그의 삶 또한 거칠게 덧칠해 보는 이의 감성을 건드리며 지났다.

> 금강(錦江)……. 이 강은 지도를 펴놓고 앉아 가만히 들여다보노라면, 물줄기가 중동께서 남북으로 납작하니 째져 가지고는 그것이 아주 재미있게 벌어져 있음을 알 수 있다. (중략) 이렇게 에두르고 휘돌아 멀리 흘러온 물이, 마침내 황해 바다에다가 깨어진 꿈이고 무엇이고 탁류째 얼려 좌르르 쏟아져 버리면서 강은 다하고, 남쪽 언덕으로 대처(大處=市街地) 하나가 올라앉았다. 이것이 군산이라는 항구요, 이야기는 예서부터 실마리가 풀린다.
>
> 《탁류》중에서

《탁류》의 처음을 여는 금강을 보기 위해 문학관 2층의 야외 테라스로 갔다. 콩나물고개를 상징하는 둔뱀이 오솔길을 비롯해 기찻길 등 근대의 시간을 형상화한 광장 저편으로 유장한 금강의 물줄기가 보였다. 금강을 훑어 지나온 바람이 갈대를 건드렸는지 '사사삭~' 누에 뽕잎 갉아먹는 소리가 들리는가 싶더니, 삽시간에 가창오리 떼 지어 솟구쳐 주위가 왁자했다.

탁류가 휩쓸고 간 시절

일제강점기 수탈의 중심 기지였던 내항 부근의 군산 시가지도 찾았다. 채만식이 어린 시절부터 보아 왔던 군산의 풍경이 그대로 녹아 있는《탁류》의 무대다. 그곳엔 변한 듯 여전한 모습으로 존재하는 1930년대가 있었다. 죽자고 해도 죽을 수 없고 살자고 해도 살 수 없는 당시 민중들 삶의 흔적이 가득한 풍경이다. 그 풍경 속에선 가난과 싸움, 투기, 간통, 흉계, 횡령, 탐욕, 추행, 살인으로 짓밟힌 여인 초봉의 삶도 적나라하게 읽혔다.

째보선창부터 찾았다. 째보선창은 백마강과 금강이 합수되며 바다로 흘러드는 길목에 자리 잡은 포구로, Y자로 째져 있어 붙은 이름(지금은 복개됨)이다. 군청 서기직에서 쫓겨난 정주사가 서천 땅을 처분하고 똑딱선을 타고 군산으로 건너온 곳이기도 하고, 미두장에서 돈을 탕진한 뒤 자살을 기도하는 곳이기도 한데, 지금은 금강하굿둑 완공 이후 토사가 쌓여 선창의 구실을 잃었다. 다만 '째보선창길'이란 도로표지판과 미처 떠나지 못한 어구 판매점들, 빨간 색칠을 한 동암등대만 '홀로 살아남은 것'처럼 동그마니 남아 당시의 흔적을 더듬게 한다. 그렇게 아린 선창의 한쪽으로는 '채만 식문학비'도 서 있다.

째보선창 가까운 곳에는 초봉이의 남편 고태수가 다니며 돈을 유용했던 것으로 추정되는 조선은행 건물도 있다. 해방 후 한때는 나이트클럽이 들어서기도 했는데, 오랜 시간 방치되다 현재는 문화재보수공사를 거쳐 근대건축관으로 변모했다. 정주사가 빈털터리가 됐던 미두장(쌀 선물 거래소) 거리도 놓칠 수 없는 중요한 소설 속 무대다. 당시 군산의 심장부였던 미두장엔 전국 별별 족속들이 다 들끓었다고 하는데, 정주사 또한 이곳에서 돈을 잃고 봉변을 당했다. 읽고 또 읽어도 판소리 사설 같은 능청스러운 표현이 인상적인 구절이다.

> 미두장 앞에서 일어난 싸움이란 빤히 속을 알조다. 그런 싸움은 하루에도 으레 한 두 패씩은 얼려 붙는다. 소위 '총을 놓는다'는 것인데 밑천 없이 안면만 여겨 돈을 걸지 않고 '하바'를 하다가 지고서 돈을 못 내게 되면 그래 내라거니 없다느니 하느라고 시비가 되어 툭탁 치고 받고 한다. 촌이라면 앞뒷집 수탉끼리 암컷 샘에 후두둑 후두둑 하는 닭싸움만큼이나 예삿일이다.
>
> 《탁류》 중에서

1 쓸쓸함이 감도는 째보선창
2 홀로 살아남은 듯 외로운 동암등대

멈춘 듯 흐르는 시간의 풍경

때로 시간은 멈춘 듯 흘러 풍경을 이룬다. 멎은 듯 보여도 흘러 가는 '사람의 시간.' 금강은 그 느린 시간 안에서도 줄기차게 흘렀다.

돌이켜보면, 그저 무난하게 흐른 시간이란 없었다. 사람의 시간이건 강의 시간이건 삐걱거리며 덜컹거리며 흐르기는 마찬가지다. 특히 번성과 쇠락이 반복되는 '사람의 시간' 안에서는 더했다. 상처 아물어 옹이진 자리, 그 굴곡의 공간에도 시간은 흘러 어느새 새로운 이야기가 담겼다.

수탈의 기억은 가장 먼저 장미동에서 새로운 가치로 전환됐다. 장미동에 있는 근대 건축물 5개 동이 '근대산업유산 예술창작벨트'라는 이름으로 개관했다. 옛 조선은행 군산지점은 근대건축관으로 탈바꿈했고, 옛 일본 제18은행 군산지점은 근대미술관이 됐다. 1930년대 조선미곡창고주식회사에서 수탈한 쌀을 보관하던 창고는 장미공연장이 됐고, 광복 이후 위락시설로 사용됐던 적산가옥은 장미갤러리란 꽤 그럴싸한 옷을 입었다. 빨간 벽돌 건물이 인상적인 옛 군산세관은 벌써부터 호남관세전시관으로 이용중이었고, 일본식 가옥 체험 공간인 고우당(게스트하우스, 찻집, 주점)도 조성됐다.

흘러간 시간, 하지만 2017년이란 시간 안에서도 《탁류》의 시간은 흘렀다. 멎은 듯 더디게 제 몫의 시간을 흐르느라 진땀 빼고 있는 탁류, 근대라는 그 시간을 응원한다. 끈질기게 살아남은 상처의 시간아, '너, 잘 지내고 있는 거지?'

1 미즈커피   2 옛 미즈상사 건물   3 일반 가옥
4 근대건축관   5 근대미술관

《탁류》의 무대는 크게 두 곳이다. 군산과 서울이다. 남편인 태수의 죽음을 기점으로 초봉이 서울로 이동해, 군산에서는 초봉의 전반기 삶만 투영된다. 그 중심에 내항 부근이 있다. 군산 내항은 지리적으로는 탁류가 흘러나가는 곳이고, 경제적으로는 식민지 경제의 상징인 '미두장'이 운영되던 곳이다. 그만큼 일제강점기 수탈의 흔적이 빼곡하다. 이 같은 근대의 흔적을 가장 효율적으로 둘러볼 수 있는 방법이 '탁류길(구불6-1길, 세부코스는 홈페이지 참고. http://tour.gunsan. go.kr)'을 걷는 것이다. '탁류길'에는 근대의 시간과 《탁류》의 시간이 함께 고여 있다. '군산의 어제'를 보듬어 볼 수 있는 군산근대역사박물관(http://museum. gunsan.go.kr, 063-454-7870)을 시작으로, 일제 수탈의 상징인 내항의 뜬다리와 옛 군산세관, 해망굴 등을 지나고, 영화 〈장군의 아들〉에서 하야시가 게다를 신고 걸어 나오는 장면이 촬영됐던 신흥동 일본인 가옥(구 히로쓰가옥)과 국내 유일의 일본식 사찰인 동국사 등도 지난다. 채만식문학비가 있는 해망동 월명공원과 정주사가 출퇴근길에 넘던 콩나물고개 등도 만날 수 있다. 총 6km로, 걷는 데 2시간 정도가 걸린다.

'탁류길' 트레킹에 이어 반드시 둘러봐야 할 곳은 채만식문학관과 계남마을이다. 문학관에서는 채만식의 생애와 작품을 두루 살펴볼 수 있고, 계남마을에서는 그의 집필가옥과 묘지를 볼 수 있다. 계남마을에서는 일제강점기 쌀 수탈 창구였던 임피역도 가까워 함께 둘러볼 만하다.

고은 시인은 1933년 군산시 미룡동에서 태어났다. 그는 〈내 고향 군산에서〉란 시를 통해 군산을 「내 고향 군산은/한밤중에도/뱃고동 소리가 들리는 곳//내 고향 군산은/뱃고동 소리에/아이들이 돛대처럼 자라는 곳 (하략)」이라고 표현했다. 소설 《탁류》의 무대인 째보선창에 앉아 고은의 노래를 듣는다. 낡은 선창가에선 갈매기조차 썰물 같다.

여행을 맛보다

군산에서는 '밥도둑'이라 불리는 꽃게장이 추천할 만하다. 유성가든(063-453-6670)과 계곡가든(063-453-0608) 등이 맛있는 집으로 알려져 있다. 좀 더 가벼운 식사를 원한다면 짬뽕을 먹는 것도 좋다. 미원동에 있는 복성루(063-445-8412)가 유명하다. 오후 4시 이전에 영업이 끝나므로 전화 문의가 필수다. 복성루와 함께 '군산의 3대 식신'으로 꼽히는 완주옥(063-445-2644)의 떡갈비와 이성당(063-445-2772)의 빵도 놓치기 아까운 먹거리다. 특히 1945년에 문을 연 이성당의 단팥빵과 야채빵, 크림빵은 전국적으로도 이름을 떨친 스타들. 오랜 역사만큼이나 맛 또한 일품이다.

시간을 대하는 저마다의 자세

아름다운 찰나

|

#구효서 #나무_남자의_아내

#전라북도 #고창군 #아산면 #선운사

작가소개

구효서는 1958년 9월 25일 인천 강화도에서 태어났다. 배재고등학교와 목원대학교 국어교육학과를 졸업했다. 1987년 《중앙일보》 신춘문예에 단편소설 〈마디〉가 당선되어 등단했다. 소설의 주제가 토속적 정서, 현대적이고 도회적인 정서, 관념의 세계에 이르기까지 다양하다. 1995년에 발표한 장편소설 《낯선 여름》, 작품집 《도라지꽃 누님》 속 〈나무 남자의 아내〉는 각각 영화화되기도 했다. 꾸준한 작품 활동으로 많은 수상작을 낸 걸출한 중견작가다.

작품소개

〈나무 남자의 아내〉는 1997년 9월 발표된 단편소설로, 침향을 찾아 고창 선운사에 내려온 소설가 '나'가 선운사 근처에 묵으며 그곳 주인 여자를 통해 듣고, 보게 되는 이야기이다. 작가는 이 작품을 통하여 찰나와 영원, 소멸과 생성에 대해 이야기하고자 한다. 또한, 이 작품은 미당 서정주의 영향을 강하게 받은 작품으로, 그에게 바치는 헌화 같은 작품이기도 하다.

아름다운 찰나

글·사진 이지선

고창에 있는 선운사는 세월의 깊이가 깊은 곳이다. 경내를 산책하다보면 세월의 깊이가 느껴지는 것들이 자꾸만 눈에 밟힌다. 바람과 빗물에 의해 깎여져 이제는 맨들해진 돌멩이, 기나긴 시간을 한 곳에 뿌리내려 같은 풍경을 바라보며 자랐을 나무 같은 것들. 우리의 시간에 비하자면, 이 고찰이 견뎌낸 세월은 얼마나 깊은가. 영겁의 세월을 견뎌낸 천 년의 고찰 앞에 우리의 시간은 어쩌면 찰나와 같을지도 모른다. 물론 찰나라고 하기엔 길게 느껴지지만, 그렇다고 영원할 수는 없는 우리의 시간. 그렇다면 우리는 이 시간을 어떻게 대해야 할까. 여기, 우리로 하여금 시간을 대하는 자세에 관해 생각해보게 하는 소설이 있다. 구효서의 〈나무 남자의 아내〉가 바로 그것이다.

시간을 붙잡으려는 남자, 찰나를 사는 여자

선운사 주변 숙박업소, 그곳에는 말총머리 여자가 산다. 그녀는 스님이 쓰러져 죽은 염주 밭에서 따온 염주로 차를 끓이고, 물 없는 연못에서 가져온 새우로 보리새우탕을 만든다. 침향을 구하러 선운사에 내려간 '나'는 어느 날 잠에서 깨어났을 때, 그녀와 나무 남자의 광적인 성교의 소리를 듣게 된다. 그리고 다음 날, 그녀는 맥주를 내어주며 자신과 나무 남자의 이야기를 들려준다. 풍천장어와 복분자에 취한 남자들을 상대하던 그녀와, 그녀를 통해 자신이 아이를 갖지 못하는 사내라는 것을 알게 되고 절망하는 나무 남자. 나무 남자는 어딘가 살아있을지 모르는 자신의 어머니와 누이에게 남길 고욤나무를 찾아 매일같이 산을 타는 사람이다.

영원히 시간을 붙잡고 싶어하는 남자. 서서히 사라져가는 것들을 붙잡아 남겨놓기 위해 부단히 노력하는 남자. 소용없을지도 모를 일에 신념을 가지고 행동하는 남자. 그가 바로, 나무 남자다.

한 여자가 있다. 어쩌면 찰나와도 같은 삶을 영원처럼 사는 여자. 어느 날 편의점에서 생리대를 사다가, 나무 남자에게 이끌려와 7년을 그의 광적인 행동을 받아주는 여자. 그러면서도 「이만해도…… 살만 하기사 한팔자 아니겠어요?」라고 말하며 쑥스러운 웃음을 짓는 여자. 그녀는 바로, 말총머리 여자다.

나무 남자와 말총머리 여자는 이렇듯 대비되는 삶의 태도를 지녔다. 시간을 박제시키고 싶어 몸부림치는 남자와 찰나와 같은 삶을 받아들이고, 순간을 영원처럼 사는 여자. 나무 남자와 말총머리 여자는 각자 다른 방식으로 시간에 접근한다. 시간을 거부하느냐, 받아들이느냐의 차이. 그리고 그들 각자에겐 그렇게 생각하고 살게 된 나름의 이유가 있다. 무엇이 옳고 그르냐의 문제가 아닌, 각자의 선택이다. 정답은 없다. 그저 각자의 입장에서 가장 최선의 방법을 선택하면 된다.

세월을 냉동할 수 있는 곳

그 사람을 이해하기엔 여기 선운사처럼 좋은 곳이 없지요. 침향이 있고, 염주가 있고, 새우가 있으니까. 그리고 늘 푸른 동백나무숲과 사연 많은 비석들 불상들이 있으니까요. 천 년을 넘게 이어져 내려오는 이야기들이 아직 소나무숲과 오리나무숲 사이에 바람으로 살아 있으니까요. 시간을 뛰어넘어 항상 존재하는 그런 것들이 그에게 어떻게든 작용을 했을 거란 생각이 드는 거예요. 장마철에 그 연못의 새우를 잡아 냉동을 하면서 그는 뭐라는 줄 아세요. 늘 이렇게 말하곤 하지요. 세월이라는 것도, 세월이라는 것도 여기선 새우처럼 냉동할 수 있는 거라구…….

〈나무 남자의 아내〉 중에서

선운사 도솔천에 가을이 흐른다

소설의 막바지에 나오는 말총머리 여자의 말은 우리로 하여금 자꾸만 곱씹게 한다. 그리고 이 말은, 어렴풋이 '이 소설의 배경이 왜 선운사였을까?'에 대한 답을 준다. 나무 남자의 광적인 행동도 천년을 넘게 이어진 선운사 앞에서는 다 이해할 수 있는 성질의 것이 된다는 그녀의 말. 세월이 얼어붙어 천년을 넘게 이어져 오는 이야기들이 살아있는 이 곳에서라면, 어쩌면 무엇이든 이해할 수 있는 것이 아닐까.

> (중략) 그때 한 스님이 내게로 다가와 물었다. / "향은
> 구했습니까?" / 대웅전 앞에서 기왓장 시주를 접수하던
> 젊은 승이었다. / 나는 말없이 고개만 끄덕였다.
>
> 〈나무 남자의 아내〉 중에서

'나'는 선운사를 떠나는 날, 향을 구했느냐는 스님의 질문에 말없이 고개를 끄덕인다. '갓 쪄낸 옥수수 냄새 같은, 혹은 아주 오래된 여러 가지 꽃잎들이 뿜어내는 향기 같은' 말총머리 여자의 냄새를 떠올리면서 말이다. 아마도 그 향기는 그녀의 몸에서 나는 향내가 아니라, 그녀가 삶과 시간을 대하는 태도에서 나는 향내일 것이다.

결코 영원하지 못한 우리의 시간. 그런 시간을 대하는 태도에 정답은 없지만 최선이 있다면, 그것은 말총머리 여자처럼 사는 것이 아닐는지.

〈나무 남자의 아내〉의 배경이 된 선운사는 유명한 천 년 고찰이다. 말총머리 여자가 주인으로 등장하는 숙박단지를 지나 경내에까지 들어가려면 소설 속 '나'가 매일 산책하는 도솔교를 지난다. 선운사 경내까지 이어진 숲길은 단풍나무가 우거져, 가을이면 단풍 구경을 온 사람들로 장사진을 이룬다. 도솔천을 따라 도솔암까지 가는 3km 가량의 트레킹 코스는 선운사 풍경의 백미라고 할 수 있다. 소설 속 '나'가 되어 여유롭게 산책하는 기분으로 이 길을 걸어보자. 종교가 딱히 없더라도 사찰이 주는 풍미는 우리의 마음을 정화시켜준다. 경내 어딘가에서 조용히 자신을 불태우는 향의 내음과 고즈넉한 사찰 내의 분위기는 '힐링'이란 단어로도 다 표현할 수 없는 '치유'의 마음을 가져다준다.

선운사로 들어가는 입구, 천왕문

윤대녕의 소설 〈상춘곡〉 역시 선운사를 배경으로 하고 있다. 〈상춘곡〉은 '나'가 한때 사랑했던 여인이었던 란영에게 보내는 편지다. '나'는 7년 만에 재회한 란영의 아름다운 목소리가 변해버렸다는 사실에 충격을 받는다. 벚꽃이 피면 다시 만나자는 란영의 말에 '나'는 선운사로 내려가서 열흘을 보내며 벚꽃이 피기를 기다린다. 그리고 그 열흘 간, 편지를 쓴다. 그리고 열흘이 지나고 벚꽃이 핀 것을 보고 다시 서울로 올라가기로 한다. 편지는 「당신은 여인이니 부디 어여쁘시기 바랍니다.」라는 말로 마무리된다. 소설은 시간의 흐름에 따라 변해가는 많은 것을 받아들이는 '나'와 란영의 모습을 그리고 있다. 그들의 모습은 〈나무 남자의 아내〉 속 말총머리 여자가 시간을 대하는 태도와 흡사하다.

고창 선운사 근처에는 풍천장어와 복분자 술을 맛볼 수 있는 곳이 많다. 그중 장어구이가 맛있는 집으로 꼽히는 곳은 신덕식당(063-562-1533), 산장회관(063-563-3434) 등이 있다.

단풍이 곱게 물든 선운사 경내

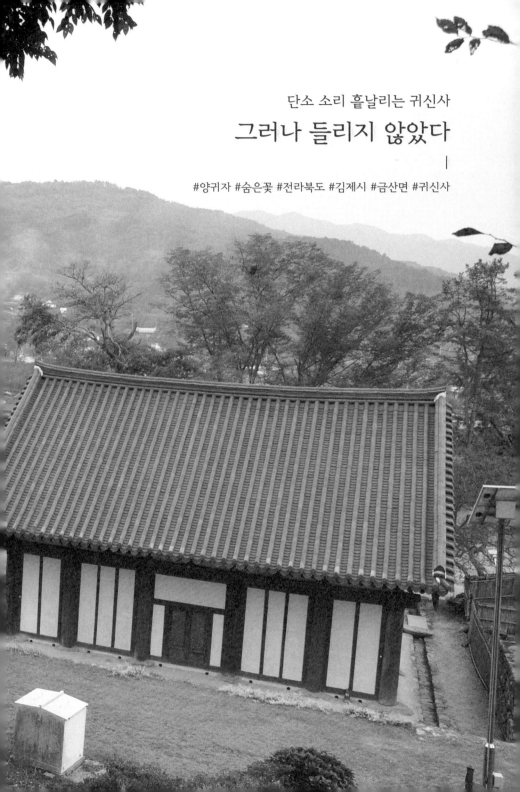

단소 소리 흩날리는 귀신사

그러나 들리지 않았다

#양귀자 #숨은꽃 #전라북도 #김제시 #금산면 #귀신사

양귀자는 1955년 전라북도 전주에서 태어났다. 1978년 〈다시 시작하는 아침〉으로 《문학사상》 신인상을 받으며 문단에 등장했다. 소설집 《원미동 사람들》, 《지구를 색칠하는 페인트공》, 《슬픔도 힘이 된다》 등과 장편소설 《희망》, 《나는 소망한다 내게 금지된 것을》, 《천년의 사랑》 등을 출간했다. 주로 일상에서 갈등하는 소시민의 생활을 개성 넘치는 문장과 빈틈없는 구성으로 이야기했다.

〈숨은 꽃〉은 1993년에 발행된 《슬픔도 힘이 된다》에 실린 중편소설이다. 귀신사를 배경으로 세상 속에 묻혀 눈에 띄지는 않지만 인간적인 아름다움을 가지고 사는 사람들의 이야기를 그린 작품이다. 중편소설치고는 비교적 많은 일화가 등장하지만 서로 치우침 없이 하나의 주제로 잘 나아갔다는 평을 들었다. 양귀자는 귀신사에 자주 머물며 〈숨은 꽃〉을 완성했다고 한다.

단소 소리 흩날리는 귀신사

그러나 들리지 않았다

글·사진 박성우

보이지 않았다. 아니, 보려 하지 않았다. 힘겹게 밤을 지새우며 징을 울리던 그의 모습을 보면서도 눈꺼풀을 감았다. 들리지 않았다. 아니, 들으려 하지 않았다. 붉은 목단꽃 치마를 입고 단소에 입을 대던 그녀의 상처를 알면서도 귀를 닫았다. 그저 할 수 있는 건 눈과 귀를 막고 등을 내보이는 것뿐, 그들의 아픔 따위가 들어올 공간은 없었다. 하지만 양귀자의 소설 〈숨은 꽃〉에는 이들이 쉴 수 있는 자리가 마련돼 있다. 작가가 '영원을 돌아다니다 지친 신이 돌아오는 곳'이라고 말했던 귀신사다. 그곳엔 유난히 의자가 많았다. 상처 입은 사람들을 기다리기라도 하는 것처럼.

두터웠다. 김종구가 살았던 섬의 해무처럼 한 치 앞도 내다볼 수 없는 안개였다. 김이 서린 유리창을 한 장 한 장 닦아 내듯 안개 숲을 헤쳐 나갔다. 이런 날이면 김종구는 으레 징을 울렸다. 해무 속에서 헤매는 어선을 위해 홀로 등대 역할을 했다. 짙었다. 황녀의 시간을 정지하게 만들었던 그해 오월처럼 숨 막히도록 짙은 안개였다. 아수라장이었던 오월의 답답한 연무 속에서 황녀는 혼자 단소를 불었다. 이름 없이 잘려나간 꽃들을 위해. 어둠처럼 내려앉은 안개를 뚫고 징 소리와 단소 가락이 춤을 추는 듯했다. 〈피리 부는 소년〉에 나오는 쥐처럼 소리가 이끄는 대로 몸을 맡겼다.

내지르는 가면의 소리

그림이 만들어내는 소리가 있다. 이중섭의 작품 〈황소〉를 보면 거친 숨을 몰아쉬는 소의 비애가 들리고, 박수근의 작품 〈빨래터〉에선 여인네들의 정겨운 일상이 들린다. 정지된 순간이 나타내는 미학이다. 사람들은 그 소리를 들으며 희로애락의 욕망을 채운다. 하지만 〈숨은 꽃〉 속 인물들은 달랐다. 그들은 그림이 내는 소리엔 관심이 없었다. 오직 화려한 색감만으로 평가했다. 특히 김종구에 대해선 잣대가 더욱 심했다. 그가 그린 것은 거친 질감이 살아있는 인물화였다. 아이들은 "징허게 독한 사람"이라고 불렀으며 마을이 고향인 수산 선생도 "자칫하면 깡패로 풀렸을 망나니"라고 이야기했다. 이렇게들 말하는 원인은 딱히 없었다. 그가 하는 이야기는 철저히 외면한 채 우락부락한 외모와 괄괄한 성격만 보고 판단한 것이었다.

섬에서 그는, 특별한 날이면 염소를 잡았다. 죽인 직후의 생피와 삶은 머리를 쪼개 나오는 골을 먹는 시간은 축제의 하이라이트였다.

> 죽음 앞에서 깜짝 놀란 모습이 어김없이 담겨 있기로는 염소를 따를 짐승이 없다. 염소는 유독 겁이 많은 짐승이니까. (중략) 마루 한가운데 염소 머리 세 개가 놓이자 사람들은 약속이나 한 듯이 김종구를 쳐다보았다. 마치 너 말고 누가 이 짓을 하겠냐는 듯이. 그리고 누군가 그

에게 날이 새파랗게 선 손도끼를 건네주었다. (중략) 정
신없이 젓가락질에만 매달렸다. (중략) 그 속에 김종구
의 젓가락은 없었다. (중략) 염소의 골통을 파먹고 있던
사람들은 김종구가 사라지는 줄도 알아채지 못하고 있
었다.

<숨은 꽃> 중에서

　피카소의 <게르니카>같은 이 한 장의 삽화에서 김종구는 사람
들이 내지르는 위선을 들었다. 세상은 가면을 쓴 이들의 집합소라
고 느꼈을지도 모른다. 또한, 그들과 어울리는 방법은 같은 가면을
써야지만 가능하다는 걸 알아챘을 것이다.
　삶의 내밀한 비밀을 알아버린 김종구, 그에게 더 이상 섬에 머
물 이유는 없었다. 아니, 그들이 등을 떠밀었다. 그는 그렇게 세상
을 떠돌았다. 그러다 만난 귀신사는 특별했다. 화려함보다는 소박
함이, 격식보다는 내용이 알찬 사찰임을 단번에 느꼈다. 황녀와의
만남도 마찬가지였다. 오월의 난장판을 외롭게 지키던 그녀에게서
자신의 모습을 보았다. 귀신사와 황녀는 그 어떤 명화보다도 깊은
울림을 주는 그림이었다.

그날 오후, 대적광전의 빛

안개 속에서 피는 '숨은 꽃'

일주문은 없었다. 천왕문 역시 없었다. 대신 낮은 돌계단이 입구를 안내해 주었고, 강아지 세 마리가 위풍당당하게 귀신사를 지키고 있었다. 마치 자신들이 사천왕이라도 된 양 '머릿속에 든 건 쓰레기'라며 '곰팡이가 가득 차기 시작하면 정말 끝장'이라고 소설에 나오는 김종구처럼 맹렬하게 짖어댔다. 아직도 버리지 못한 빈 껍질은 다 내려놓고 들어오라는 가르침 같았다. 그는 이곳에서 더 버릴 것들이 있었을까. 또 무엇을 채웠을까. 신발이라도 벗어야 했다. 김종구에 대한 최소한의 예의였다. 맨발로 걸으니 "어둠을 통해 세상을 보라는" 그의 말이 들리는 듯했다.

경내로 들어오니 이전엔 보이지 않던 꽃이 안개 속에서 시선을 잡아끌었다. 목단화였다. 새빨갛게 피어있는 모습을 보니 황녀가 떠올랐다. 단소로 지친 영혼을 위로하던 그녀처럼 목단화도 풀꽃들을 포근하게 안아주고 있었다.

귀신사를 감쌌던 안개가 걷혔다. 비로소 사찰의 모습이 선명하게 들어왔다. 번듯한 석탑 하나 갖고 있지 않은 경내는 하얀 도화지와 흡사했다. 모든 상처를 다 그려 낼 수 있는. 김종구와 황녀도 아픔을 물감으로 삼아 그림을 그렸다. 마지막 붓질을 하고 난 후 이곳을 떠났으리라. 아픔을 치유한 이들이 가야 할 곳은 다시 세상이었다. 비상식적인 일이 난무하는 그 속에서 떨고 있을 누군가를 위해 김종구와 황녀는 징과 단소로 노래할 것이다. 그러다 슬픔이 넘쳐 목까지 차오르면 지친 몸을 이끌고 이곳으로 돌아오리라.

단소 소리가 흩날리는 귀신사지만, 더는 소리가 들리지 않는다. 대신 세 마리의 강아지가 정겹게 쳐다본다. 목단화는 다시 바람에 향기를 실어 보낸다. 지쳐있으면 편히 쉬고 가라는 듯.

1 직선과 직선의 조화
2 꽃이 피는 신발
3 때로는 의자가 되는
  디딤돌

귀신사는 느린 걸음으로 경내를 한 바퀴 도는 데 20여 분이 채 걸리지 않는 작은 사찰이다. 조계종 소속으로 금산사의 말사지만, 원래는 통일신라시대 때 정복지를 회유하기 위해 지은 화엄십찰 가운데 하나였다. 지금은 퇴락해 대적광전, 명부전, 삼층석탑 등만이 사찰이었음을 보여주고 있다. 귀신사는 화려함을 잃었지만 대신 소박함이 가득하다. 특히 대적광전 뒤편은 그 매력이 더하다. 〈숨은 꽃〉의 화자와 김종구가 앉았던 돌

계단 덕분이다. 계단에 앉아 주위를 둘러보자. 김종구와 황녀가 숨은 꽃이 되어 옆에 피어 있을지도 모르니. 소설에서 소박한 귀신사와 대비를 이루는 곳이 금산사다. 금산사는 후백제의 견훤이 유폐되었던 절로 알려져 있다. 미륵신앙을 기반으로 해 대웅전 대신 미륵전이 절의 중심을 이룬다. 〈숨은 꽃〉의 화자는 금산사를 가려다 우연처럼 귀신사로 향해 김종구를 만난다. 시간이 허락한다면 금산사를 지나 모악산까지 올라가는 것도 좋다. 중간에 쉼터가 많고 경사도 완만해서 산책길로 안성맞춤이다. 날씨가 쾌청한 날엔 지평선과 수평선을 동시에 볼 수 있는 곳이기도 하다.

귀신사는 검은 대나무와 돌담장으로 둘러 쌓여있다. 특히 오죽이 뿜어내는 기운은 평범하지 않다. 귀신사의 이런 모습을 표현한 시로 유강희 시인의 〈귀신사 검은 대나무〉가 있다. 시인은 「사노라면 뼈마디가 모두 숯검정이네 / 더북더북 개똥이 쌓인 마당귀에/ 초겨울 찬 비 맞으며 서 있는/ 귀신사 검은 대나무」라고 말했다. 상처 입은 꽃들을 안아주는 귀신사가 생각나는 시다.

귀신사 주변에는 먹을 만한 곳이 많지 않다. 금산사로 가야 식당이 즐비하다. 사찰 주변답게 산채비빔밥이 유명한데 그중에서도 화림회관(063-548-4028)을 추천한다. 더덕구이는 청석골(063-548-4094)이 유명하다. 연갤러리(063-542-3993)에서는 차 한잔하며 연꽃을 구경할 수 있다.

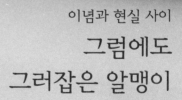

이념과 현실 사이

그럼에도
그러잡은 알맹이

|

#정도상 #소설_실상사 #전라북도 #남원시 #산내면 #실상사

정도상은 1960년 경상남도 함양에서 태어났다. 1987년 전주교도소에 수감 중 소설을 쓰기 시작해, 단편소설 〈십오방 이야기〉를 발표했다. 소설집 《친구는 멀리 갔어도》, 《아메리카 드림》, 장편소설 《그대여 다시 만날 때까지》, 《길 없는 산》, 《누망》, 산문집 《지리산 편지》 등을 펴냈다. 초기에는 국가권력에 저항하는 항쟁과 투사적 내용을 담은 소설 집필에 주력하였고, 이후 상실감에 시달리는 사람들의 내면에 귀 기울였다. 그는 어느 인터뷰에서 '통일운동과 사회운동에 매달려 있는 것은 맨 뒤에서 변치 않고 따라가겠다는 내 자신과의 약속 때문이고, 맨 앞줄에 섰다가 변절하고 싶지는 않다'고 밝혔다. 작가의 문학적 근간을 이해할 수 있는 대목이다. 그는 단재문학상, 요산문학상, 아름다운 작가상 등을 받았다.

《실상사》는 2004년에 발표된 연작소설로, 〈봄 실상사〉, 〈여름 실상사〉, 〈가을 실상사〉, 〈겨울 실상사〉, 〈내 마음의 실상사〉 등 다섯 편으로 구성돼 있다. 〈여름 실상사〉만 3인칭 소설이고 나머지는 모두 1인칭 화자가 등장하는 작가의 자기 고백적 작품이다. 작가는 《실상사》에 등장하는 다양한 인물을 통해 1980년대 운동권 세대의 자아 찾기를 조용하면서도 묵직하게 그려내고 있다.

이념과 현실 사이

그럼에도 그러잡은 알맹이

글·사진 여미현

어딘가를 헤맨다. 가고자 하는 곳의 이념은 높기만 하고, 처해 있는 현실은 팍팍하기만 하다. 정도상의 《실상사》에 등장하는 인물들은 '잃어버린 무엇'을 찾기 위해 실상사까지의 먼 길을 마다하지 않았다. 봄을 지나 여름이 되고, 가을을 거쳐 겨울이 될 때까지 헤매던 사람들은 실상사에서 무엇을 찾고 싶었을까. 그래서 그들이 찾고 싶었던 것을 찾았을까. 지리산 자락이 감싸 안은 듯 평화롭고 고즈넉한 곳, 실상사에 젖어 든다.

네 개의 점과 네 개의 면으로 만들어낸 사면체

통일운동을 하며 현실과 이상의 괴리를 힘겨워하던 주인공 나, 자본주의 욕망에 굴복하여 술집에서 아르바이트를 하다가 영혼과 육체가 피폐해진 국희, 욕망의 도시에 적응하지 못하고 정신병에 걸려 죽은 시골청년 현우, 권력과 언론에 기생하여 성공한 타락한 벤처사업가 김성철. 그들은 모두 실상사를 찾아온다.

1 실상사 초입
2, 3, 4 실상사 내 이곳저곳

1 2

1 실상사로 건너가는 다리
2 장독대 너머 스님의 모습

　　주인공 나는 실상사에서 「하얀 옷을 입은 사람이 자전거를 타
고 석장승 앞을 지나 실상사로 오고 있는 모습이 시선에」 잡혔다.
그러나 그것은 사라진 환상. 운서가 남기고 간 '망가진 자전거'를
통해 어른거리던 환영은 힘없이 꺼진다. 「길었던 머리카락이 잘려
나가고 여기저기 들쑥날쑥한 머리카락이 까칠하게」 만져졌지만,
국희는 「아무리 떠올려 봐도 머리를 잘랐던 기억은 완벽하게 사라
지고」 남아 있지 않았다. 현우 형인 나는 「침묵하며 앉아 있는 현
우를 가슴에 안고 해탈교를 성큼성큼」 건넜다. 「추수가 끝난 빈 들
판으로 까마귀 두어 마리가 날아들고」 있는 모습으로 동생의 죽음
을 예감했다. 김성철은 「망설이지 않고 너의 심장을 향하여 비수를
찔렀다. 하얀 눈 위로 붉은 피가 점점이 뿌려졌다. 너는 몸부림을
치다가 눈 위로 푹 쓰러졌다. 그러다 말고 흠칫 놀랐다. 너의 눈동
자 속에 내가 담겨」 있는 소름 끼치는 모습을 보기도 했다. (《실상
사》 중에서)

실상사에서 어떤 이는 마음의 안식을 얻고 상처를 치유 받았지만, 또 다른 이는 정신적 고통을 감당하지 못했고, 분열된 자의식을 드러내기도 했다. 그러나 다행스럽게도 이곳은 모든 이의 숨기고 싶은 치부를 고요한 강물처럼 말없이 담는다. 그리고 바람에 살랑살랑 나부끼는 사바세계로 넘어온 목탁 소리로 우리 마음을 살살 어루만지며 귓가에 이렇게 속삭인다.

괜찮다. 너는 충분히 잘했다. 그러니 이곳에서 네 마음만 돌아보라.

1 3   1 가슴을 쓸어내리는 시원한 약수
2   2 문이 열린 법당 모습
       3 실상사 풍경

열매를 따라가면 실상이 보이려니

마지막으로 원고를 쓰기 위해 실상사를 찾은 소설가이자 사회
운동가인 나. '뻔뻔스러운' 나는 육체노동자인 친구 봉구의 모습에
서 자신의 허위의식과 허명을 깨닫는다.

> 십자가의 가시철사가 눈을 아프게 찔렀다. 눈을 감았다.
> 나는 나를 위해, 내 위선에 대해 고해하듯이 기도했다.
> 기도는 곧 울음이 되었다. 나는 어둑한 교회에 앉아 오
> 래 울었다. 볼을 타고 하염없이 흐르는 눈물 위로 종이
> 배처럼 실상사가 떠가고 있다.
>
> 《실상사》 중에서

어지럽고 혼란스러웠던 그 시절. 나는 봉구가 보고 싶었다. 봉
구의 목소리를 통해 보잘 것 없는 내가 떠올라 하염없이 울었다.
울음소리에 가려서 나는 느끼지 못했을지 모른다.
저 멀리 처마 끝에 매달린 풍경 소리가 그의 뺨을 살포시 어루
만졌다는 것을.
울음소리에 가려서 듣지 못했을지 모른다.
사(死)는 것은 사(生)는 것이라는 걸.

실상사(實相寺)는 초입인 매표소에서 대웅전인 보광전까지의 긴 산책로가 일품이다. 어떤 이는 논 가운데 절이 자리했다고 의아해 하기도 하지만, 절이 자리한후 하나둘 부처의 품을 찾아든 사람들이 마을을 이루었으니, 실상사의 위치만 봐도 이 절이 얼마나 오래되었는지 짐작할 수 있다. 《실상사》의 무심한 듯 따뜻했던 스님은 이곳에 계시지 않지만, 낯선 이에게 부처의 미소를 짓고 절 안 여기저기를 손끝으로 맘끝으로 눈짓해 주는 스님이 여러 분 계신다. 이곳에서는 다양한수련 프로그램뿐만 아니라 템플스테이도 진행하니, 사찰의 간소하고 소박한 삶에 물들어 보는 건 어떨까. 천천히 물들어 보자. 비 그친 하늘의 맑은 구름이 내마음속에 번질 수도 있으므로.

다른 작품을 엿보다

지리산을 품에 안은 작품은 손으로 헤아리기 힘들 정도다. 남원, 구례, 산청, 하동, 함양을 품은 지리산은 많은 작품 속에 등장했다. 서정인은 〈철쭉제〉에서 지리산을 오르는 윤 여사, 장 씨, 현애, 철순을 통해 일상적인 삶을 누리는 평범한 사람들의 이야기를 다뤘고, 문순태는 〈철쭉제〉에서 우리 민족이 겪은 비극적인 역사를 심도 있게 그렸다. 이태의 《남부군》이나 조정래의 《태백산맥》은 지리산에서 벌어지는 역사의 굴곡을 주요 소재로 삼았다. 지리산은 여전히 우리에게 해주고 싶은 이야기가 많은 듯하다.

여행을 맛보다

관광지 코앞에서 괜찮은 음식점을 찾기는 모래밭에서 진주 찾기만큼 어렵다. 하지만 실상사 초입에 자리한 까만집, 실상가든(063-636-3714)은 이런 우려를 조금 벗겨준다. 주인이 지리산에서 직접 잡은 다슬기로 다슬기탕을 만들어내는데, 면을 좋아하는 사람에게는 다슬기수제비를 추천한다. 양은냄비에 한소끔 끓여서 내주는 다슬기탕을 후루룩 마셔보자. 몸 안으로 퍼지는 시원하면서도 알싸한 청양고추 향을 느낄 수 있다. 시간에 맞춰 실상사 내의 공양실에서 소박한 밥상을 받아보는 건 어떤가. 담백하고 정갈한 밥상은 현실에서 느낀 번뇌를 덜어준다.

바다가 건넨 독한 위로

괜찮아, 이제 다 괜찮아

|

#한강 #여수의_사랑 #전라남도 #여수시

작가소개

한강은 1970년 광주에서 태어나 1993년에 시인으로 등단했다. 이듬해 《서울신문》 신춘문예에 단편소설 〈붉은 닻〉이 당선됐다. 첫 소설집인 《여수의 사랑》을 시작으로 동화와 산문집까지 영역을 넓히며 다채롭고 폭넓은 작품 활동을 해왔다. 2016년에는 연작소설 《채식주의자》로 한국인 최초 '맨부커 인터내셔널 부문'을 수상하며, 한강 열풍을 일으키기도 했다. 인간에 대한 끈질긴 질문을 통해 글을 이어가며, 비극적인 세계를 시심(詩心) 어린 문체와 섬세한 감수성으로 담담하게 그려낸다는 평을 받고 있다

작품소개

〈여수의 사랑〉은 1995년에 발행된 소설집 《여수의 사랑》의 표제작이다. 어린 시절 아픈 기억을 씻어내듯 결벽증을 앓고 있는 '정선'이, '자흔'을 만난 후 깊은 상처의 공간 여수를 찾아가는 내용이다. 소설 속 주인공들의 상처와 아픔을 치밀한 구조와 감각적인 언어로 아름답게 그려내 문단의 주목을 받았다.

바다가 건넨 독한 위로

괜찮아, 이제 다 괜찮아

글·사진 유영미

끅-끄윽-끅……. 바다가 울고 있었다. 섬뜩하리만치 선명한 소리. 누군가 홀로 숨어 가슴 속의 응어리를 토해내는 중이었다. 어디까지가 바다이고 하늘인지 모를 만큼 짙은 어둠이었다. 저-어-기 가슴을 쥐어짜는 한 여인이 아슴아슴 떠오르는, 그것은 여수(旅愁)였다. 아문 줄 알았던 상처가 되살아나 가슴을 후비적거릴 땐, 그래서 하염없이 울고 싶을 땐, 내 안의 모든 걸 게워내고 싶을 땐, 그럴 땐, 여수(麗水)행 기차에 올라야 한다. 혼자여도 괜찮다. 슬픔을 머금은 검푸른 바다 앞에서, 〈여수의 사랑〉 속 '정선'과 '자흔'이 함께 울어줄지 모른다.

어둠이 짙게 깔린 밤, 전라선 열차에 몸을 실었다. 저마다의 서글픈 사연도 함께 올랐다. 돌이켜보니 시간은 많은 것을 앗아갔다. 소박했던 여수역이 사라지고 화려한 여수엑스포역이 들어섰다. 그녀들이 몸을 기댔던 통일호 열차도 일찌감치 KTX에 자리를 내주고 뒤안길로 사라져갔다. 문득 지나는 풍경마저 빼앗기고 싶지 않아 가장 느린 열차, 무궁화호를 택했다. 열차는 도시의 가쁜 숨을 놓아두고 조금씩 까만 어둠 속으로 빨려 들어갔다. 슬픔이 여수를 향해 달리는 것 같았다.

수많은 사연이 오르고 내렸을 전라선 열차

유랑자가 닻 내린 그곳

누구에게나 고향이 있고, 누구든 고향에 깊은 마음의 닻을 내려두고 있다. 시인 정지용은 고향을 그리는 애절한 마음을 「그 곳이 차마 꿈엔들 잊힐리야」(시 〈향수〉 중에서)로 노래하지 않았는가. 하지만 고향에 대한 꿈조차 꿀 수 없는 삶을 살아온 여자가 있다. 〈여수의 사랑〉 속 '자흔'이다. 여수발 서울행 통일호 열차에서 강포에 쌓여 발견된 그녀는 뿌리도 모른 채 오랜 시간 떠돌아야만 했다. 그래서일까. 자흔에게선 유랑자의 냄새가 짙었다. 「무엇이 젊은 그녀에게서 미래를 지워 내버린 것인지, 아무런 희망 없이 이 도시에서 저 도시로 옮겨 다니게 하는 것인지」(〈여수의 사랑〉 중에서) 정선은 이해하기 어려웠다. 어느 날 자흔이 말했다. 「모든 도시가 곧 떠나야 할 낯선 곳이었어요. 매일 아침 눈을 뜰 때마다 길을 잃은 기분이었어요. 여수에 가보기 전까지는 그랬어요.」(〈여수의 사랑〉 중에서). 자흔에게 여수는 단 하나, 위로가 되는 공간이었다. 왜 하필 여수였을까……. 그곳은 그녀가 발견된 기차의 시발역인 동시에, 그녀만의 고향이 자리한 곳이기도 했다. 아니, 그저 고향이라고 여겼다고 하는 게 맞겠다.

> 그 가운데 어느 하나도 낯익은 것이 없었는데도 마치 내가 얼굴도 모르는 어머니 품속에 돌아와 있는 것 같았어요. (중략) 바로 거기가 내 고향이었던 거예요.
>
> 〈여수의 사랑〉 중에서

1 자흔이 내렸을 소제마을 버스정류장
2-4 소제마을 골목 풍경

자흔은 소제마을을 우연히 만났다. 버스가 고장 나는 바람에 내리게 된 작은 시골 마을이 소제였다. 멀리로는 구항이 보일 듯 말듯 하고, 해 질 무렵이면 분홍빛 하늘이 푸른 바다로 내려앉아 마을 전체가 분홍빛에 휘감기는 그런 곳. 그곳에선 어쩐지 바람마저 어깨를 토닥이며 지날 듯했다. 자흔이 여수, 콕 집어 소제마을을 고향으로 삼은 것도 이곳의 이토록 편안한 풍경 때문이었을 거다. 마을을 거닐며 자흔은 눈물을 쏟았다. 비로소 「내 외로운 운명이 그렇게 찬란하게 끝날 거」(《여수의 사랑》 중에서)란 생각이 어렴풋이 들어서였다.

　고향이란 어쩌면 사람의 마음을 한 점 안심되게 붙잡아 주는 생명줄 같은 존재는 아닐지. 닻을 내린 배는 흔들릴지언정 부유하진 않는다. 자흔에게는 매일 아침 길을 잃은 기분이 들지 않게 해줄 닻이, 고향이 절실했던 거다. 자흔에게 여수가 위안과 안심의 또 다른 이름인 이유다.

봉인된 상처와의 대면, 여수 구항

　반면 정선에게 여수는 돌아보고 싶지 않은 상처다. 어린 시절 가족을 모두 잃고, 혼자 살아남아 죄책감에 도망치듯 빠져나온 여수였다. 그렇게 여수를 마음 밖으로 밀어낸 지 오래다. 이런 그녀에게 자흔이란 여자가 부초처럼 떠밀려온다. 어느 날 밥상의 꼬막을 보고 「여수가 울고 있는 것 같아요.」(《여수의 사랑》 중에서)라며 울먹이는 여자, 틈만 나면 여수 애기에 초롱초롱한 눈망울로 한참을 재잘거리는 여자, 자흔은 그렇게 여수에 대한 정선의 기억을 자주 되살아나게 했다. 「그녀의 손이 내 몸에 스치기만 해도 진저리」가 난 것은 그때부터였다. 무엇보다 정선을 괴롭혔던 건, 「자흔에게서 풍겨오기 시작한 여수의 냄새였다.」(《여수의 사랑》 중에서) 자흔의 삶 속에 물든 여수가 밀려올 때마다 정선은 폭풍에 나부끼는 한 척의 배가 되어 흔들렸다. 계속해서 밀쳐내는 정선을 이겨내지 못하고 자흔은 결국 떠나고 말았다. 그녀가 남기고 간 빈 공간에서 정선은 자흔을 떠올렸고, 그때마다 애써 마음 밖으로 밀어냈던 여수를 기억해 내곤 했다. 정선은 지금껏 상처의 근원인 여수를 똑바로 바라본 적 없었다. 그저 봉인해두었던 것일 뿐. 약 한 번 바르지 못하고 그대로 덮어두어 오히려 더 곪아버린 상처였다.

뭐가 그렇게 두려워요?

〈여수의 사랑〉 중에서

자흔의 도발적인 말이 애써 외면하고 살았던 정선의 상처를 다시 들여다보게 했다. 물끄러미 바라보는 자흔의 까만 눈동자 너머로 여수 바다가 애타게 출렁거렸다. 아버지와 동생을 앗아간 검푸른 바다가 '네 잘못이 아니니, 이제 두려워 말라는' 독한 위로를 건네는 것 같았다.

세상엔 대차게 마주 서야 아물 수 있는 상처도 있는 법. 마침내 정선은 여수로 향한다. 이제 그녀는 알고 있다. 부두에 우뚝 서야 이겨낼 수 있다는 것을…….

여수 앞바다에 가만히 서본다. 부두에 묶인 배들이 바람에 떨며 흐느끼고 있다. 오늘 여수는 또 어떤 이의 상처와 마주했을까. 푸른 바다 위로 철썩, 시 한 구절이 넘실댄다. 「이제 / 살아가는 일은 무엇일까 / 물으며 누워 있을 때 / 얼굴에 햇빛이 내렸다 /(하략)」(시 〈회복기의 노래〉 중에서) 상처로 얼룩져 여수로 떠난 모든 이에게 전하고 싶은 한강의 따뜻한 위로다.

정선과 자흔의 흔적을 찾아 여수를 여행하는 것은 또 다른 묘미다. 내 안의 얼룩진 상처를 소독하고 싶은 날엔 여수 구항에 서보자. 가족을 삼켜버린 검푸른 여수 바다 앞에서 정선이 그 상처와 마주한 것처럼, 까만 밤바다를 내려다보며 근심 하나쯤 툭 털어버려도 좋다. 어둠 속 바다가 가만히 다가와 철-썩, 쓰라린 상처를 세차게 씻어줄 것이다. 소독은 아픈 법이지만 새 살이 돋아나기 위해서는 피할 수 없다. 시간이 남으면 여수 구항 근처 고소동 벽화마을 산책을 추천한다. 알록달록 벽화들이 어지러운 마음을 달래줄 것이다. 자흔을 만나려면 소호동의 작은 시골 마을인 소제마을로 가보자. 현재는 택지개발지구로 선정되어 개발을 앞두고 있어 소설 속 자흔이 본 모습과는 사뭇 다르다. 하지만 바다를 뒤로 하고 외로이 서 있는 버스정류장을 보면 자흔이 서 있을 것만 같다. 자흔이 걸었을 꼬불꼬불한 골목을 사붓사붓 거닐어보자. 정겨운 풍경에 미소 지으며 어느새 마을 끝에 닿으면, 발아래로 알록달록 집들이 나타나고 푸른 바다가 시원하게 펼쳐진다.

고소동 벽화마을

다른 작품을 엿보다

여수 구항 뒷골목을 구불구불 따라 오르다 보면 푸른 여수 앞바다가 펼쳐진다. 정박한 배들을 따라가면 해안선이 굽이굽이 그려지고, 배들은 이런 모습을 뒤로 하며 더 큰 바다로 저마다의 길을 떠난다. 소설집《그 길 끝에 다시》에 실린 소설가 한창훈의 단편소설 〈여수 친구〉를 읽었다면, 곧 떠날 여수 친구의 모질게 질긴 삶이 떠오를 것이다. 「항구가 살아있는 생명체로 변한다면 오롯이 그였다.」(〈여수 친구〉 중에서). 어쩌면 우리 모두의 삶은 항구와 닮았다.

여행을 맛보다

미항 여수의 대표적인 먹거리를 꼽자면 신선한 해산물을 주축으로 게장백반과 서대회, 돌산갓김치 등이다. 돌산갓김치는 어느 식당을 가더라도 밑반찬으로 맛볼 수 있고, 서대회는 삼학집(061-662-0261)을 추천한다. 게장백반은 맛나게장(061-684-4992)과 두꺼비게장(061-643-1880)이 유명하다. 신선한 회가 생각난다면 돌산회타운의 용궁횟집(061-644-3358)과 다모아횟집(061-644-8181)을 찾아가 보자.

비릿한 꼬막 냄새 위로 활자 내려앉는

원고지 1만6천500장의 터

|

#조정래 #태백산맥 #전라남도 #보성군 #벌교읍

작가소개

조정래는 1943년 전라남도 승주군 선암사에서 태어나 《태백산맥》, 《아리랑》, 《한강》 등 3편의 대하소설과 《허수아비춤》, 《비탈진 음지》 등의 작품을 남겼다. 대하소설 3편의 원고만도 200자 원고지 기준으로 약 5만 매(태백산맥 1만6천500장, 아리랑 2만 매, 한강 1만5천 매). 이런 방대한 원고량은 머리로 구상하고, 발로 취재하고, 몸으로 쓰는 '조정래식 글쓰기'로 가능했다. 실제로 작가는 자신을 글-감옥에 가두고 매일 20~30매의 원고지에 또박또박 글을 쓴다고 한다. 《태백산맥》을 집필하던 6년 동안에도 마찬가지였는데, "원고지 한 칸 한 칸마다 이름 없이 스러져 간 원혼이 배어 있는 느낌에 사로잡혀 펜을 놓을 수가 없었다."고 회고했다.

작품소개

《태백산맥》은 여순반란 사건이 진압된 직후인 1948년 10월부터 휴전협정이 선포된 1953년까지 5년에 걸친 격동기를 다룬 대하소설이다. 1983년 9월 《현대문학》에 연재를 시작해 1989년에 4부작 10권의 단행본으로 완간됐다. 토지를 둘러싼 지주와 소작인의 계급 갈등, 분단과 전쟁이라는 한국 근현대사의 비극을 걸쭉한 남도 사투리로 풀어내, 문학평론가 이동하 교수로부터 "우리 시대가 이룩할 수 있는 소설적 총체성의 가장 높은 자리에 도달했다."는 평을 받기도 했다.

비릿한 꼬막 냄새 위로 활자 내려앉는

원고지 1만6천500장의 터

글·사진 이시목

경계를 사는 곳이 있다. 지리적으로는 바다에 접해 있고, 시간적으로는 과거와 현재를 함께 살고, 문학적으로는 소설과 현실의 경계를 넘나드는 곳이다. 벌교다. 벌교는 《태백산맥》의 활자들이 눈처럼 내려앉는 '문학의 땅'이고, 캐내고 또 캐내도 잉태하는 '꼬막의 바다'다. 찬바람 불어 벌교로 갔다. 꼬막-내 풀풀 풍기는 그곳에서 염상진·염상구 형제를 만나고 김범우를 만났다. 더불어 유년 시절의 조정래와 일흔네 살의 작가 조정래와도 조우했다. 비릿한 꼬막-내 온몸에 깃들어 풀풀 풍기는 '벌교 사내들'. 그들의 깊고 묵직한 삶 위로 《태백산맥》 3백3십만의 활자가 눈처럼 펑펑 쏟아져 내렸다.

인간의 인간다운 삶을 위하여 인간에게

작가와 시대가 만나는 접점이 몹시 궁금했던 적이 있다. 작가와 장소가 어떻게 만나는지도 궁금했다. 소설《태백산맥》은 이에 대한 궁금증을 풀기에 적합한 작품이다. 여섯 살짜리 소년 조정래의 기억에서부터 소설이 출발해서다. 바로 1948년에 있었던 여순사건에 대한 기억이다. 《태백산맥》 제1부의 시대 배경이 되는 여순사건은 비록 일주일 만에 진압된 군부 내 반란이었지만, 여섯 살짜리 소년 조정래에게는 엄청난 충격과 슬픔을 안겨준 사건이었다. "나는 그 사건을 계기로 정도를 헤아리기 힘든 어려운 마음의 상처를 입음과 동시에 나이에 걸맞지 않게 철이 들어 버렸다. (중략)그때의 체험이 나 자신에게 많은 의문과 탐색을 반추하게 만들었다." 작가는 당시를 이렇게 회고한 바 있다. 어쩌면 근현대사의 비극을 통찰력 있게 탐구한 《태백산맥》과 작가는 숙명적으로 끌렸던 것인지도 모르겠다.

벌교는 그런 작가가 유년을 보낸 장소 중 한 곳이다. 초등학교 4학년 때부터 3년 동안 벌교의 골목골목을 누비며 놀았고, 그의 이 같은 경험은 소설 속에 고스란히 녹아들었다. 여기에 벌교의 독특한 풍경도 《태백산맥》을 이루는 데 큰 역할을 했다.

벌교는 일제강점기 근대화의 상징적인 장소다. 일제가 전남 동부지역에서 나는 농수산물을 일본으로 실어 나르기 위해 키운 포구도시가 벌교였기에, 근대화의 흔적이 어느 곳보다 뚜렷했다. 우리의 근대는 일제를 청산하지 못한 채 출발했기에, 그로 인한 신분

1 문학관에 있는 조정래 작가 사진   2 현부잣집에 핀 동백꽃
3 어른 키보다 높은 《태백산맥》 육필원고   4 문학관 1층 전경

대립과 이념 대립의 양상이 짙었다. 벌교는 그 대립각이 적나라하게 드러났던 지역이다.

언젠가 소설 속 현준배가 살던 '현부잣집'을 보며 작가가 한 말이다. "저기 솟을대문 2층을 봐요. (중략) 주인은 2층에 앉아 저 아래를 내려다보며 소작농들이 일하는 모습을 구경했던 거지요. (중략) 농본사회에서 세금을 가장 많이 착취당한 것은 농민이었습니다. 동학이 왜 전라도 땅에서 났겠어요. 여순사건도 그래서 이곳에서 일어났던 것이고. 빨치산 투쟁도 (중략) 그것들은 한반도 끄트머리에서 일어난 작은 사건이 아니라 한반도 전체의 문제였던 것이지요. 벌교에 있는 제석산이 태백산맥이란 거대한 나무의 실가지에 피어난 잎인 것처럼 말이죠." 작가는 벌교가 곧 우리나라 근현대사이고, 그 속에 깃든 인물들이 곧 역사라는 점에 주목해《태백산맥》이란 대작을 엮어낸 것이다.

현부잣집 옆 태백산맥문학관에는 그렇게 아득한 세월을 지났던 벌교와 조정래 작가의 기억이 하나로 묶여 탄생한 소설《태백산맥》에 대한 이야기가 가득하다.《태백산맥》을 구상하고 쓰고 탄압받고 출간하기까지 6년간의 집필 과정을 비롯해 육필원고와 취재 노트 등 600여 점이 전시돼 있다. 그중 가장 인상적인 건 단연 사람 키 높이의 육필원고 1만 6천500여 장이다. 재밌는 건 이런 원고지 더미가 세 부나 있다는 것이다. 누런색 원고지는 작가가 쓴 원본이고, 그보다 흰 원고지는 작가의 며느리와 아들이 필사한 것이다. 그는《황홀한 글감옥》에서 "내가 굳이《태백산맥》을 베끼게 한 것은 한 가지 이유가 있다. 매일매일 성실하게 꾸준히 하는 노력이 얼마나 큰 성과를 이루는지 직접 체험케 하려는 것이었다."고 밝힌 바 있다. 많은 이가 알고 있는 '조정래식 글쓰기'를 연상시키는 대목이다.

문득, 문학관 외벽에 적혀 있는 글귀 하나가 떠올랐다. '문학은 인간의 인간다운 삶을 위하여 인간에게 기여해야 한다.' 조정래 작가에게 소설은 '인간에 대한 총체적 탐구'다. '비(非)인간적인 것을 인간적인 것으로 돌리고자 하는 노력'이 소설이다. 아마도 이것이 6년 동안《태백산맥》이란 대하소설 10권을 집필해낸 원동력일 것이다.

문학의 가치를 고민하게 만드는 《태백산맥》 관련 조형물

벌교를 솔찬히 탁한 소설

「언제 떠올랐을지 모를 그믐달이 동녘 하늘에 비스듬히 걸려 있었다. 밤마다 스스로의 몸을 조금씩 조금씩 깎아내고 있는 그믐 달빛은 스산하게 흐렸다.」《태백산맥》은 이렇게 시작한다. 그리고 「끝 간 데 없이 펼쳐진 어둠 속에 적막은 깊고, 무수한 별의 반짝 거리는 소리인 듯 바람소리가 멀리 스쳐 흐르고 있었다. 그림자들 은 무덤가를 벗어나기 시작했다. 그리고 광막한 어둠 속으로 사라 져 가고 있었다.」로 끝난다. 처음의 달빛 아래에서는 좌익 활동을 하는 정하섭이 소화를 찾아 벌교로 깃들었고, 마지막 별빛 아래에 서는 토벌대에 패배한 하대치 일행이 벌교를 떠났다.《태백산맥》 이 엮어낸 5년의 역사 속에 벌교는 그렇게 가득히 들어찼다.〈벌교 읍지〉에 적었던 대로 작가는, '벌교를 완벽하게 무대'로 삼아, 3백 3십만 자의 활자를 '살아있는 듯' 화끈하게 부려놓은 것이다. 마치 '완벽하다'는 건 '이런 것'이라는 걸 보여주는 듯, 벌교 전체가 그 냥《태백산맥》이다.

이는 벌교 땅을 돌아보면 누구나 금세 알게 되는 사실이다. 봉 화가 타오른 제석산이, 순천 쪽 관문인 진트재가, 새끼 무당 소화와 정하섭의 사랑이 깃든 '소화의 집'이, 염상진의 목이 내걸렸던 벌 교역 광장이, 「시체가 질펀하게 널렸던」 벌교천의 소화다리가, 토 벌대원들이 묵었던 남도여관(보성여관)이, 보복의 현장인 홍교가, 땅벌과 염상구가 주도권을 다퉜던 철교가, 양심적 지주였던 김범 우의 퇴락한 기와집이, 농민들의 한이 서린 중도방죽 등이 얼마나 소설과 닮은 모습 그대로 존재하는가를. 그러니 벌교에서는 애써 구분하려 들지 않아도 된다. 현실과 문학이, 과거와 현재가, 픽션과 논픽션이 한 덩어리니.

"아따~ 꼬막은 크다고 다 좋은 게 아니구마잉. 알이 작고 갈색 빛이 많이 도는 참꼬막이 진짜 맛이 좋당게." 꼬막은 매번 고르기 쉽지 않아 주인장의 채근을 듣게 만든다. 급기야는 직접 나서「간간하고 졸깃졸깃하고 알큰하기도 하고 배릿하기도 한」(《태백산맥》 중에서) 참꼬막을 골라 건네고야 마는 게 그들의 습성이다. 이어 질펀한 사투리 한 마디 더하는 게 또 그네들이다. "태백산맥 작가님 알지라잉? 얼마 전에 그 선상님이 와서 참꼬막을 자시고 가셨어. 드시는 족족 감탄을 하더라고. 그래서 내가 거시기, 꼬막 맛보다 태백산맥이 벌교를 솔찬히 탁해서(닮아서) 더 감탄시럽더라고 했지." 《태백산맥》이 출간된 이후 벌교는 줄곧 '문학적 감성'으로 이 땅을 촉촉이 적셔왔다. 여기엔 소설뿐 아니라, 꼬막-내 풀풀 풍기는 이들의 따스함도 한몫했을 테다.

'삐걱~' 과거의 시간을 디디는 소리

'삐걱~' 일본의 전통 가옥인 '마츠야'는 걸을 때마다 널빤지 부대끼는 소리를 낸다. 보성여관에서도 '삐걱~ 삐걱~' 야단스런 소리가 났다. 소설에서 보성여관은 경찰토벌대원들의 숙소인 남도여관

으로 등장했다. 「나무 한나한나를 전부 삶아서 지었다.」(《태백산맥》 중에서)는 일본식 목조 여관으로, 수시로 '삐걱' 대 뭇사람을 묘한 시간 안에 부려놓곤 했다. 그건 마치 과거로 드는 '경계의 소리' 같아서, 이념 대립의 '날 선 긴장감'이 소름처럼 '오소소' 돋기도 했다.

'쏴아~ 쏴~' 벌교천에서도 '경계의 소리'는 바람결에 난무했다. 우리나라 근현대사의 한가운데를 관통하듯 벌교읍의 심장부를 가로질러 여자만으로 흘러드는 벌교천. 소설에서 벌교천은 이념 대립의 양 축이 보복을 일삼는 곳이자 학살의 터였고, 힘을 겨루고, 지주와 일제에 노동력을 착취당하는 농민 수탈의 현장이었다.

벌교천 하구에 있는 중도방죽에 서보라. 갈대 무성한 중도방죽은 하대치의 아버지 하판석 영감이 등이 휘도록 많은 돌을 져 날랐던 소설 속 무대다. 「워따 말도 마시오. 고것이 워디 사람 헐 일이 었간디라, 죽지 못혀 사는 가난헌 개, 돼지 겉은 목심덜이 목구녕에 풀칠하자고 뫼들어 개돼지 맹키로 천대 받아감서 헌 일이제라.」 (《태백산맥》 중에서) '사사삭~' 바다 저편에서 찬바람이 부는지, 소설 속 활자들이 갈대를 따라 너울너울 춤췄다.

시절은 생각보다 자주 사람을 '비(非)인간적' 상황에 놓이게 한다. 그럼에도 불구하고 사람의 시간은 꾸준히 흘러 역사를 만든다. 이념 대립과 신분 대립으로 얼룩졌던 《태백산맥》의 터' 빌교. 그곳의 오늘은 '비인간적' 시절을 기어코 지나온 삶과 풍경들로 푸지다. 아프고 쓰린 시간도 내 몫의 삶이다. 디딜 때마다 '삐걱' 거려도 그 시간들엔 부디 눈 감지 말라.

벌교에서 소설의 중심 무대는 세 권역으로 나뉜다. 벌교역에서 벌교읍사무소로 이어지는 750여m의 '태백산맥 문학거리'와 벌교천, 그 외 지역이다. 보성군은 이들 중 일부 공간을 엮어 '태백산맥 문학기행 길'을 만들었다. 코스는 '태백산맥 문학거리(벌교역~벌교시장~남도여관(현 보성여관)~벌교금융조합(현 화폐전시관)~자애병원(현 벌교어린이집))~홍교~김범우의 집~소화다리~조정래 생가-회정리교회(현 대광어린이집)-태백산맥문학관~소화의 집~현부잣집~철다리~중도방죽~진트재'로, 총 8km(도보로 3시간가량 소요) 거리다. 원점회귀 코스라 출발점을 어디로 잡아도 상관없지만, 대부분 벌교역에서 '당시 돈과 행정, 그리고 이를 보호하려는 주먹이 한 공간에 머물러 있던' '태백산맥 문학거리'를 지나 홍교로 간다. 문학거리에서 내부 관람이 가능한 곳은 보성여관과 벌교금융조합. 두 곳 모두 옛 모습 그대로 보존돼 있어 소설의 감흥을 돋운다. 특히 보성여관(061-858-7528)은 문화재청이 사들여 보수한 뒤 몇 해 전부터 객실로 운영하고 있어 화제다. 카페, 전시실 등 복합문화공간으로도 활용중이다.

이밖에 보성여관 앞 국일식당과 책방 일대는 소설에서 정하섭의 본가로 등장한 술도가 자리이고, 국일식당 옆 오향왕족발 식당은 최익달, 정현동 등의 지주들이 기생을 끼고 앉아 은밀히 회의하던 남원장 자리다. 걷다 보면 소설 속 등장인물을 소개하는 표지판이나 '태백산맥 조형물' 등도 여럿 눈에 띄고, 홍교에서부터는 벌교천이 길게 이어진다. 벌교천 일대에서는 홍교 건넛마을에 있는 '김범우'의 집을 놓치지 말 일이다. 풍광이 독특해 오래 마음에 남는다.

다른 작품을 엿보다

부용산(192m)은 벌교 시가지가 한눈에 들어오는 곳이다. 《태백산맥》의 또 다른 무대로, 산을 오르는 계단 옆에는 염상구의 아지트였던 청년단이 있었고, 산 정상은 M1고지였다. 이곳은 안치환이 부른 '부용산'이란 노래로도 유명하다. 월북 음악가인 안성현이 곡을 붙여 만든 노래로, 노랫말은 벌교에서 태어나 자란 박기동 시인이 요절한 누이를 그리며 쓴 시다. 하지만 빨치산들이 즐겨 불렀다는 이유로 오랫동안 금지곡이었다. 혁명가라고 하기엔 참 슬프고도 애잔한 노래다.

여행을 맛보다

벌교에서 물 인심 다음으로 후한 것이 꼬막 인심이라 했다. 수라상 여덟 진미 가운데서도 일품으로 꼽혔던 참꼬막은 추석부터 설날 무렵까지가 제일 맛있다. 벌교읍내와 회정리에 꼬막 전문 식당이 몰려있다. 여자만의 장암과 대포에서 캐낸 꼬막은 차진 갯벌만큼이나 쫄깃한데 꼬막 정식 한 상에 꼬막 무침, 꼬막 된장국, 꼬막 숙회, 꼬막전 등 20여 가지 반찬이 딸려 나온다. 벌교우체국 옆에 있는 원조꼬막식당(061-857-7675)과 소화다리 근방에 있는 부용산꼬막식당(061-857-3533)이 찾는 사람이 많다.

안개와 노을 사이에서

내 인생이,
내 인생 같지 않다면

|

#김승옥 #무진기행 #전라남도 #순천시 #대대동 #순천만습지

작가소개

김승옥은 1941년 일본 오사카 출생 후, 1945년부터는 전라남도 순천에서 성장했다. 그는 〈서울의 달빛 0장〉으로 제1회 이상문학상을 수상하며 현대 한국문학을 이끌어온 별이다. 1962년 단편소설 〈생명연습〉으로 등단한 그에게 1960년대 한국 문단은 '감수성의 혁명'이라는 찬사를 보냈다. 작가는 샘터사 편집장, 영화감독, 시나리오 작가, 대학에서 학생들에게 소설을 가르친 교수 등 다양한 이력을 갖고 있기도 하다. 2003년 뇌졸중을 앓은 후부턴 화가로도 활동하고 있다.

작품소개

〈무진기행〉은 작가 김승옥이 1964년 발표한 단편소설이다. 작가는 안개와 습지로 유명한 순천만 대대포구를 주무대로 하여 무진(霧津)이라는 가상의 공간을 만들어낸다. 출세를 위해 서울에서 돈 많은 과부와 재혼한 윤희중은 제약회사 전무 승진을 앞두고 잠시 은신하기 위해 고향인 무진으로 향한다. 윤희중은 고향친구들과 우연히 함께한 술자리에서 음악선생 하인숙을 만나, 돈과 명예 등에 가려졌던 참 자기 자신과 재회한다.

안개와 노을 사이에서

내 인생이, 내 인생 같지 않다면

글·사진 박홍만

인생을 살다 보면 아무것도 보이지 않고, 들리지 않는 시간이
온다. 어느 날은 문득 거울을 보다 말고 '내가 왜 이렇게 살아가고
있지?'라며 스스로 되물어보며, 혹시 '새로운 친구를 사귀거나 새
로운 것을 배워보면 잃어버린 삶의 의미를 되찾을 수 있을까' 하는
괜한 희망에 조심스레 낯선 모임에도 나가보고 새로운 분야에 관
심도 가져보지만, 삶은 여전히 짙은 안개 속이다. 지금의 상황을 헤
어나기 위해 발버둥 치면 칠수록 더 깊은 늪 속으로 빠져들어 가
고 있는 느낌마저도 든다. 그렇다면 이제 남은 건 하나뿐이다. 소설
〈무진기행〉의 윤희중처럼 홀연히 홀로 떠나야만 한다. 온전히 내
모습 그대로 정화될 수 있는 자신만의 무진으로 말이다.

무진교에서 바라본 이른 아침 안개와 갈대

천연기념물이거나 아니거나

왠지 모르게 편안함이 느껴지는 공간이 있다. 누군가에게는 그 공간이 아직도 부뚜막에서 밥을 짓는 시골 외가일 수 있고, 또 다른 이에게는 파도 소리에 눈 뜨는 해변 게스트하우스 일수도 있다. 아마 〈무진기행〉의 윤희중에겐 무진(霧津)이 바로 그런 공간이었을 것이다. 「더러운 옷차림과 누우런 얼굴로 나는 항상 골방 안에서 뒹굴었다.」(〈무진기행〉중에서) 돈 많은 과부와의 결혼으로 젊은 나이에 제법 규모 있는 제약회사의 전무 자리를 거머쥐게 된 그였지만, 그가 고향 무진에서 주로 시간을 보내는 방법은 자폐아처럼 시골 골방을 뒹구는 일이었다. 안개가 대기를 모두 채울 수 없듯, 지위와 돈도 희중의 영혼을 모두 메울 수 없었다.

무진은 〈무진기행〉의 작가 김승옥이 자신의 고향인 순천만을 모태로 만들어낸 소설 속 가상의 도시다. 이곳에서 마주치게 되는 러시아에서 날아온 천연기념물 흑두루미와 자본주의의 최대 격전지 서울에서 도망온 희중이 무진을 찾게 된 이유는 우연히도 살기 위해서였다. 그러나 생존에 대한 문제가 천연기념물 흑두루미와 윤희중만의 이야기겠는가.

삶도, 순천만도 여전히 오리무중

순천만을 아침에 찾은 건 오로지 안개 때문이었다. 「무진에 명산물이 없는 게 아니다. 나는 그것이 무엇인지 알고 있다. 그것은 안개다. 아침에 잠자리에서 일어나서 밖으로 나오면, 밤사이에 진주해온 적군들처럼 안개가 무진을 뻥 둘러싸고 있는 것이었다.」 〈무진기행〉중에서) 안개를 순천만에서만 본 게 아니었는데, 드넓은 갈대밭에 흩뿌려진 순천만의 안개는 희중이 갈구했던 욕망만큼이나 매력적으로 다가왔다. 분명히 다가가면 뒷걸음질 치는 안개의 섭리를 알고 있었지만, 몽환적 유혹을 뿌리치기란 쉽지 않았다.

〈무진기행〉은 안개 너머에 신세계가 없다는 것을 알게 된 한 남자와, 그 너머로의 새로운 세상을 꿈꾸는 한 여자의 이야기이다. 다행히도 어느 순간 남자와 여자는 안개가 걷힌 후 자신들의 순수한 모습들을 바라보게 된다. 그들은 거기서 그치지 않고 서로에게 묻은 오염물질을 빨아들여 습지를 건강하게 해주는 갈대가 되어주기도 한다. 그야말로 희중과 인숙의 관계는 생태수도 순천만을 그대로 닮아 있었다. 왜 작가 김승옥이 자신의 고향 순천을 소설의 배경으로 하였는지 이해가 됐다. 무진교 위에서 굽이굽이 흐르는 안개 낀 순천만 동천을 바라보며 삶은 '오리(五里)나 되는 짙은 안개 속'이라는 오리무중(五里霧中)이라는 단어의 뜻을 이해할 수 있었다.

이른 아침 안개에 휩싸인 갈대숲탐방로

용산전망대에서 바라보는 해넘이

보는 이를 정화시켜주는 갈대숲

자연스러움을 아는 바다, 순천만

　순천만습지에서도 길은 계속 이어진다. 무진교에서 시작되는 1.7km의 나무데크길인 갈대숲탐방로가 성공한 윤희중이 뒷짐 지고 걷는 우아한 길이라면, 용산전망대로 향하는 가파른 오르막길은 자신이 누구인지 깨닫게 된 윤희중이 고개 떨어뜨리며 걷는 성찰의 길 일지도 모른다. 그래서인지 용산전망대로 향하는 가파른 오르막길에서는 갈대숲 탐방로에서 들었던 웃음소리 대신 정체불명의 신음이 여기저기서 들려오기 시작한다. '여기서 포기해야 하나, 아니면 계속 가야 하나?' 내 소리인지, 남의 소리인지, 입 밖으로 낸 소리인지, 마음속으로 한 말인지 정확히 알 순 없지만, 사람들은 여기저기서 순천만 갈대들 마냥 흔들리고 있었을 것이다. 그러나 상관없다. 그 흔들림은 다른 곳이었더라면 몰라도, 이곳에서라면 부끄럽지 않은 일이 된다. 왜냐하면 이곳은 사람의 연약함이 완벽함보다 더 자연스러운 모습이라는 것을 아는 바다, 순천만이기 때문이다.

　용산전망대에 서서 산등성이에 걸린 낙조와 순천만의 트레이드마크인 S자형 수로, 검붉은 갯벌과 드넓은 갈대밭을 한눈에 담으면 천천히 눈물이 흐를지도 모른다. 순간 순천만 대대포구에서 자기 자신에 대해 솔직해지던 희중과 인숙이 떠올랐다. 두 사람이 만난 곳이 서울이었더라면, 그렇게 짧은 시간에 서로의 무장을 해제한 만남이란 쉽지 않았으리라. 지금, 삶이라는 짙은 안개 앞에 서 있는 이라면, 머뭇거리지 말고 온화와 정화의 공간, 순천만으로 떠나보라.

자전거 타고 짱뚱어 낚시 다니던 대대포구는 추억 속으로 사라진지 오래다. 하지만 아쉬워할 필요 없다. 〈무진기행〉의 배경이 되었던 순천만습지에 가면, 22.6㎢의 검붉은 갯벌과 5.4㎢에 달하는 어마어마한 갈대밭이 '바람'과의 협연으로, 어떤 오케스트라보다 아름다운 선율을 들려주기 때문이다.

 순천만은 국내 연안습지 최초로 람사르협약에 등록된 세계 5대 연안습지다. 순천만습지 정문을 들어서면 천문대, 자연생태관, 흑두루미 소망터널이 차례로 탐조객들을 반긴다. 잠시 후, 다다른 무진교 앞에서 서쪽 순천만방죽길을 따라 걷다 보면 동화작가 정채봉문학관과 김승옥문학관이 나온다. 무진교 아래에는 순천만 동천 S자 갯골을 따라 운행되는 생태체험선을 탈 수 있는 대대포구가 있고, 무진교를 건너면 드디어 한눈에 들어오지도 않는 엄청난 면적의 '갈대숲 탐방로'가 이어진다. 그 길로 용산전망대에 오르면 '국가지정 문화재 명승 41호'로 지정될 만큼 아름다운 순천만이 한눈에 펼쳐진다.

소설가 김승옥에게 순천이 안개였다면, 시인 곽재구에게 순천은 노을이었다. 누군가 '노을이 예뻐 봐야 노을이지'라고 한다면, 그는 해 질 녘 순천만의 노을을 보지 못한 사람임이 분명하다. 시인 곽재구는 그의 산문집을 통해 순천만의 눈부신 노을을 이렇게 표현했다. 「처음 그 노을을 보았을 때 나는 개펄 위에 무릎을 꿇었다. (중략)세상의 모든 보석들의 광휘를 용해한 것 같은 그 빛」(곽재구, 《포구기행》 중에서) 순천에서 안개와 노을, 두 가지만은 절대 놓쳐서는 안 된다.

전라남도 순천은 맛있는 먹거리로도 유명한 여행지이다. 대표 음식으로는 장어구이와 짱뚱어탕, 꼬막, 웃장국밥 등이 있다. 순천만국가정원 빛의서문 방향에서 식당을 찾는다면 싱싱숯불장어구이(061-744-3367)를 추천한다. 이곳 양념·소금 장어구이와 장어탕 모두 훌륭하지만, 대표메뉴는 '양념장어구이'다. 순천만습지 정문 인근에는 갈대밭식당(061-741-0727) 무진식당(061-722-0505)과 순천만가든(061-741-4489) 등이 있다. 세 곳 모두 꼬막정식과 짱뚱어탕으로 유명하다.

Profile

이시목

길 위에 선 것은 순전히 '바람을 만지고 싶은 욕구' 때문이었다. 바람의 결을 만지기 위해 바람보다 느린 속도로 걸었으며, 바람의 소리를 듣기 위해 자주 길 위에서 숨을 죽였다. 그것이 내 여행의 시작이었고, 짐작컨대 끝일 것이다. 20년을 넘게 그렇게 바람 속을 지났다.

박성우

핸드드립은 필터를 사용해 커피를 추출하는 방식이다. 처음부터 끝까지 수작업이기에 정성이 만만치 않다. 잠깐 딴짓을 하면 단맛, 신맛, 쓴맛의 균형감이 깨진다. 글도 그렇다. 정리되지 않은 생각을 손으로 옮기기까지 시간과 더불어 진정성이 필요했다. 잘 내린 커피처럼 여행지마다 문학의 향기가 가득 차길 바란다.

박한나

고등학생들에게 문학을 가르치다가 그만, 글을 쓰는 일에 욕심이 생겨버린 선생님. 재미있는 소설을 읽을 때 반짝이는 아이들의 새까만 눈빛을 사랑하는 로맨티스트.

박흥만

한 때는 여행도 문학도 가까이 하지 않는 공대생이었다. 카피라이터가 되기 위해 책들을 읽기 시작했고, 내가 누군지 알기 위해 여행을 떠나기 시작했다. 그리고 이 두 가지가 만났을 때 설렁탕이 후추를 만난 것처럼 인생이 충만해진다는 것을 알게 됐다. 여행이 소개팅이라면, 문학여행은 연인의 초등학교 짝꿍 이야기까지 시시콜콜 알고 만나는 진한 연애다.

신지영

여행을 사랑한다. 돌연 직장을 그만두고 여행을 시작해 〈전국일주 가이드북〉을 공저로 출간했다. 캠핑과 레포츠 전문지 〈더 카라반〉, 〈삼양〉, 〈코오롱〉 등 기업사보에 기고하며 또 다른 여행을 준비 중이다.

여미현

마른 수건을 짜듯이 말을 비틀어 감정을 짜내지 않았다. 그래서 어떤 이에겐 담담하게, 또 다른 이에겐 가볍게 다가갈지도 모르겠다. 이번 글은 그랬다. 다음 글은 어떨까.

유영미

문장 속을 걷고 길을 밟으며, 지나는 풍경에 눈물이 쏙 빠질 만큼 행복했다. 책과 여행은 언제나 쉼이었다. 오늘도 글을 써내려가듯 세상에 발을 밀어본다.

이정교

코 흘릴 적부터 길을 잃고 헤맸고 지금도 낯선 곳에 가면 어김없이 방향 감각을 상실한다. 그래도 기꺼이 미지의 세계에서 길을 헤매길 자처한다. 낯선 곳에서 오롯이 만나는 나와 거기서 만나는 뜻하지 않은 인연들. 그것에 중독되어 배낭을 꾸리는 '지독한 길치 여행 작가'.

이지선

어린 날부터 여행을 계속했다. 그 여행들이 모여 자신을 삶으로 이끌었음을 깨닫던 날, 여행작가가 되기로 결심했다. 일상을 여행처럼, 여행을 일상처럼 하고 싶은 소망으로 살아간다.

정영선

'마음은 바람보다 쉽게 흐른다.'라는 시구를 좋아한다. 이 책을 읽으며 마음이, 아니 몸이 그곳에 바람보다 먼저 쉽게 가 있기를 바라며 썼다.

배성심

전직 교사. 앞만 보고 열심히 달리다 문득 멈춰섰다. 옆을 보고 뒤도 돌아보니 딴 세상이 있었다. '아, 억울해!' 이제부턴 옆길에서 재미나게 놀아야겠다. 오늘도 카메라 하나 들쳐 메고 길을 나선다. 여행지에서 만나는 새로운 나의 모습이 흥미롭다. 길을 찾아 나섰다가 나를 찾게 되었다.

이재훈

길 위엔 늘 향기가 난다. 삶과 인생을, 때로는 추억을 생각하게 하는 향기
다. 많은 길 중 문학의 향기가 묻어나는 길을 걸으며, 그 문학의 향기를 전
하고 싶었다.